Mart

Paris

— 2007 —

# QUAND LA CHINE CHANGE LE MONDE

ERIK IZRAELEWICZ

*Quand la Chine
change le monde*

GRASSET

© Éditions Grasset & Fasquelle, 2005.

EAN : 978 - 2 - 25 -311487 - 1 - 1ʳᵉ publication - LGF
ISBN : 2 - 253 - 11487 - 1 - 1ʳᵉ publication - LGF

# INTRODUCTION

« La Chine obscurcit, mais il y a clarté à trouver ; cherchez-la. »

PASCAL, *Pensées*.

Au pied de l'arbre de Noël, comme chaque année, une montagne de cadeaux. Pour la famille réunie, l'heure de la fête est arrivée. Chacun déballe ses paquets. Raphaël, le petit dernier, découvre un joli train en bois aux couleurs vives. Grégoire, son cousin, plus âgé, sort de son carton la raquette de tennis ultra-légère dont parlent les magazines. Agnès, leur tante, est déjà plongée dans le mode d'emploi de son nouvel ordinateur portable. Papi déroule un DVD sur son lecteur pendant que Mamie s'enroule dans son châle en cachemire... Un Noël comme les autres ? Pas vraiment. Cette année, ce fut, dans ce foyer français comme dans beaucoup d'autres, un Noël... très chinois. Le jouet, la raquette, le PC et le châle : tous ces objets étaient frappés de l'inscription « made in China ». Il n'y avait d'ailleurs pas, ce soir-là, que la montagne de cadeaux qui était chinoise : les boules colorées, la guirlande lumineuse, les petits Père Noël décoratifs, le sapin même l'étaient aussi !

Avant ce réveillon, l'année 2004 elle-même, celle de la Chine en France, avait déjà été profondément marquée du sceau de l'Empire du Milieu (le nom du pays, en mandarin). Parallèlement aux nombreuses manifestations officielles – de la Tour Eiffel en rouge, à Paris, au concert de Jean-Michel Jarre en plein cœur de la Cité Interdite, à Beijing (le nom de Pékin en chinois) – de multiples événements ont révélé aux Français l'irruption (le retour, plus justement) d'une nouvelle puissance dans le concert des grandes nations industrielles. L'envoi d'un homme dans l'espace, un taïkonaute, a fait connaître un acteur spatial de premier plan ; la riche moisson de médailles, aux Jeux olympiques d'Athènes, a fait découvrir une grande nation sportive ; les peintres exposés avenue Matignon, à Paris, ont confirmé son influence croissante sur le marché mondial de l'art ; l'achat, enfin, parmi d'autres, du français Thomson par le chinois TCL, l'un de leurs fabricants de téléviseurs, a ouvert les yeux sur une économie en pleine expansion.

Un jour (Noël), une année (2004), quelques grands moments : la Chine ne se cantonne plus cependant pour les Français à une première page, occasionnelle, dans les journaux. Sa présence s'inscrit dans la vie quotidienne. A Jouy-en-Josas, sur le campus de l'Ecole des hautes études commerciales (HEC), des dizaines de jeunes de la République populaire s'initient à l'art du management capitaliste. A Marseille, quelques petits commerçants s'inquiètent de voir leur quartier se transformer en un autre « Chinatown ». A Paris, dans les grands magasins du boulevard Haussmann, la clientèle chic chinoise talonne celle venue de l'autre puissance asiatique, le Japon – les Galeries Lafayette ont déjà mis à sa disposition des hôtesses parlant le mandarin. Un peu partout, dans les écoles, les parents souhaitent

## Introduction

justement que leurs enfants apprennent la langue de Confucius et de Mao réunis. Dans les agences de tourisme, Beijing, Shanghai et Canton sont devenus des destinations prisées.

La Chine est à la mode, elle n'est pas qu'une mode. Ces multiples indices ne sont en réalité que le signe de ce qui s'annonce comme le principal événement économique de ce début de siècle, de l'ensemble du XXIe siècle peut-être : la montée en puissance de la Chine et son émergence comme l'un des principaux pôles de l'économie mondiale. Depuis Alain Peyrefitte, l'ancien ministre du général de Gaulle et son fameux livre *Quand la Chine s'éveillera...* (c'était en 1973), le réveil du dragon était attendu. Il est là. Parmi d'autres, Alain Boublil, l'ancien conseiller du président Mitterrand, annonçait, lui, en 1997, *Le Siècle des Chinois*. Il est là, il est bien engagé. En fait, dans l'histoire économique, comme dans la grande Histoire, le siècle ne commence jamais vraiment avec... le siècle. En la matière, le XXIe siècle a sans doute débuté en 1979.

Cette année-là, deux personnalités que l'on hésite à réunir vont pourtant faire basculer le monde : Margaret Thatcher et Deng Xiaoping. Rien ne rapproche a priori ces deux grands dirigeants politiques de la fin du XXe siècle. L'une est née dans la plus vieille démocratie du monde, le Royaume-Uni ; l'autre dans le plus ancien empire totalitaire de la planète, la Chine. La première vit dans la nation qui a initié la révolution industrielle à la fin du XVIIIe siècle, l'une des plus riches du monde donc ; le second dans un pays qui ne l'a pas encore connue, qui n'a vécu à la place qu'une dramatique « révolution culturelle », l'un des plus pauvres aussi. La Dame de fer est une conservatrice britannique invétérée, le petit Deng un apparatchik communiste chinois. En accédant, chacun dans leur pays, au même moment, en 1978-1979, au pouvoir, ils vont pourtant ouvrir, ensemble, une nouvelle ère de l'économie mondiale.

Leur slogan est le même ; Thatcher et Deng l'empruntent au Français Guizot. « Enrichissez-vous ! » lancent-ils en 1979, chacun de leur côté, à l'adresse de leurs sujets respectifs. La première, devenue chef du gouvernement britannique, organise à partir de là et avec obstination un retrait massif de l'Etat de l'économie. Ce sont ses politiques de dérégulation et de désétatisation qui vont profondément transformer le fonctionnement du capitalisme occidental. Partie d'Angleterre, la vague se diffusera en effet rapidement aux Etats-Unis, chez son ami Ronald Reagan, avant d'atteindre plus lentement mais avec autant de force les rives du vieux continent européen.

A l'autre bout de la planète, en Chine, le communiste Deng Xiaoping accède, en 1978, deux ans après la mort de Mao, au pouvoir suprême. Ce petit homme n'a rien d'un ultralibéral. Si Thatcher et Reagan baignaient dans l'idéologie, il nage lui dans le plus profond pragmatisme. Dans ce pays où la métaphore animalière est un art populaire, il se fait connaître en expliquant que « peu importe que le chat soit noir ou blanc, l'essentiel, c'est qu'il attrape des souris ! », une manière de justifier les décisions qui l'éloignent de la doxa communiste et qui ne manquent pas de choquer certains de ses camarades. Le développement économique est sa « vérité centrale » et il l'assume. Soucieux de sortir son peuple d'une misère que trente ans de maoïsme n'ont fait qu'aggraver, il prend, en de nombreux domaines, le contre-pied de son illustre prédécesseur, le Grand Timonier. Il libéralise les campagnes d'abord, l'industrie ensuite. Il favorise partout l'initiative privée. Il ouvre surtout la porte aux capitaux étrangers, cherchant à tirer le meilleur parti de la mondialisation.

Si le thatchérisme a redonné un coup de jeune aux vieilles nations occidentales (elles ont retrouvé, dans les vingt dernières années du siècle, leur dynamisme d'antan), le « dengisme » a, quant à lui, véritablement réveillé le dragon. On le rappelle volontiers à Beijing, la Chine avait été pendant la presque totalité des dix-huit premiers siècles de notre ère la principale puissance économique de la planète. Elle en fut aussi pendant longtemps l'un des pays les plus avancés sur le plan technologique. Depuis le début du XIX$^e$ siècle, sous l'effet des guerres, des conquêtes, d'interventions étrangères et de politiques suicidaires, le dragon s'était endormi. Avec l'arrivée de Deng, 1978 sonne la fin de son long sommeil économique. Partie de loin, la Chine, alors l'un des pays les plus pauvres de la planète, n'avait certes guère fait de bruit jusqu'à présent. Ce n'est qu'en ce début du XXI$^e$ siècle qu'elle commence à faire parler d'elle. Pourtant, sa performance depuis 1978 est d'ores et déjà tout à fait inouïe. Sa production est aujourd'hui dix fois supérieure à ce qu'elle était alors – ce qui la place au sixième rang parmi les grandes puissances de la planète. Le revenu par tête y a été multiplié par sept, ses exportations par quarante-cinq. 400 millions de Chinois sont, à cette occasion, sortis de l'état de misère absolue dans laquelle ils étaient il y a encore vingt-cinq ans. En fait, jamais dans l'histoire économique on n'a vu un pays aussi peuplé (1,3 milliard d'habitants) connaître une croissance aussi forte (de l'ordre de 8 % à 9 % l'an) pendant une période aussi longue (vingt-cinq ans). Jamais un pays ne s'est en outre autant appuyé sur le reste du monde – ses marchés, ses technologies et ses capitaux – pour organiser son décollage. Tout cela conduit Jeffrey Sachs, l'un des économistes américains les plus en vue du moment, professeur à l'Université de Columbia (New York), à affirmer que « la Chine est la plus belle réussite de développement que le monde ait jamais connue ».

Cette irruption d'un nouveau géant, un pays qui réunit le cinquième de la population mondiale, n'est pas sans provoquer, naturellement, quelques appréhensions, voire quelques craintes. C'est, pour reprendre la métaphore animalière, l'éléphant qui s'introduit dans un magasin de porcelaine. « La Chine m'inquiète... », faisait dire, en passant, Marcel Proust à la Duchesse de Guermantes dans *La Recherche du temps perdu*. Nombreux sont ceux qui aujourd'hui reprennent volontiers à leur compte cette formule badine. Ce serait un film, ils l'intituleraient certainement « le Vampire du Milieu » – un film d'horreur assurément. Que ne voit-on pas, diront-ils, en première approche ? Un énorme empire qui aspire à lui, et aux dépens de tous, les ressources de la planète. Il ne rafle pas que les médailles des JO. Il pompe aussi une part croissante de l'énergie et des matières premières de la Terre. Il attire à lui tous les capitaux de l'Univers – il est depuis trois ans le premier destinataire des investissements internationaux. Il vole enfin aux autres, sans vergogne, brevets et emplois. La dernière image du film serait sans doute la photo que l'on pouvait trouver, lors des campagnes électorales de 2004, sur un tract distribué par l'extrême droite, le Front national en l'occurrence : un Français dénudé, empaqueté dans un carton marqué, en gros, d'un « made in China ».

En réponse à ce scénario catastrophe, les avocats de la « mondialisation heureuse », ceux qui ne voient dans l'accession de la Chine dans le club des grands pays développés qu'une bonne nouvelle, sans conséquences néfastes sur le reste de ses membres, projetteront une œuvre plus rassurante : « Célestes Horizons ». N'ayez point d'inquiétude, Madame de Guermantes ! Le film de ces bienheureux tentera de rassurer la Duchesse en lui montrant comment l'Empire va débarrasser les vieilles nations industrielles de leurs tâches les plus pénibles, de leurs déchets les plus sordides aussi, comment il offre à leurs industriels de formidables débouchés nouveaux, comment il les oblige à innover toujours davantage, à inventer les moyens d'une vie plus saine, plus harmonieuse, bref plus heureuse.

« Vampire du Milieu » ou « Célestes Horizons » ? Le choix du film n'est, en réalité, pas nouveau. Depuis les débuts de la révolution industrielle, en Angleterre à la fin du XVIIIe siècle, chaque fois qu'un nouveau pays a amorcé son décollage économique et qu'il a voulu entrer dans le petit club des riches, les nations déjà industrialisées s'en sont inquiétées. Celles-ci y ont d'abord vu une menace pour leur statut, une concurrence pour leurs ouvriers et leurs entreprises. Elles ont parfois cherché à freiner l'ardeur de ces nouveaux venus – en instaurant des barrières à leurs frontières pour empêcher l'invasion par leurs produits, en s'engageant dans des politiques de protection de leurs marchés. Elles ont pourtant appris, avec le temps, qu'elles pouvaient tirer profit de l'élargissement de leur club, de l'arrivée de nouveaux membres.

Les peurs générées aujourd'hui dans les pays riches par le « made in China » ne sont ainsi pas sans rappeler celles alimentées par le « made in Germany » du début du siècle passé, par le « made in Japan » des années 50 et 60, plus récemment par le « made in Taïwan » des années 70 et 80. L'envol de ces pays tout au long du XXe siècle (l'Allemagne, le Japon ou Taïwan) a en tout cas fait à chaque fois entrer l'économie mondiale dans une zone de fortes turbulences – ranimant régulièrement, parmi les plus anciens, la tentation protectionniste. Il a obligé les uns et les autres, anciens et nouveaux, à de brutales mutations : les vieux pays industriels ont accepté de renoncer à certains travaux au profit des plus jeunes ; ils se sont en même temps reconvertis dans de nouvelles activités ; ils sont montés en gamme, comme disent les économistes, parfois mélomanes. Une fois franchie cette zone de turbulences, de restructurations douloureuses donc, anciens et nouveaux membres se sont aperçus qu'ils s'en sortaient finalement plutôt bien, qu'ils pouvaient les uns et les autres être bénéficiaires, ensemble, de cet élargissement du club des riches, que l'économie était finalement un jeu dans lequel tous les participants pouvaient sortir gagnants, un monde *win-win* en quelque sorte.

Qu'un pays pauvre puisse rejoindre le club des pays riches sans que ces derniers en souffrent, qu'il puisse même le faire au bénéfice de tous, l'histoire, toujours recommencée, du xxe siècle l'a donc démontré sans contestation possible et à de nombreuses reprises. La science économique en donne d'ailleurs, à travers le mariage de deux de ses principaux héros, l'Anglais David Ricardo et l'Autrichien Joseph Schumpeter, une savante explication. Le premier est à l'origine de la théorie des avantages comparatifs. Celle-ci dit que deux pays ont toujours intérêt, pour tirer le meilleur parti de leur commerce, à asseoir leurs échanges réciproques sur leurs avantages comparatifs respectifs. Si chacun se spécialise dans les productions pour lesquelles il est, relativement, le plus efficace et abandonne à d'autres celles où il l'est le moins, chaque pays en profite et l'ensemble du monde s'en porte mieux. Le second, Joseph Schumpeter, est pour sa part à l'origine d'une réflexion sur la « destruction créatrice ». Il affirme que le capitalisme est un processus de transformation permanente au cours duquel des activités anciennes disparaissent (c'est la « destruction ») pour être remplacées par de nouvelles (c'est la « création »). Ce sont, dans sa théorie, les entrepreneurs, et l'innovation dont ils sont les agents, qui alimentent ce mouvement perpétuel.

Ricardo et Schumpeter réunis permettent de comprendre ce qui s'est passé tout au long du XXᵉ siècle. Régulièrement, de nouveaux pays industriels sont venus défier les anciens. Le club des riches s'est progressivement renforcé sans trop de drames. Au départ, leurs populations, misérables, ont accepté de travailler dans des conditions souvent difficiles – des salaires bas, de longs horaires, une hygiène précaire, une protection sociale inexistante, etc. Ils se sont à cette occasion dotés d'un avantage comparatif incontestable par rapport aux pays plus avancés qu'eux – là où les salaires étaient déjà plus élevés, la durée du travail plus courte, etc. Les pays riches pouvant, pour certaines activités, s'approvisionner à un moindre coût chez ces nouveaux producteurs, ils les leur ont progressivement abandonnées. Ils ont été incités, pour leur part, à en développer de nouvelles, à renouveler constamment leur offre. Quand le textile et l'habillement ont commencé à émigrer vers les nouveaux pays industriels, les anciens se sont lancés dans l'électroménager et l'informatique. Quand, à leur tour, ces industries sont allées chercher ailleurs un meilleur environnement, ils ont inventé les télécommunications et l'Internet.

Le libre-échange aura été, au total, bénéfique aux deux parties. Les pays pauvres qui ont décollé ont progressivement rattrapé les plus riches. Les salaires réels ont augmenté, le taux de change de leur monnaie s'est apprécié : le commerce a favorisé un processus d'égalisation. L'avantage qu'avaient les jeunes nations en termes de coût s'est progressivement érodé, jusqu'à finir par disparaître. Dans le même temps, ces ex-pays pauvres sont devenus de nouveaux marchés pour les pays plus avancés. En 1960, le Japon avait des coûts salariaux unitaires deux fois inférieurs à ceux de la France ; en 1980, ils étaient identiques ; ils sont aujourd'hui supérieurs. Sous le coup de cette nouvelle concurrence mais aussi des marchés nouveaux qui se sont ouverts à elles, les vieilles nations industrielles ont été poussées à se diversifier, à entretenir leur avance technologique, à innover donc en permanence. Les nouveaux pays industriels y ont donné un coup d'accélérateur à cette fameuse « destruction créatrice » – avec les transformations permanentes et parfois difficiles que cela implique.

« La Chine m'inquiète... », disait la Duchesse de Proust. L'histoire du XX$^e$ siècle comme les livres d'économie devraient donc la rassurer – elle et tous ceux qui se sentent menacés, avec la montée en puissance de la Chine, par un nouveau « péril jaune ». Le passé et la théorie permettent en effet d'affirmer que le décollage économique de cet empire va bien provoquer quelques turbulences mais qu'une fois celles-ci passées, son vol profitera à tous. Tout est pour le mieux dans le meilleur des mondes. Est-ce si sûr ? Un expert aussi prestigieux que le prix Nobel d'économie Paul Samuelson s'interroge. Après avoir pendant des années enseigné et défendu cette fameuse théorie des avantages comparatifs, le professeur américain se demandait récemment, dans une publication prestigieuse, la *Review of Economic Perspectives*, si le cas chinois ne devrait pas conduire à une remise en cause de cette théorie. En défense de la Duchesse, et sans s'abriter

# Introduction 17

derrière l'éminent savant, trois éléments obligent effectivement à reconsidérer l'affaire, et ses conclusions : à se demander si la grande Histoire et les petites théories sont d'un quelconque secours pour comprendre les effets de l'irruption, en ce début de XXI$^e$ siècle, de la Chine dans l'économie mondiale.

Le premier élément, c'est le gigantisme du pays. Avec une population de 1,3 milliard d'habitants, l'Empire, première puissance démographique de la planète, représente le cinquième environ de la population mondiale. C'est énorme. Jamais depuis les débuts de la révolution industrielle, même lors de la montée en puissance de l'Amérique au XIX$^e$ siècle, un nouveau postulant au club des pays industriels ne pesait d'un tel poids démographique. Jusqu'à présent, ce ne sont finalement que des nains qui l'ont rejoint. Avec la Chine, c'est l'arrivée d'un géant. Il est impossible de croire que l'entrée d'un pays qui représente par sa population six ou sept Japon se fera dans les mêmes conditions que celle d'un seul Japon ! Et cela d'autant plus que derrière la Chine se profile déjà un autre candidat au club, un pays moins peuplé pour l'instant mais plus pour longtemps, l'Inde. Comme en physique, en économie aussi, les quantités peuvent modifier la qualité d'une solution.

La seconde différence, on la trouve dans l'histoire de l'Empire. Pas sa très longue histoire : inutile ici de remonter quatre mille ans en arrière ; son passé tout récent y suffit. En s'engageant sur la piste de son décollage, à partir de 1978, la Chine opère une triple mutation qui, là encore, la distingue très profondément de ses prédécesseurs dans le voyage du développement. A la fin des années 70, la Chine était une économie centralement planifiée, essentiellement rurale et complètement fermée sur elle-même. Deng Xiaoping a voulu en faire une économie « socialiste » de marché, une puissance industrielle et un pays ouvert sur le monde. En engageant les transitions de l'Etat tout-puissant au marché-roi, de l'agriculture à l'industrie et de l'autarcie au marché mondial, il a déclenché trois révolutions simultanées qui ont débouché, pour l'instant, sur l'instauration d'un régime tout à fait original qui n'a rien à voir ni avec celui du Japon des années 50, ni même avec celui de la Corée des années 70. La Chine de Deng et de ses successeurs ressemble davantage en fait au Far West américain du XIXe siècle. L'Etat de droit n'y est encore qu'embryonnaire, les contre-pouvoirs y sont quasi inexistants. Elle s'en distingue cependant par la présence massive et très autoritaire d'un Etat tout entier au service du capital, sous toutes ses formes, grand ou petit, privé ou public, local ou étranger. Bref, l'Empire est sous l'emprise d'un « hypercapitalisme » dans lequel, pour reprendre l'expression de Karl Marx, l'un des lointains penseurs du Parti communiste chinois, l'« exploitation de l'homme par l'homme » trouve des conditions rarement égalées dans l'histoire. Rien à voir là encore avec le Japon, un pays quasi socialiste lors de son envol, ou même la Corée du Sud !

Troisième originalité enfin : le moment de son décollage – à l'ère du Net et du jet, du voyage facile et pas cher. Les pionniers de l'industrialisation s'étaient lancés, au XIXe siècle puis encore au XXe, dans leur aventure alors que le monde, autour d'eux, était très cloisonné, que les distances étaient un obstacle aux échanges. Le commerce mondial était freiné par de multiples difficultés techniques, réglementaires ou politiques. Là aussi, la situation est aujourd'hui radicalement différente. La Chine frappe à la porte du club des pays industrialisés alors que la circulation des biens, des capitaux et des hommes a connu une véritable explosion. Celle-ci a été grandement facilitée par les nouveaux moyens de transport, la libéralisation des échanges et la mise en place d'une Organisation mondiale du commerce, l'OMC, à laquelle l'Empire adhère dès décembre 2001.

Le gigantisme de l'avion (le pays le plus peuplé de la planète), l'originalité de son moteur (l'« hypercapitalisme ») et le moment de son envol (une heure de pointe) : le cas chinois se différencie donc à bien des égards des décollages précédents. Cela conduit à s'interroger sur une dimension mal appréhendée par la théorie et pourtant essentielle, celle du temps, de la vitesse des adaptations plus précisément. Les scénaristes de « Célestes Horizons » expliquent volontiers que, comme ailleurs, le processus d'égalisation des salaires avec le reste du monde va progressivement réduire l'avantage de la Chine dans les industries de main-d'œuvre. Pour l'instant, le salaire d'un Français permet de faire travailler trente ou quarante Chinois. Avec le temps, l'écart va se réduire. L'ampleur de l'« armée de réserve », l'absence de syndicats et la cupidité des capitaux internationaux incitent pourtant à douter d'une réduction rapide de ce fossé. Le rattrapage sera en Chine beaucoup plus lent qu'il ne le fut ailleurs – s'il a mis trente ou quarante ans au Japon, il mettra là-bas cinquante ou cent ans ! La Chine va donc conserver pendant très longtemps son avantage dans les industries traditionnelles. Mais comme, dans le même temps, elle a déjà commencé à monter les marches et à s'imposer dans des industries plus sophistiquées, elle va venir s'y fabriquer un avantage comparatif qui mettra les pays développés en difficulté.

Un rattrapage, sur les bas salaires, beaucoup plus lent que d'habitude, une montée des marches vers le high-tech beaucoup plus rapide : mélange incertain d'Afrique et d'Amérique, de Moyen Age et de XXIe siècle, la Chine vient ainsi concurrencer les vieilles nations industrielles sur tous leurs marchés avec des atouts puissants et durables. Elle les oblige à une « destruction créatrice » d'une violence inouïe. Là encore, l'Empire met les pays riches face à un problème de rythme. La création est-elle susceptible d'être aussi rapide que la destruction ? Pour remplacer les activités aspirées par « le Vampire du Milieu », celles dans lesquelles la Chine cultive ses avantages comparatifs, les laboratoires des vieilles nations industrielles sont-ils capables d'imaginer des biens, des services et des métiers nouveaux ? Ricardo et Schumpeter ont certainement sous-estimé, dans leurs réflexions, cette dimension du temps, de la vitesse relative des processus d'adaptation : leurs théories seront peut-être à nouveau validées, sur le long terme, par le cas chinois ; dans l'immédiat, les turbulences risquent cependant d'être bien plus violentes que celles du passé.

Quoi qu'il en soit donc, la Chine est et va être, au cours des vingt prochaines années au moins, le facteur principal de déstabilisation de l'économie mondiale. Son poids global y est certes encore marginal. Avec 20 % de la population de la planète, elle ne représente encore que 5 % de sa production. Les Etats-Unis peuvent dormir tranquilles : avec des mensurations exactement inverses (5 % de la population mondiale, 20 % de sa production), leur leadership n'est pas menacé dans l'immédiat. La montée en puissance de l'économie chinoise n'en est pas moins extraordinairement rapide. L'Empire pesait 1,5 % des échanges mondiaux au début des années 80, il en pèse 6 % aujourd'hui. Il a en outre déjà pris, dans certains domaines, de très fortes positions. L'atelier de la planète produit 70 %

des jouets, bicyclettes et lecteurs de DVD fabriqués dans le monde, 60 % des appareils photo numériques et 50 % des ordinateurs portables. Il absorbe dans le même temps plus du tiers du charbon, du coton, de l'acier et des cigarettes consommé chaque année sur la planète. Cette irruption, brutale, pourrait être perturbée, dans les années à venir, par quelques accidents de l'histoire. A l'instar d'un Gordon G. Chang, les sinologues américains parient volontiers sur « l'effondrement prochain de la Chine » (*The Coming Collapse of China*, 2001). Comme toute révolution, celle que vit l'Empire génère effectivement de dangereux déséquilibres – politiques, sociaux, financiers et environnementaux. Les uns annoncent une implosion, politique, à la soviétique ; les autres une explosion, financière, à la japonaise ; d'autres encore des cycles, économiques, à l'américaine, avec des hauts et des bas particulièrement marqués ; certains enfin sont convaincus de l'imminence d'une catastrophe écologique inédite. Pour l'instant, cela fait vingt-cinq ans qu'ils sont tous démentis par les faits. Compte tenu de l'influence déjà acquise par la Chine dans l'économie mondiale, d'éventuels accidents ne feraient en tout état de cause que la déstabiliser davantage.

« Si le XIXe siècle a été pour nous celui de l'humiliation, le XXe celui de la restauration, le XXIe sera celui de la domination. » Le propos, souvent entendu à Beijing sous le sceau de l'anonymat, reflète en définitive une simple réalité : première puissance économique de la planète jusqu'en 1820 environ, la Chine veut retrouver la place qui était alors la sienne, celle qui correspond aussi à son poids démographique, et prendre ainsi sa revanche sur l'histoire. Inutile de s'en inquiéter ou de s'en réjouir : c'est un fait, le fait économique majeur du siècle. Il affecte et va affecter toujours davantage tous les aspects, quotidiens, de notre vie économique à nous, ici, en France. Le prix du litre d'essence à la pompe, celui du crédit immobilier chez notre banquier, le niveau de nos salaires, le nombre et la qualité de nos emplois, le temps qu'il fait, même, etc. Plus rien n'échappe désormais à l'ombre chinoise. La montagne de cadeaux autour du sapin de Noël en a été un signal, parmi d'autres. « Quand la Chine s'éveillera, le monde tremblera… », disait Napoléon, repris par Alain Peyrefitte. Le géant s'est levé, une radiographie du tremblement de terre annoncé s'impose.

CHAPITRE 1

# LA MUE DU SERPENT

*Le pays est engagé dans une
banale révolution industrielle.*

François Périgot n'a pu refuser l'invitation de Zhu Rongji. En cet automne 1990, un peu plus d'un an après les dramatiques événements de la place Tiananmen de Beijing, le maire de Shanghai a proposé à celui qui est alors le patron des patrons français la visite du chantier de Pudong, « son » grand projet. La route est longue, avait prévenu celui qui deviendra, quelques années plus tard, le Premier ministre chinois. Aucune liaison ne permet en effet encore de franchir le Huangpu, le fleuve qui longe la cité actuelle. Un détour, sur une voie chaotique, est nécessaire pour rejoindre ce qui doit devenir la « ville nouvelle » de Shanghai.

Dans le bus, encore assommés par le décalage horaire, les industriels et journalistes qui accompagnent le président du CNPF (Conseil national du patronat français) somnolent. Deux heures pour se retrouver finalement au milieu d'un vaste terrain vague ! De la boue, des chemins en terre, des champs encore cultivés : quelques bulldozers déjà labourent le terrain. A l'horizon, les façades décaties de bâtiments des années 30 du « Bund », le célèbre quai de la ville, rappellent aux visiteurs qu'ils sont encore dans le « Paris de l'Orient », à quelques centaines de mètres en réalité, à vol d'oiseau, de la mairie qu'ils viennent de quitter. « Voilà, c'est là que nous allons construire Pudong, une extension qui va faire de Shanghai le centre économique et financier de la région, du pays, même », explique le collaborateur de Zhu Rongji. Pour bien se faire comprendre, le jeune commis invite les membres de la délégation à entrer dans une baraque de chantier installée là, au milieu des champs.

Dans la pièce, austère, trois grandes maquettes. La première : « Shanghai 1995 ». Dans le coude que forme le Huangpu, juste en face de la vieille ville, un véritable Manhattan est annoncé. Des tours, des tours et des tours. Seconde maquette : « Shanghai 2000 ». Le Manhattan initial a fait des petits : quatre nouveaux sont venus s'ajouter au premier. « Shanghai 2005 » : la troisième maquette élargit encore l'horizon. L'hôte égrène chiffres et projets à en donner le tournis. « Notre ville va devenir le premier port de la planète, son principal cœur financier, la capitale du monde peut-être », croit entendre l'un des participants.

« Tous mégalos ! » glisse, sceptique, un patron français dans l'oreille des journalistes. Pudong, c'était la première fois qu'il en entendait parler ; il était convaincu que ce serait la dernière. De tels plans, grandioses, abandonnés avant même d'avoir connu le moindre début d'exécution, combien en avait-il déjà vu dans les pays pauvres ! Pour lui, jamais ces maquettes, « des rêves d'empereurs », ne deviendront réalité. « Impossible, analyse-t-il, surtout dans un pays communiste. » Ses confrères, les patrons d'Alstom, Aérospatiale, Citroën et autres, abondent dans le même sens.

Décembre 2003, treize ans plus tard. Accompagné de quelques industriels, le ministre français de l'Economie, l'ancien patron de la sidérurgie française, Francis Mer, atterrit à l'aéroport international de Pudong. Désormais, le train le plus rapide du monde, le Maglev, livré par les Allemands, relie l'aéroport ultramoderne au centre d'un Shanghai totalement métamorphosé. Sept minutes pour 35 kilomètres ! Du 300 km/heure, avec des pointes à 430 km/heure, mieux que le TGV. A droite, des forêts de tours et de grues ; à gauche, des forêts de grues et de tours. Des routes, des autoroutes, des artères à six ou huit voies. Reliant les deux rives du fleuve, de spectaculaires ponts et tunnels. Comme bien d'autres groupes étrangers, la délégation française est directement conduite au... « Musée de l'urbanisme », en plein centre de ce qu'était la « vieille ville », sur une place qu'entourent le nouvel Opéra, le nouveau Musée de la porcelaine et la nouvelle mairie.

Là, comme en écho aux plans du siècle dernier, d'il y a quinze ans à peine en réalité, une gigantesque maquette du grand Shanghai (encore !) tel qu'il existe aujourd'hui vient démentir le scepticisme d'antan. On s'y promène autour avec vertige. « Nous avons construit 4 000 tours en huit ans, plus de 200 000 logements par an, des centaines de kilomètres de routes... », commente le commissaire du musée. Il ajoute : « Nous construisons aussi un nouveau port en eaux profondes ; il sera accessible par un pont gigantesque, le plus long du monde. » Plus personne ne doute. Pudong existe, Shanghai continue de s'étendre. Avec aujourd'hui la perspective de l'Exposition universelle de 2010.

A l'instar de Venise, Amsterdam et New York qui furent, chacun en leur temps, les ports autour desquels l'économie de la planète s'est organisée, Shanghai s'impose comme la « ville-monde » de ce début de XXIe siècle. Même si la concurrence est rude, dans la région notamment, où Hong Kong et Singapour font également figures de prétendants, la cité de Zhu Rongji a toutes les chances de l'emporter. L'historien français Fernand Braudel a montré qu'à chaque époque, une ville avait tendance à s'imposer dans le monde comme son véritable centre névralgique. C'était généralement un port, celui qui reliait l'empire du moment, son *Hinterland*, au reste du monde, celui par lequel passait l'essentiel des échanges, commerciaux certes, mais aussi financiers et culturels, voire politiques entre la puissance montante et les autres pays. C'était aussi, souvent, une ville rebelle face à sa capitale nationale. Shanghai en a tous les atouts.

Sa métamorphose, stupéfiante pour tout Marco Polo qui aurait eu l'occasion de s'y rendre régulièrement au cours des années récentes, est en tout cas le meilleur reflet, sinon la caricature, de la mue en cours de l'ensemble de l'économie chinoise. Après l'Angleterre à la fin du XVIIIe siècle et le continent européen dans la foulée, après l'Amérique au XIXe puis le Japon dans la suite, la Chine vit, à son tour, sa révolution industrielle. Shanghai, c'est en effet, avec ses 16 millions d'habitants, un symbole de l'urbanisation accélérée du pays, avec l'arrivée massive dans des villes-champignons de populations pauvres et hagardes des campagnes ; c'est l'industrialisation forcenée, avec la construction d'énormes infrastructures, la concentration d'une main-d'œuvre nombreuse et docile et la création d'institutions ouvertes au monde (le port, des musées et des universités) ; c'est enfin l'émergence d'une classe moyenne et les débuts d'une consommation de masse avec l'apparition du grand commerce.

Après la « révolution culturelle », ce génocide économique consciencieusement organisé par Mao entre 1966 et 1976, la mutation en cours du pays est aussi naturellement celle du passage du communisme au capitalisme. Depuis qu'en 1978, deux ans après la mort de Mao, son successeur à la tête du Parti, Deng Xiaoping, a lancé ses réformes, puis son fameux

« Enrichissez-vous ! », le pays est engagé dans une vaste transition, celle qui doit le mener d'une économie totalement étatisée à une « économie socialiste de marché », pour reprendre le jargon pékinois. Libéralisation, privatisation, ouverture aux capitaux étrangers : les changements sont là aussi spectaculaires, par leur ampleur comme par leur rapidité.

Plus encore peut-être que les précédentes du fait de son originalité, la révolution industrielle que vit la Chine aujourd'hui n'est évidemment pas sans risques. Les connaisseurs de l'Empire insistent sur les fractures générées par les bouleversements en cours – elles sont sociales, géographiques, financières ou politiques. Après avoir reconnu l'éveil économique du pays, ils s'interrogent sur les effets de ces fractures sur son avenir sans parvenir, bien souvent, à une conclusion définitive. De plus en plus fréquemment, après avoir été emportés par l'euphorie des débuts, les analystes américains (universitaires, journalistes ou banquiers) annoncent l'explosion imminente de la « bulle chinoise » – qu'ils comparent parfois à la bulle Internet de la fin des années 90. Leurs homologues européens font preuve d'une plus grande prudence. D'une manière symptomatique, Jean-Luc Domenach, l'un des meilleurs sinologues français, titrait son dernier ouvrage d'une formule interrogative : *Où va la Chine ?* Une révolution, même industrielle, n'est jamais un long fleuve tranquille. En dépit d'inévitables soubresauts, de quelques passages imprévisibles et agités donc, celle engagée en Chine a pourtant, comme les précédentes, toutes les chances de se poursuivre. Et de modifier à son tour profondément la géographie de l'économie mondiale.

## Shenzhen, un Manchester chinois

En quelques années, le petit port s'est transformé. Tranquille, la ville vivait de son commerce ; elle est devenue une vaste cité industrielle où grouille une population qui a quitté les fermes environnantes pour trouver du travail dans les filatures tout juste installées par de riches négociants, d'ici ou d'ailleurs. C'est ainsi qu'a commencé, à la fin du XVIIIe siècle, à Manchester, en Angleterre, la révolution industrielle. Grâce à la mécanisation, les paysans sont devenus plus efficaces. L'agriculture a libéré des hommes et des femmes qui ont quitté la campagne pour aller trouver, en ville, du travail. Là, ils ont été embauchés dans les mines de charbon, les usines textiles et autres ateliers industriels. L'économie anglaise amorçait son envol, celui qui allait permettre à l'Empire britannique de dominer le monde pendant quelques décennies.

Deux siècles plus tard, c'est exactement le même scénario qui s'est joué à quelques encablures de Hong Kong, l'ancienne colonie... britannique, à Shenzhen. Le XXe siècle finissant, cette ville n'était encore qu'un petit bourg, très pauvre, dans l'arrière-pays de la presqu'île de Kowloon. Les réformes engagées à Beijing par les successeurs de Mao à partir de 1979 y ont déclenché la même mécanique que celle qu'avait connue l'Angleterre à la fin du XVIIIe siècle. La libéralisation de l'agriculture et la création de « zones économiques spéciales » (à Shenzhen notamment) dans lesquelles les industriels peuvent travailler librement ont véritablement sonné le signal du décollage chinois. Les formidables gains de productivité réalisés grâce à la décollectivisation des communes agricoles ont d'abord permis, à partir de 1979, une forte augmentation de la production alimentaire. Ils ont très rapidement libéré une population nombreuse à la recherche d'un travail. Chassée des campagnes par manque d'activité, celle-ci a rejoint les villes (c'est l'exode rural) où elle a trouvé des emplois, dans les ateliers artisanaux, industriels ensuite installés par les Chinois de Hong Kong, de Taïwan ou de Singapour notamment (c'est l'industrialisation). Produisant plus et mieux, dans les fermes comme dans les ateliers, les populations ont bénéficié, avec le développement des villes (c'est l'urbanisation) d'une amélioration de leurs conditions de vie. Tel un serpent libéré de sa peau, la Chine, débarrassée du carcan communiste qui l'avait immobilisée pendant près de trente ans, vit, depuis un quart de siècle maintenant, une mutation qui est d'abord une révolution industrielle, banale à bien des égards tant elle ressemble aux précédentes, l'enrichissement général s'accompagnant des trois phénomènes que sont l'urbanisation, l'industrialisation et l'émergence d'une classe moyenne.

Symbole de cette révolution, Shenzhen est ainsi passé, en vingt-cinq ans à peine, du Moyen Age au XXI$^e$ siècle. 30 000 habitants à peine en 1980, plus de 6 millions en 2004 ! Un village hier, une mégalopole aujourd'hui. Une modeste place centrale alors, de multiples centres commerciaux et des campus universitaires à la californienne désormais. Le petit commerce du riz autrefois, des centres de recherche très en pointe dans les biotechnologies ou l'informatique maintenant. Des villes comme Shenzhen, la Chine n'en compte certes encore qu'un nombre limité. Mais elles se multiplient et poussent à grande allure. La révolution se diffuse progressivement sur l'ensemble du territoire, bien plus rapidement qu'elle ne le fit en Angleterre il y a deux siècles ou aux Etats-Unis d'Amérique au cours du XIX$^e$. Après avoir métamorphosé le Nord et la longue côte est, elle produit aujourd'hui ses effets sur les provinces occidentales, à l'intérieur du pays, donc.

Les lumières de Shenzhen, Shanghai, Canton ou Qingdao n'éblouissent-ils pas les Occidentaux au point de leur faire prendre pour une révolution industrielle ce qui ne serait, en fait, qu'une vaste mystification montée de toutes pièces par Beijing ? L'histoire récente, celle de l'URSS et de ses satellites, oblige à poser la question. Les régimes communistes ont démontré, dans un passé qui n'est finalement pas si lointain, qu'ils maîtrisaient à la perfection l'art de l'illusion. Hergé, le père de Tintin, fut sans doute l'un des premiers à avoir pressenti le subterfuge. Dans *Tintin au pays des Soviets*, il avait stigmatisé, pour l'Union soviétique, l'autre géant communiste de l'époque, le décalage entre le paradis socialiste décrit par l'appareil statistique des maîtres du Kremlin et la réalité. On y voyait Tintin accompagné de son inévitable Milou passer devant des usines en pleine activité ; preuve de leur fébrilité, une fumée dense sortait de leurs cheminées. Plan suivant : à l'intérieur de l'usine, un bâtiment en carton-pâte, des ouvriers brûlaient de la paille pour alimenter les cheminées ! L'effondrement du mur de Berlin et la chute du communisme dans les pays d'Europe de l'Est au début des années 90 ont fait tomber le voile et confirmé, a posteriori, la faible fiabilité des statistiques officielles en régime communiste. Le choc fut particulièrement sévère s'agissant du pays considéré pendant longtemps comme le meilleur élève de la classe, la RDA : l'Allemagne de l'Ouest a découvert alors, à ses dépens, l'ampleur de l'écart entre les chiffres et la réalité.

S'il a, à plusieurs reprises, visité la Chine (dans *Tintin au Tibet* ou dans *Le Lotus bleu*), Tintin ne s'en est pas pris aux statistiques officielles chinoises. Son ironie sur celles de l'autre empire pourrait pourtant aussi s'appliquer là. Tous les experts le soulignent à l'envi : la difficulté à transcrire les chiffres du mandarin au romain n'est pas que linguistique. Les données officielles publiées par Beijing alimentent une profonde perplexité même parmi les observateurs les plus bienveillants à l'égard du régime. Les annuaires statistiques sont de véritables romans où les anomalies, énigmes et autres surprises ne manquent pas. On a découvert, par exemple, au milieu des années 90 et grâce à des satellites américains, que la surface agricole cultivée du pays était supérieure de 30 % au moins à celle affichée par le Bureau chinois de la statistique. Dans la seconde moitié des années 90, les experts ont cherché à résoudre un étrange casse-tête, à comprendre pourquoi les chiffres officiels indiquaient la poursuite d'une croissance forte du produit intérieur brut du pays (de l'ordre de 9 % l'an) alors qu'ils y révélaient dans le même temps une quasi-stagnation de la consommation d'énergie. Une situation pour le moins paradoxale. Depuis le début des années 2000, c'est d'ailleurs l'inverse qui est constaté. Un paradoxe toujours. Si la croissance du PIB y reste très élevée (toujours autour de 9 % l'an), l'énergie est maintenant en plein boom (de l'ordre de 15 % l'an) ! Y avait-il, à la fin des années 90, de la part du gouvernement chinois, une surestimation de la croissance du pays, y aurait-il aujourd'hui sous-estimation de cette même croissance ? De quoi y perdre son latin en tout cas.

Si la statistique officielle chinoise ne donne bien souvent qu'une image déformée du serpent en mue, il y a bien des raisons à cela. Malgré son décollage récent, la Chine fait toujours partie des nations les plus pauvres de la planète. Il ne faut donc pas attendre d'un tel pays qu'il puisse consacrer d'énormes moyens techniques, humains et financiers à son appareil statistique. A niveau de développement comparable, les outils dont dispose Beijing sont d'ailleurs plus sophistiqués que ceux utilisés dans la plupart des autres pays en développement. La Chine est ensuite un énorme continent, presque vingt fois la France, qui malgré son unité politique conserve une très grande diversité. Son immensité est naturellement source de complexité pour la statistique.

La difficulté provient ensuite de la transition en cours : français, américains ou chinois, les statisticiens sont toujours meilleurs pour mesurer des continuités que pour apprécier des ruptures brutales. Or la Chine actuelle est une longue série de ruptures. Elle mesurait autrefois, dans le cadre de la planification centralisée, ses activités en volume (des tonnes de céréales, des kilomètres de voies ferrées, etc.) ; elle veut aujourd'hui les apprécier en prix, des prix qui ne sont plus fixés unilatéralement par l'Etat central mais par des marchés diversifiés et fluctuants. Sa production relevait d'un nombre limité d'agents, tous dépendants de l'Etat ; elle est le fruit d'une multitude d'intermédiaires de plus en plus indépendants – privés, publics ou semi-publics, officiels ou mafieux, nationaux ou étrangers, etc. La révolution industrielle la précipite enfin dans des territoires nouveaux mal appréhendés par la statistique « marxiste » traditionnelle – les nouvelles industries, les services aux entreprises et aux particuliers, les activités immatérielles, etc.

Au-delà d'une insuffisance de moyens et de la difficulté de saisir les transitions, la statistique chinoise souffre aussi et surtout d'une autre faiblesse, commune aux systèmes communistes : elle reste une arme politique dans un régime profondément autoritaire, voire totalitaire. A la tête de l'Etat, des provinces ou des entreprises publiques et à tous les échelons, les bureaucrates chinois sont encore largement sanctionnés sur la base de la réalisation des objectifs fixés par le Plan central – leur rémunération comme leur promotion en dépendent. Ils sont ainsi bien souvent incités à truquer les chiffres qu'ils transmettent à leurs autorités de tutelle. Dans un système sans contre-pouvoir réel, celui où un parti unique, le Parti communiste chinois, régente encore une part essentielle de l'économie du pays, l'opacité règne à tous les étages. Lors de l'élaboration du Plan, le bureaucrate sous-estime systématiquement ses moyens – pour en demander davantage. Au moment de la sanction, il affirme toujours avoir fait « mieux que le Plan » – pour en être félicité. C'est toute la chaîne statistique qui s'en trouve faussée.

Si Tintin allait en Chine, il n'en reviendrait sans doute pas avec la même ironie sur la qualité du miroir tendu au reste du monde par les maîtres de Beijing à travers son appareil statistique. Ayant adopté une politique d'ouverture aux capitaux étrangers beaucoup plus active que l'URSS et que la plupart de ses alliés est-européens de l'époque, la Chine, membre depuis décembre 2001 de l'Organisation mondiale du commerce (OMC), est de fait plus transparente que ses ex-frères communistes (en 2004, la Russie n'est toujours pas membre de l'OMC). Son intégration plus avancée dans l'économie mondiale fait peser sur elle des contraintes contradictoires qui l'obligent à un effort d'honnêteté statistique accru. Sa volonté de puissance peut l'inciter à vouloir gonfler ses performances, son intérêt de pays en développement à les sous-évaluer !

Rattachée au monde par de multiples liens, la Chine peut continuer de mentir, volontairement ou non, sur sa propre réalité économique. Elle n'y a cependant plus guère intérêt ; elle en a en outre de moins en moins les moyens. Sa réalité trouve en effet son reflet dans ses relations, de plus en plus denses, avec le monde. Pour connaître par exemple la vérité sur son commerce extérieur, ses achats et ses ventes, une activité de plus en plus importante pour l'Empire du Milieu, il suffit de consulter les statistiques douanières de ses partenaires commerciaux. Si les chiffres officiels chinois doivent donc être lus avec une extrême prudence, on peut néanmoins considérer qu'ils donnent une image de moins en moins déformée du serpent en mutation. Et que cette image, c'est celle d'un pays-continent en plein décollage économique.

*La grue plutôt que le dragon*

« Plutôt que le dragon, la Chine devrait se choisir comme symbole la grue », ironise Hu Angang, un économiste de l'Université de Tsinghua, à Beijing. Et effectivement, où que l'on regarde aujourd'hui, partout des forêts de grues cachent le ciel. Les professionnels occidentaux estiment qu'en ce début de siècle, plus de la moitié des grues en activité dans le monde le sont en Chine ! Le pays est d'ailleurs devenu, depuis 2002, le premier marché mondial, devant les Etats-Unis, pour tous les matériels que mobilise la construction – grues, élévateurs, robots et autres machines-outils. Des barrages gigantesques, des aéroports en série, des ponts suspendus au-dessus des mers, des immeubles de bureaux et d'habitation plus ou moins originaux, la voie ferrée la plus haute du monde mais aussi des usines, des opéras, des musées, etc. Comme l'Angleterre, la France ou les Etats-Unis en leur temps, le pays est un vaste chantier qui attire architectes et artistes du monde entier. On y construit voies et palais. Le réseau routier compte aujourd'hui 1,3 million de kilomètres de bitume ; il devrait atteindre 2,5 millions d'ici à 2020 ! Les architectes Paul Andreu (français), Norman Foster (britannique) et autres Rem Koolhaas (néerlandais), stars mondiales du moment, savent que les grues n'y sont pas illusions. Les statistiques internationales comme les industriels étrangers le confirment : le pays absorbe par exemple près de 50 % du ciment consommé sur la planète.

La Chine se construit. Amorcé depuis vingt-cinq ans, son décollage est spectaculaire. Quelques chiffres, sanctionnés par des organisations internationales, le confirment. Depuis 1979, son produit intérieur brut (PIB) a progressé, en moyenne, de 8 % à 9 % par an environ. Il a en conséquence été multiplié par sept en vingt-cinq ans et tournerait aujourd'hui, d'après la Banque mondiale, autour de 1 500 milliards de dollars. La Chine se situerait, par son PIB total, au sixième rang mondial, entre l'Italie (septième) et la France (cinquième). Le poids et la place réels du pays dans l'économie mondiale peuvent être appréciés d'une autre manière. Chaque pays a un système et une hiérarchie des prix très différents, c'est pourquoi certains économistes rejettent les comparaisons et évaluations faites à partir de la valeur des monnaies constatée sur le marché des changes. Pour éviter de dépendre de celui-ci, ils proposent de reconstituer un panier commun de la ménagère comparable pour tous les pays – c'est la méthode dite de la « parité de pouvoir d'achat ». A cette aune, le poids de la Chine est bien supérieur. Le pays serait déjà au second rang, juste derrière les Etats-Unis.

La population chinoise dans son ensemble a très largement bénéficié de ce décollage puisqu'en vingt-cinq ans, le revenu par habitant a été multiplié par cinq ! Il était, d'après la Banque mondiale, de 190 dollars l'an en 1978, il est de 1 000 dollars environ en 2004. Cela a permis à 400 millions de Chinois de sortir de l'extrême pauvreté – moins d'un dollar par jour. Réservés à l'élite pendant un temps, le réfrigérateur, le vélo et le téléphone sont devenus des biens de consommation courante pour des centaines de millions de personnes. Globalement, les Chinois ont aussi accru, au cours de ce quart de siècle, d'un tiers au moins leur consommation moyenne de calories – ce qui n'est pas sans expliquer l'allongement de leur espérance de vie. Elle était de 61,7 ans en 1970, elle est de 71 ans aujourd'hui. Dix ans de gagnés en une trentaine d'années. La baisse de la mortalité infantile, de 41 pour mille en 1978 à 30 pour mille en 2000, n'y est pas pour rien. A la naissance, un jeune Chinois a l'espoir de vivre, en moyenne, 68 ans, une jeune Chinoise 72 ans.

Cela étant, malgré son envol encore très récent, la Chine reste un pays pauvre, très pauvre, même. Près de la moitié de la population vit encore avec moins de deux dollars par jour. Le revenu moyen a augmenté, mais à 1 000 dollars par an (à peine 800 euros), il reste à des années-lumière de celui des pays qui ont fait leur révolution industrielle il y a un ou deux siècles – trente fois moins qu'en France, quarante fois moins qu'aux Etats-Unis. Il est aussi bien en dessous du revenu moyen par habitant du Sud-Coréen (dix fois moins), voire du Russe (deux fois moins). Le Chinois trouvera peut-être quelque source de satisfaction en apprenant que son revenu moyen est deux fois supérieur à celui de l'Indien. Ou que là encore, si l'on prend le PIB calculé en volume plutôt qu'en valeur, en pouvoir d'achat plutôt qu'en monnaie courante donc, l'écart de la Chine avec les autres grandes puissances industrielles est moindre : en termes de « parité de pouvoir d'achat », la Banque mondiale estime à 4 000 dollars le PIB par habitant, dix fois moins « seulement » que celui des Etats-Unis. Calculé par les Nations unies, l'« indice de développement humain », censé refléter un état de prospérité générale des individus, place la Chine au 99$^e$ rang dans le hit-parade des nations.

Dans ce pays en construction, donc, les bulldozers, du passé, font table rase – avec une violence qu'autorise seul le régime du parti unique. Au grand dam d'une partie de l'intelligentsia chinoise et de la communauté étrangère, les sieheyuans, ces vieilles constructions en terre organisées autour d'une grande cour carrée, tout autant que les hutongs, les vieilles ruelles commerçantes traditionnelles, sont démolies sans état d'âme, leurs anciens habitants expropriés et relogés généralement dans des HLM modernes situées à la périphérie des villes. Les grues, mobilisées nuit et jour, reconstruisent ainsi des centres urbains à un rythme inouï et souvent dans l'anarchie la plus totale. Beijing inaugure son cinquième périphérique (un cercle de 180 kilomètres supposé entourer la ville, mais qui s'y retrouve enserré lui-même) que déjà les travaux du sixième sont engagés. « Le dixième périf de Pékin passera par Tokyo ! » lançait, avec humour, lors de cette inauguration, l'un des promoteurs immobiliers privés locaux les plus actifs de la capitale.

Aux Occidentaux qui critiquent la brutalité des autorités ou leur absence de politique urbaine, les dirigeants chinois rappellent volontiers qu'à Paris, à l'époque où la France était, comme la Chine aujourd'hui, en pleine mutation, le baron Haussmann n'avait pas fait dans la dentelle pour construire ses grands boulevards. Un peu plus tard, les promoteurs publics n'avaient pas fait preuve non plus d'un sens aigu de l'esthétisme pour ériger leurs barres de béton. Toujours ce même parallèle : comme autrefois en Europe, l'exode rural fait peser aujourd'hui dans l'Empire du Milieu une pression extrêmement forte sur les infrastructures du pays. Cette fuite des campagnes vers la ville s'y fait à un rythme bien supérieur à celui que les vieilles nations industrielles connurent en leur temps. En 1978, 20 % à peine des Chinois vivaient dans les villes ; ils sont 40 % aujourd'hui. Aux Etats-Unis, il avait fallu cinquante ans pour parvenir à ce doublement : il n'en aura fallu que vingt-cinq à la Chine. Pour le gouvernement, d'ici à 2020, ce sont encore 300 à 500 millions de personnes qui devraient migrer vers les villes ! Sur les quinze prochaines années donc, le pays devrait construire une ville comme Paris... tous les mois !

Mobilisées pour construire des villes, les grues le sont aussi pour ériger dans le pays une gigantesque base industrielle. Alors qu'elle est en train de passer d'une civilisation rurale à une civilisation urbaine, la Chine réduit sa dépendance relative à l'égard de l'agriculture et entre, à son tour, dans l'ère industrielle : c'est l'autre face de sa révolution. Les paysans contribuaient encore à près du tiers du PIB de la nation à la fin des années 70 ; ils ne lui en apportent plus que 15 % à peine au début des années 2000. Une vaste redistribution des ressources a été engagée. Elle nécessite d'énormes investissements. Les chiffres lancés autour de chacun de ses grands projets laissent rêveur. Le pays consacre actuellement l'équivalent de 45 % de son PIB à l'investissement, un record rarement atteint dans les révolutions industrielles précédentes ! Les ouvriers des industries traditionnelles (textile, confection, assemblage, etc.) mais aussi d'autres, plus avancées (comme l'électronique, l'automobile, etc.), sont ainsi devenus les moteurs de l'activité du pays. Le poids de leur contribution dans l'activité du pays n'a fait que croître au cours des vingt-cinq dernières années.

*Les risques d'une course folle*

Très « british », John Smith exploitait la ferme qui était dans la famille depuis des générations. Son fils aîné avait repris l'exploitation, le plus jeune était entré à l'usine pour monter des wagons. Les petits-enfants du vieux John Smith s'étaient éloignés du travail des champs, ils vivaient tous en ville : l'un enseignait, un autre était ingénieur, d'autres encore faisaient du commerce. Quant à ses arrière-petits-enfants, n'en parlons pas ! Ils fabriquent aujourd'hui des logiciels de jeux, travaillent dans des laboratoires sur le clonage humain ou exercent leurs talents sur une chaîne de radio. Il aurait fallu les mener au musée pour leur enseigner l'origine du lait, de l'œuf ou du vin. En Angleterre comme sur le continent européen, aux Etats-Unis aussi, la révolution industrielle a, d'une certaine manière, respecté l'enchaînement des générations ; les ruptures ont été progressives. La Chine s'inscrit à cet égard dans un scénario bien différent.

Comme ses ancêtres, Li Chuang travaillait dans la campagne chinoise avec toute sa petite famille. Dans les années 60, la « révolution culturelle » l'avait bien amené à fréquenter quelques intellectuels envoyés là pour travailler aux champs, mais la ville restait loin de lui. Ses enfants s'y sont pourtant précipités – ils vivent maintenant dans un monde dont il n'a aucune idée. M. Li n'avait jamais vu un téléphone fixe – ses enfants non plus ; s'il reste étranger à cette magie qui permet à des mots et à des images de circuler d'un bout à l'autre du pays, de la ville à la campagne même, à travers des petites boîtes sans fils, ses enfants sont accrochés en permanence à leurs mobiles. Quant à ses petits-enfants, fans du Net, il ne comprend pas ce qu'ils font de leur vie. Comme dans bien des domaines, la Chine saute des étapes : c'est là l'une des originalités de « sa » révolution industrielle. Celle-ci se déroule à un rythme fou qui n'est pas sans risques.

Banale, la révolution industrielle chinoise suit, on l'a vu, à l'identique ou presque le scénario écrit lors des révolutions industrielles précédentes – en Angleterre, aux Etats-Unis, au Japon, voire plus récemment en Corée du Sud. Urbanisation, industrialisation, effort massif d'investissement, émergence d'une classe moyenne, tout y est. Le mouvement est lancé. Mais la Chine a suivi en un quart de siècle le chemin que l'Angleterre, entre autres, avait mis un siècle ou presque à parcourir ! Dans l'Empire du Milieu, le scénario s'y déroule à très grande vitesse.

La croissance par exemple y est exceptionnellement forte, anormalement même si l'on se réfère à l'histoire des révolutions industrielles passées. Que l'on en juge ! Depuis 1978, le PIB par habitant y a été multiplié par deux une première fois au cours des neuf premières années (1978-1986), puis par deux une nouvelle fois pendant les neuf années suivantes (1987-1996). Beijing prévoit un nouveau doublement d'ici à 2006 (1997-2006). Un seul pays avait réussi, jusqu'à présent, et une seule fois, à doubler son PIB par habitant en neuf ans : il s'agit du Japon – entre 1960 et 1969. Il mettra ensuite... vingt et un ans pour renouveler la performance – entre 1969 et 1990. Un autre pays, la Corée du Sud, a connu sa révolution et, avec elle, un fort dynamisme dans la seconde moitié du XXe siècle. Il n'a pourtant jamais atteint le record chinois : il lui a fallu treize ans pour parvenir à un premier doublement de son PIB par habitant – entre 1970 et 1983, puis encore onze ans pour obtenir un second saut – entre 1983 et 1994.

Le rythme chinois apparaît plus effréné encore si on le compare à celui des pionniers. L'Angleterre, mère des révolutions industrielles, a mis... cinquante-huit ans pour faire bénéficier ses sujets d'un doublement de leur revenu par tête – ce fut entre 1780 et 1838 ; les Etats-Unis ont eu besoin de... quarante-sept ans – entre 1839 et 1886 ! Forts de leurs performances des vingt-cinq dernières années, les dirigeants chinois sont convaincus qu'ils vont pouvoir continuer à ce rythme. Ils clament haut et fort leur objectif : multiplier par quatre le PIB du pays d'ici à 2020. Un objectif qu'à l'instar de Lin Justin, un professeur respecté de l'Université de Hong Kong, la plupart des économistes chinois jugent raisonnable. Avec un potentiel de croissance compris entre 8 % à 10 % l'an, la Chine devrait, selon le vieil expert, pouvoir l'atteindre « au moins au cours de chacune des vingt ou trente prochaines années ».

Les Chinois voient loin – cet optimisme ne rencontre cependant pas l'assentiment de tous les sinologues occidentaux. Depuis quelques années, ceux-ci insistent sur le risque qu'une telle course folle finisse par précipiter l'animal dans un mur. Cette croissance extrêmement rapide génère en effet des ruptures et de profonds déséquilibres. La littérature américaine en particulier est aujourd'hui riche de sombres prévisions : la Chine serait une bulle ; les aiguilles susceptibles de la faire exploser seraient particulièrement nombreuses. Liés les uns aux autres, les risques qui pèsent en ce début de XXIe siècle sur la pérennité de la croissance peuvent être classés en trois grandes familles : ils sont sociaux, financiers et politiques.

## Zola, version mandarin

Si aucun Zola chinois n'a encore véritablement émergé, les romans en mandarin décrivant la misère des « laissés-pour-compte » de la révolution industrielle en cours sont de plus en plus nombreux. Et ils rencontrent un réel succès. Aux lendemains de la guerre, le Parti communiste s'était installé, en 1949, à Beijing en s'appuyant sur les paysans pauvres et avait conforté son pouvoir grâce au soutien des ouvriers des grandes entreprises industrielles d'Etat. Les transformations actuelles frappent de plein fouet ces deux couches sociales, piliers du régime. Après avoir profité de la réforme agraire du début des années 80, les 450 millions de paysans que compte encore le pays ont vu, depuis le début des années 90, leur situation se dégrader rapidement. Ils ont souffert d'une conjonction particulièrement défavorable de circonstances. La vente de leurs productions, à l'Etat comme sur les marchés libres, leur rapportait de moins en moins de renminbis (la monnaie nationale), alors que le coût de leurs achats (engrais, matériels agricoles, etc.) augmentait. Ils ont été assommés dans le même temps d'impôts et de taxes de toute sorte par l'Etat central, les provinces et les communes sans que ceux-ci développent les infrastructures espérées (écoles, hôpitaux, etc.).

Les ouvriers des industries d'Etat sont, quant à eux, les victimes des restructurations engagées depuis la fin des années 90 dans les entreprises publiques. Beijing, qui souhaite en privatiser le plus grand nombre, exige désormais que ces entreprises, qui employaient jusqu'à 100 millions de salariés, retrouvent au plus vite le chemin de l'équilibre, sinon du profit. Depuis 1998, les entreprises publiques ont licencié 26 millions de leurs salariés au moins, plongeant certaines régions d'industries traditionnelles, la Mandchourie par exemple, dans le nord-est du pays, dans des situations de crise économique et sociale graves. Les paysans chassés des campagnes et les ouvriers expulsés de leurs usines d'Etat viennent ainsi gonfler un flux de plus en plus dense de chômeurs qui se retrouvent généralement autour des grandes agglomérations. L'économie doit en outre absorber aussi chaque année quelque 10 à 15 millions de nouveaux arrivants sur le marché du travail. Sur la réalité du chômage, les statistiques officielles (le taux national serait de l'ordre de 4 % à 5 %) sont, en la matière, d'une faible utilité. Il y aurait, en fait, actuellement dans le pays une « population flottante » composée de quelque 100 à 200 millions de personnes. SDF, sans emploi et souvent sans couverture sociale, les mendiants, réapparus dans les villes depuis peu, ne sont que l'un des signes de l'existence et du développement d'une grande misère. Il y aurait ainsi encore, dans le pays, plus de 120 millions de personnes vivant avec moins d'un dollar par jour.

L'existence de cette énorme « armée de réserve » de main-d'œuvre pèse aussi sur ceux qui ont un job. Dans ce nouveau Far West qu'est la Chine, un pays qui n'est plus tout à fait socialiste mais pas encore vraiment capitaliste, les employeurs sont les rois. Indifférents ou presque aux lois et règlements, ils imposent à leurs personnels bas salaires, horaires chargés et conditions de travail approximatives sans craindre la moindre réaction. De nombreux ouvriers, même du secteur d'Etat, peuvent attendre des mois avant d'être payés – une attente qui se révèle parfois vaine ! Dans les usines et ateliers, la pression est telle que les accidents du travail y sont très fréquents – dans des mines souvent exploitées illégalement, ce sont encore près de 10 000 mineurs qui trouvent la mort chaque année !

Embauchés parfois pour huit jours, six mois ou un an dans la construction, les nouveaux <u>miséreux</u> chinois découvrent souvent à cette occasion l'autre monde qui émerge dans leur propre pays, celui des parcs immobiliers haut de gamme et des berlines de luxe, des résidences « Maison-Blanche » et des BMW. Les multiples inégalités, inouïes, que génère l'actuelle révolution industrielle sont l'autre dimension de ce risque social : elles pourraient rendre insupportable aux plus défavorisés le sort qui leur est fait. Y a-t-il aujourd'hui deux, trois ou cinq Chine ? Les fractures sont en tout cas de plus en plus nombreuses, de plus en plus profondes aussi. Entre la ville et la campagne ; entre la côte est et l'intérieur des terres ; entre un secteur d'Etat en pleine décrépitude et un secteur privé arrogant ; entre une économie locale et les entreprises liées au capital étranger ; entre les plus riches, ces quelques milliardaires qui font régulièrement la une du magazine américain *Forbes*, et les plus pauvres, la très grande masse de la population ; entre les puissants et les autres enfin. Si, à titre d'exemple, le revenu annuel moyen des 16 millions d'habitants de Shanghai dépasse les 5 000 dollars, il suffit de parcourir quelques centaines de kilomètres seulement dans l'intérieur des terres pour se retrouver dans une province, celle de l'Anhui, où les 63 millions d'habitants vivent avec un revenu par tête de l'ordre de 700 dollars, sept fois moins ! Plus généralement, dans les provinces côtières, le revenu par habitant tourne autour de 2 100 dollars, trois fois plus que dans les provinces de l'intérieur et de l'Ouest.

« Enrichissez-vous ! » Accepté sans doute même par les plus pauvres, le mot d'ordre de Deng Xiaoping contenait en lui-même la fin du « costume unique », celui dessiné par son prédécesseur Mao. Il devait naturellement déboucher sur une plus grande diversité des situations – comme ce fut le cas dans les révolutions industrielles précédentes. Mais les écarts prennent aujourd'hui une dimension exceptionnelle, d'autant plus qu'ils ne sont pas toujours le fruit d'une moralité irréprochable. Les fortunes se sont souvent constituées dans des conditions plus ou moins avouables – le vol de la propriété d'Etat, l'utilisation des positions de pouvoir, la prévarication, etc. En fait, au cours de ces dernières années, toutes les institutions ont été touchées, de près ou de loin, par des scandales (la mairie de la capitale comme la banque centrale, le port de Xiamen, dans le Sud-Est, comme la ville de Shenyang) qui révèlent, s'il en était besoin, que le pays est profondément gangrené par la corruption. Transparency International, une organisation non gouvernementale (ONG) internationale, plaçait, en 2002, la Chine parmi les pays les plus corrompus de la planète, au sixième rang (sur 102 pays évalués), juste derrière le Bangladesh, l'Indonésie, l'Ukraine, le Pakistan et l'Argentine. Tout cela déboucherait, aux yeux de Philippe Trainar, un économiste français, sur une profonde « crise morale » dont le désespoir des jeunes générations, l'augmentation du nombre des suicides et l'abrutissement dans la drogue en seraient les signes les plus évidents.

Les piliers du régime (paysans et ouvriers d'Etat) frappés de plein fouet par les restructurations, un chômage massif et durable concentré dans certaines régions, une population flottante croissante, instable et miséreuse, une explosion des inégalités et une immoralité quasi généralisée : les termes, complexes, du risque social, largement analysés dans la littérature occidentale, sont connus. Il trouve son expression la plus concentrée dans la question des prix. L'inflation, dans la mesure où elle rogne le pouvoir d'achat des salariés, y est une menace permanente pour le régime. Après avoir été matées avec plus ou moins de brutalité, grèves et manifestations sont généralement cachées au public. Le risque social n'en constitue pas moins la principale source de préoccupation de la nouvelle équipe dirigeante du pays. Pour preuve : arrivés à la tête du Parti communiste chinois en novembre 2002, le chef de l'Etat Hu Jintao et son Premier ministre Wen Jiabao ont promis de travailler à « une croissance plus équilibrée », à une réduction de ces fractures.

*Krach, boom, hue !*

« De la banque, de la Bourse ou de l'immobilier, d'où viendra le krach chinois ? » Dans les salles de marché de Londres, de Hong Kong... et de Shanghai, c'est, depuis quelques années déjà, le grand jeu. Pour les uns, les premières étincelles viendront des créances douteuses, massives, inscrites dans le bilan des banques d'Etat ; pour d'autres, elles seront allumées par la faillite d'obscures sociétés cotées en Bourse ; pour les plus nombreux encore, c'est la bulle immobilière de Shanghai, de Beijing ou d'une autre grande mégalopole, qui déclenchera l'apocalypse générale. « La Chine court droit vers son 1929 », n'hésite pas à pronostiquer un analyste new-yorkais qui ne voudrait pas rater, cette fois-ci, le coche – en 2000, le même n'avait pas vu venir l'explosion de la bulle Internet aux Etats-Unis !

Après le risque social, le risque financier est bel et bien l'une des autres grandes menaces qui pèsent sur la pérennité de la croissance chinoise. La révolution engagée depuis 1978 a permis un début de démantèlement des institutions du socialisme, la construction de celles nécessaires au fonctionnement du capitalisme a cependant été à peine amorcée. Cela est particulièrement vrai pour les circuits financiers, ces mécanismes qui doivent permettre d'organiser, au mieux, dans une économie la rencontre entre l'épargne et l'investissement. Le pays a certes un institut d'émission, quatre grandes banques, une multitude d'établissements financiers spécialisés, deux bourses, une commission de surveillance des marchés, etc. Ce ne sont là cependant que de pâles copies de leurs homologues occidentaux. En la matière, la greffe n'a pas encore vraiment pris. La croissance folle des vingt-cinq dernières années a donné naissance à d'énormes déséquilibres financiers qui devront, tôt ou tard, être résorbés.

« Les banques travaillent pour le profit, pas pour le Parti ! » Pour les centaines de milliers de salariés des banques chinoises, la nouvelle devise de la profession, un slogan difficilement compréhensible pour leurs homologues occidentaux, est une véritable révolution ! C'est que la banque qui les faisait vivre jusqu'à présent n'avait de banque... que le nom ! Certes, elle récoltait l'épargne des particuliers et distribuait des crédits aux entreprises – le job d'une banque normale. Mais l'épargne, forcée pour l'essentiel, lui venait automatiquement ; quant aux prêts, ils lui étaient imposés par le Plan central, par l'Etat actionnaire donc, en fonction de critères politiques bien plus que de la qualité de l'investissement financé ou que de la capacité de remboursement de l'emprunteur. Beijing voulait développer la production d'acier. Peu importait la rentabilité de l'investissement, sur ordre, les banques devaient prêter aux sidérurgistes d'Etat – quitte à ne jamais être remboursées !

Comme dans le système soviétique, la banque chinoise n'était donc au départ qu'un tiroir-caisse au service du Plan, du Parti en réalité. Des réformes ont été introduites progressivement, avec la création de plusieurs banques, toujours publiques, mais concurrentes, une plus grande indépendance accordée à leurs dirigeants, l'introduction d'une culture du profit, etc. La cotation en Bourse des quatre grandes banques d'Etat est envisagée par Beijing dès que possible. Le pouvoir central est conscient que la poursuite de la croissance dépend désormais en grande partie de la mise en place d'un système financier permettant la meilleure allocation possible des ressources. La réforme bancaire est à cet égard absolument décisive.

Le problème, c'est que l'héritage est lourd. Les banques chinoises actuelles ont dans leurs bilans des tonnes de prêts qu'elles savent totalement irrécupérables. Ce sont les fameuses créances douteuses – les *non performing loans*, selon l'expression des financiers anglo-saxons – qui alimentent un débat aux allures très techniques mais aux enjeux très concrets et très lourds. Ces banques avaient prêté l'argent de leurs déposants, les millions de petits épargnants chinois, sur ordre du Parti à des entreprises, pour l'essentiel des sociétés d'Etat, qui ont disparu pour certaines, qui n'auront jamais les moyens de rembourser pour d'autres. L'addition est lourde – ces dettes non recouvrables représenteraient entre 20 % (chiffre officiel) et 40 % du PIB chinois. Historique ! Qui va la payer ? A deux reprises au cours des dernières années, l'Etat chinois y est allé de sa poche, à chaque fois en puisant dans ses réserves des sommes absolument colossales (l'équivalent de 45 milliards de dollars lors de la dernière opération de recapitalisation de deux de ses principales banques).

Ces créances douteuses sont une véritable bombe. D'autres pays en ont connu récemment les effets dévastateurs : c'est l'explosion d'une telle bombe qui a bloqué, pendant près d'une décennie (les années 90), l'économie japonaise. Pour l'instant, en Chine, la poudre continue à s'accumuler. Faute d'une véritable culture du risque et toujours sous la pression d'un pouvoir politique omniprésent, certaines banques d'Etat continuent à prêter sur injonction du Parti – il faut sauver une usine ici, payer les salaires d'un chantier prioritaire là-bas. D'autres veulent démontrer leur modernité et prêtent à guichets ouverts à des amis aux comptes peu transparents ou aux comportements très spéculatifs. Au risque, les unes et les autres, de gonfler encore ce stock de créances douteuses.

A côté de la banque, les autres circuits de financement du pays ne sont guère en meilleur état. D'ores et déjà, un grand fonds d'investissement, le GITIC, de la région de Guangdong, a été poussé à la faillite en 1999, provoquant un début de panique dans les milieux financiers internationaux. Gérant des intérêts placés dans diverses sociétés, de tels fonds (on compte plusieurs dizaines d'« International Trade and Investment Corporations » dans le pays) ont pu nouer des relations d'affaires avec des partenaires étrangers. Créées dans l'euphorie du début des années 90 à Shanghai et à Shenzhen, les deux places boursières du pays sont davantage des petits casinos qu'un marché où s'effectuerait la sélection des risques. Avec 1 500 sociétés cotées, ces bourses permettent surtout à quelques millions de Chinois d'assouvir, sous une forme moderne, leur passion du jeu.

Un autre jeu inquiète Beijing, c'est celui de la spéculation immobilière. Libéralisés depuis peu, les marchés du logement et des bureaux se sont littéralement envolés dans la plupart des grandes villes, la palme revenant, une fois de plus, à Shanghai. Les prix du

mètre carré y ont atteint des niveaux faramineux.
« Nouveaux riches » du continent et « vieilles fortunes » de l'île (Taïwan) ou de la presqu'île (Hong Kong) se sont laissé emporter dans une concurrence féroce. Les premiers ont profité du lancement, par les banques chinoises, du crédit aux particuliers, les seconds veulent tirer bénéfice d'une sous-évaluation latente de la monnaie nationale. Face à une demande explosive, l'offre de mètre carré de qualité n'a pu suivre. Les prix ont fait la différence. La réalité de la bulle ne fait plus débat, seule subsiste la question de son ampleur et de sa pérennité.

Des banques malades, des bourses casinos et une bulle immobilière, la Chine peut-elle au moins se prévaloir de finances publiques saines ? On l'a cru pendant longtemps. Contrairement à beaucoup de pays en développement, à l'Inde par exemple, l'Empire du Milieu n'a en effet pas abusé de son budget central pour soutenir la croissance. Les déficits y sont restés raisonnables (généralement inférieurs à 3 % du PIB), la dette publique officielle y est faible (de l'ordre de 20 % du PIB). La réalité est pourtant tout autre – les dirigeants chinois eux-mêmes commencent à le reconnaître. La dette de l'Etat central pourrait être la plus redoutable de toutes les menaces qui pèsent sur le pays. Conscient qu'il lui faudra bien prendre en charge, d'une manière ou d'une autre, l'énorme fardeau que constituent les créances douteuses de ses banques, il sait aussi qu'il n'a pas provisionné un certain nombre d'engagements qu'il a pourtant pris à l'égard de ses administrés. Il lui faudra par exemple payer les retraites de ses agents – il n'a, pour l'instant, rien prévu pour cela. Or, on le verra plus loin, le pays est lui aussi déjà vieillissant. Au total, certains experts occidentaux estiment que l'endettement de l'Etat central chinois se situerait aujourd'hui entre 70 % et 150 % du PIB du pays !

*L'ours ou le taureau*

A un collègue chinois qui l'interrogeait sur l'« économie socialiste de marché », le système dont se prévaut le pays, un journaliste du *Wall Street Journal*, le quotidien des affaires américain, répondit un jour en pointant le doigt vers sa cravate. Côté face, des petits ours en série ; côté pile, des taureaux. « Dans mon pays, aux Etats-Unis, je peux dire librement ce que je pense, si, pour Wall Street, je suis ours (baissier) ou taureau (haussier), si, pour le Congrès, je suis âne (démocrate) ou éléphant (républicain) », expliqua-t-il, usant, à la chinoise, de la métaphore animalière avant d'ajouter plus brutalement, à l'américaine : « La liberté d'expression et le pluralisme politique sont aussi, pour nous, des éléments fondamentaux d'une économie de marché. »

Pour la plupart des analystes américains, l'affaire est entendue : le marché et la démocratie sont absolument inséparables. « Il y a une incompatibilité fondamentale entre l'économie de marché, basée sur la propriété privée et l'état de droit, et la persistance d'un monopole du Parti sur le pouvoir, une source de rentes et de corruptions », écrit, dans la revue *Foreign Affairs,* Niall Fergusson, un professeur d'histoire de l'Université de New York, reflétant ainsi le point de vue très largement dominant outre-Atlantique. Croire, comme les dirigeants chinois, qu'il est possible de développer le marché sans la démocratie est une profonde erreur. Tôt ou tard, pour ces experts, le pays finira par buter sur cette contradiction. Entre le marché et la dictature, le Parti communiste chinois devra faire son choix. Pour avoir pendant trop longtemps refusé de choisir, l'Union soviétique de Gorbatchev a explosé, son parti avec, une expérience dont les dirigeants chinois affirment avoir tiré les leçons. Avec les tensions sociales et les déséquilibres financiers, cette contradiction alimente le troisième risque, politique, qui pèse sur la révolution industrielle chinoise.

Des paysans libérés des contraintes de la commune, des ouvriers autorisés à se déplacer plus facilement, des étudiants incités à aller se former sur les campus américains ou européens, des chercheurs poussés à entreprendre et à créer leurs entreprises, des jeunes amenés à surfer sur le Net : les réformes engagées depuis 1978-1979 ont conduit le Parti à accorder de plus en plus de libertés économiques à ses sujets. D'ores et déjà, en favorisant l'émergence d'une classe moyenne formée et ouverte au reste du monde, cette libéralisation a naturellement généré une demande de libertés politiques. S'il a accepté d'ouvrir quelques espaces de liberté (dans la presse économique, pour certaines élections locales, dans les arts plastiques, etc.) et de réfléchir, sous la pression des Occidentaux, à la question des « droits de l'homme », le Parti y a pourtant répondu, jusqu'à présent, par une sèche fin de non-recevoir.

Le pouvoir central continue de mater systématiquement, parfois avec violence, tous les mouvements de contestation naissants, ceux des habitants expropriés de leur maison traditionnelle, ceux des salariés non payés de quelques usines de Mandchourie ou ceux des nouveaux illuminés réunis dans des sectes religieuses en pleine expansion. Les multiples exemples donnés par « Reporters sans frontières » dans *Chine, le livre noir* montrent que le Parti mène avec ardeur un combat révélateur de ses craintes contre les « cyberdissidents », ces opposants au régime qui avaient cru pouvoir user du Web pour s'organiser. Avant même d'avoir pu donner quelque fruit, toute graine de contre-pouvoir est ainsi immédiatement étouffée. Or, le marché a justement besoin de contre-pouvoirs, comme le montre l'économiste français Jean-Paul Fitoussi dans *La Démocratie et le Marché*. Le marché du travail ne peut fonctionner que si employeurs et employés peuvent s'organiser librement pour défendre leurs intérêts respectifs. Tôt ou tard, et certains commencent à le reconnaître à Beijing, la question d'un syndicalisme indépendant finira par se poser. De la même manière, le marché financier ne peut être efficace que s'il est transparent, que s'il est donc conforté par une presse libre. Plus généralement, sans contre-pouvoirs, le marché devient une jungle, le capitalisme un hypercapitalisme dont l'histoire a montré, en URSS, en Corée du Sud ou ailleurs qu'il était insoutenable à long terme.

L'autre Chine, Taïwan, la petite île nationaliste de 22 millions d'habitants au sud du pays, constitue une autre dimension, importante, du risque politique. D'abord parce qu'elle donne à Beijing le miroir de ses propres contradictions, ensuite parce qu'elle est un enjeu géopolitique essentiel. La libéralisation et le développement économique y ont obligé, là-bas aussi, le régime, initialement totalitaire, à évoluer vers des formes plus démocratiques – avec un jeu politique désormais très proche du modèle occidental (un président élu au suffrage universel, une compétition entre différents partis, une séparation des pouvoirs, la liberté de la presse, etc.). L'avenir de l'île – une province de la République populaire, comme le veut Beijing ; un Etat indépendant, comme le souhaite Taïpeh – fait l'objet depuis plus de cinquante ans d'un contentieux entre la Chine et les Etats-Unis qui, s'il devait dégénérer, pourrait, là encore, constituer un obstacle à la poursuite des transformations économiques engagées sur le continent.

*La longue marche en avant*

La révolte des gueux, l'explosion des bulles financières ou les incohérences du Parti communiste menaceraient donc la révolution industrielle chinoise et pourraient stopper net l'extraordinaire croissance économique du pays. Si l'hypothèse, dominante aujourd'hui dans la riche littérature américaine sur le sujet, ne peut être exclue, ce n'est pas celle retenue ici. Dans les dix ou vingt prochaines années de ce siècle, la Chine connaîtra des hauts et des bas ; gageons pourtant qu'elle restera sur la même route.

Certes, les risques évoqués le sont à juste titre. Ces contradictions engendrées par la grande transformation en cours, qu'elles soient sociales, financières ou politiques, existent ; mais on pourrait les retrouver presque à l'identique dans toutes les révolutions industrielles passées – en Angleterre au XVIII$^e$ siècle, aux Etats-Unis au XIX$^e$ ou au Japon au XX$^e$. Une révolution est une période de changements, d'instabilité et d'incertitudes – la révolution industrielle chinoise n'échappe pas à la règle. Faut-il rappeler qu'au XIX$^e$ siècle, lorsque les Etats-Unis ont établi les bases de leur domination économique, leurs progrès ont été rythmés par une dizaine de cycles au moins, une succession de phases d'euphorie et de déprime. Des capitaux fous, nationaux et étrangers, se précipitaient dans la construction de voies ferrées avant d'y constater un surinvestissement et de s'en désengager brutalement. Emportés par le succès initial de leurs innovations, des industriels produisaient en masse avant d'apercevoir, dans leurs stocks accumulés, l'essoufflement de la demande et de s'effondrer eux-mêmes. Le siècle y fut en fait une suite de crises sociales, bancaires, immobilières ou industrielles sans que cela empêche l'Amérique d'aller de l'avant. Il en ira de même aujourd'hui avec la Chine – à une autre échelle naturellement : le pays compte 260 fois plus d'habitants que les 5 millions qui vivaient aux Etats-Unis en 1800 !

Instruits des leçons du passé, les dirigeants chinois peuvent se prévaloir ensuite jusqu'à présent d'un savoir-faire peu contestable, d'un *track record* plus qu'honorable dans la gestion des affaires en période de difficultés. Nombre de Cassandre occidentaux prédisent, depuis vingt ans au moins, depuis les débuts de la libéralisation et de la « politique de la porte ouverte », la fin du « miracle chinois ». Ils invoquent alternativement l'un ou l'autre des risques pour annoncer l'imminence d'une crise fatale. Force est de constater que, malgré de violentes turbulences, ce « miracle » n'a guère été remis en cause à ce jour. Ni le rythme de la croissance, ni la direction des réformes n'ont été affectés par les chocs successifs qui ont touché le pays depuis 1979 : les périodes de surchauffe (1983-1984 et 1992-1993), le soulèvement de Tiananmen (1989) ou la crise du Sras (2003) à l'intérieur ; l'arrêt du moteur japonais pendant la décennie 90, les crises boursières et monétaires asiatiques (1997-1998), l'explosion de la bulle Internet (2000) et les attentats du 11 septembre contre les tours new-yorkaises du World Trade Center ensuite (2001) pour les événements extérieurs.

« Il y a aujourd'hui plus de vrais communistes en France qu'en Chine ! » Alors que le PC chinois compte plus de membres qu'il n'y a de Français dans l'Hexagone, Carlos Ghosn, le patron de Nissan, manie volontiers le paradoxe. Bon connaisseur de l'Empire du Milieu, le successeur de Louis Schweitzer à la présidence de Renault avoue son admiration pour le pragmatisme des dirigeants communistes chinois. Comme lui lorsqu'il fut nommé à la tête de Nissan, le constructeur japonais en pleine perdition au milieu des années 90, ils ont fixé à la Chine un objectif clair, simple et précis – quadrupler le PIB du pays d'ici à 2020. Pour l'atteindre, ils procèdent, comme il le fit lui-même dans l'entreprise japonaise, par tâtonnements, par expérimentation, sans a priori sur aucune méthode. « Peu importe que le chat soit noir ou gris... » Le slogan, lancé par l'architecte des réformes actuelles, Deng Xiaoping, lui plaît bien. En fait, pour lui comme pour la plupart des industriels occidentaux qui ont eu l'occasion de les fréquenter, les dirigeants chinois d'aujourd'hui n'ont plus rien de communiste.

Ayant renoncé à l'idéologie marxiste-léniniste, dans les faits sinon dans les mots, la nouvelle génération aux commandes – la « quatrième génération », dit-on à Beijing – est en fait à bien des égards sœur jumelle de celle qui a reconstruit la France aux lendemains de la Seconde Guerre mondiale, de cette armée de grands commis de l'Etat (Massé, Guillaumat, Boiteux, etc.), des techniciens de haut vol, rationalistes sans états d'âme très attachés à leur nation, préoccupés par le développement économique bien plus que par quelque engagement politique que ce soit. La composition du comité permanent du Bureau politique du Parti, ce petit groupe d'hommes qui constitue la vraie direction du pays, est de ce point de vue symptomatique : à l'issue du dernier congrès, en novembre 2002, il compte neuf membres, ce sont tous des ingénieurs de formation. Quant au Parti lui-même, après avoir élargi, avec les « trois représentations », sa base sociale, il accepte désormais en son sommet les entrepreneurs les plus riches. Le patron de l'une des grandes *success stories* capitalistes des dernières années, le groupe d'électroménager Haier, l'un des hommes les plus riches du pays, a fait son entrée, en fanfare, au comité central.

Soucieux d'efficacité plus que d'idéologie et intégrant en son sein les contradictions de la société, le Parti communiste chinois apparaît finalement, pour reprendre la comparaison proposée par Jonathan Story, un expert de la chose chinoise, professeur à l'Insead, plus proche du « New Labour » de Tony Blair que du PCF de Marie-George Buffet. Afin de surmonter les éventuelles difficultés de la révolution qu'il a enclenchée, le Parti peut enfin compter sur une population qui attend avec quelque impatience le retour du pays dans le club des grandes puissances. Au début du XIXe siècle dans ce pays à la culture quatre fois millénaire et qui a donné à l'humanité de nombreuses inventions, le niveau de vie était équivalent à celui de l'Europe. Nombre de Chinois considèrent les deux cents ans de stagnation économique et d'occupation coloniale comme une aberration à corriger, au plus vite. Le temps de la revanche a sonné. En cas de trop fortes turbulences, gageons que les maîtres du pays sauront trouver dans le nationalisme un utile complément, sinon un substitut, à l'économisme ambiant pour mobiliser leurs troupes et poursuivre la révolution engagée.

## Conclusion

Des villes qui sortent de terre à peine conçues. Des migrations humaines massives et incertaines. De gigantesques chantiers (ponts, ports, tours et barrages) qui s'inscrivent, à chaque fois, dans le livre des records. Des usines qui poussent comme des champignons et crachent une fumée noire à tout va, dans de bien précaires conditions. Plus de deux siècles après le pays pionnier, l'Angleterre, la Chine entame à son tour sa révolution industrielle. Le serpent a engagé sa mue. Le mimétisme y est presque parfait.

Comme en Angleterre, aux Etats-Unis ou au Japon, la révolution industrielle chinoise signifie, depuis vingt-cinq ans déjà, urbanisation, industrialisation et début d'une consommation de masse. Rien là que de très banal. Comme ailleurs, la brutalité des transformations génère de très profonds déséquilibres. Tensions sociales, bulles financières ou crispations politiques freineront peut-être le mouvement, aucune de ces turbulences ne semble pourtant pouvoir l'arrêter. Un élément, moins souvent évoqué, pourrait en revanche remettre en cause cette mutation : il se trouve à l'extérieur. Dans les autres pays de la planète, ce serpent, pourtant débarrassé de son carcan communiste, fait peur. Une peur liée, pour le coup, à tout ce qu'il y a de « pas banal » dans cette révolution industrielle chinoise.

CHAPITRE 2

# UN VOL D'OIES SAUVAGES

*La taille de ce nouveau géant fait de
son décollage un événement inédit.*

« D'ici à 2008, pour les Jeux, nous serons prêts. Tous les habitants de la capitale sauront parler l'anglais ! » Le fonctionnaire de la mairie de Beijing chargé d'expliquer à la presse étrangère l'état d'avancement des travaux pour les Jeux olympiques de 2008 est sans doute présomptueux. Certes, dans la capitale, les travaux vont bon train : une bonne dizaine de sites (un stade, une piscine, etc.) y sont en construction. Partout, on rase et on reconstruit ; la Cité Interdite elle-même a fait peau neuve, la ville sera propre. Affaire d'Etat, ces Jeux seront parfaits, assurent les officiels au plus haut niveau. On peut les croire ! On échappera à tout bug informatique, pour ne pas rappeler les mauvais souvenirs d'Atlanta (Etats-Unis) ; aucune inquiétude à avoir non plus sur le plan de la sécurité, Athènes (Grèce) n'est pas loin. A Beijing, la référence est ailleurs : ce sont les JO de 1964, ceux de... Tokyo.

1964. Cette année-là, les Jeux devaient être l'occasion pour la planète ébahie de découvrir un nouvel oiseau rare, une puissance économique en plein décollage, le Japon. Humilié par la défaite, l'Empire du Soleil Levant s'était, dès les lendemains de la Seconde Guerre mondiale, mobilisé pour prendre sa revanche... sur le front économique. Avec succès mais dans la discrétion encore. Depuis le milieu des années 50, l'archipel avait emporté, chaque année ou presque, sans trop le claironner, la médaille d'or de la croissance dans le monde (des rythmes de 8 % à 10 % l'an). Avec ces JO, Tokyo disposait, pour la première fois, d'une formidable vitrine pour présenter sa nouvelle image, celle d'une économie industrielle naissante. L'opération fut plus que réussie. Elle resta entachée, néanmoins, d'un petit bémol : tous les participants étrangers s'étaient, à un moment ou à un autre, perdus dans la ville, et s'y étaient énervés, un mauvais souvenir – les rues n'avaient toujours pas de plaque, la direction des sites olympiques était signalée en japonais uniquement, la population locale ne pouvait guère aider tous ces étrangers de passage, leur connaissance des langues étrangères étant plus que limitée.

Beijing ne renouvellera pas l'erreur de Tokyo – d'où ces cours d'anglais imposés à tous les Pékinois ! Pour la Chine, les JO de 2008 sont aussi l'occasion de faire connaître au monde son nouveau visage. Il y aura alors trente ans (c'était en décembre 1978), Deng Xiaoping, le chef du Parti, ouvrait la cage de l'oiseau. Depuis, celui-ci a pris son envol : il a presque quitté le tiers monde pour se diriger vers le « premier monde » – celui des grandes nations industrielles. Aux JO de 1964, l'Empire du Soleil Levant avait oublié d'effacer les traces de son lourd héritage isolationniste. Aux JO de 2008, l'autre Empire de la région, celui du Milieu, fera tout pour démontrer, par son hospitalité, qu'il est ouvert au monde, qu'il souhaite s'y intégrer dans les meilleures conditions possible. C'est que, comme le Japon à l'époque, la Chine inquiète.

Les peurs générées, notamment dans les pays les plus développés, par la montée en puissance du Japon dans les années 50 et 60 se sont révélées largement injustifiées – comme le seront celles provoquées, dans les années 70 et 80, par l'envol des « dragons » asiatiques (Taïwan, Singapour, Hong Kong et la Corée du Sud) puis, dans les années 90 de quelques « tigres » supplémentaires (Indonésie, Malaisie, Philippines et Thaïlande). Le développement de cette lointaine partie du monde a certes obligé les vieilles nations industrielles européennes et américaines à de profondes et violentes restructurations. Mais ces pays en ont finalement largement profité.

Même si, comme le souligne l'historien de l'économie Angus Maddison, l'envol de la Chine s'inspire pour partie du modèle japonais, « déjà répliqué avec un certain degré d'intensité par les autres pays de la région », les inquiétudes qu'elle inspire sont pourtant légitimes et justifiées. C'est qu'avec l'Empire du Milieu, ce n'est pas une oie normale (comme le Japon), ni quelques oies naines (la cité-Etat de Singapour ou l'île de Taïwan) qui se réveillent mais une oie géante ! La taille du nouvel oiseau, le moment de son envol et la conduite qu'il a choisie font de ce décollage quelque chose de radicalement différent. Avec la Chine, c'est la mondialisation telle qu'elle se construit depuis la seconde moitié du XX$^e$ siècle qui se trouve déstabilisée.

## *Le modèle asiatique de développement*

Dans les années 60, le jouet acheté en France était parfois « made in Japan ». Il devint rapidement, dans la décennie suivante, « fabriqué à Taïwan » ou « à Hong Kong ». Avec les années 90, nouveau changement : il vient d'Indonésie ou de Thaïlande. Difficile, en ces premières années du XXI$^e$ siècle, on l'a vu autour du sapin de Noël, de trouver un cadeau pour les enfants qui ne soit pas griffé d'un « made in China » ! L'histoire du jouet, comme celle du textile, des petits gadgets électroniques ou d'autres industries encore, illustre l'extraordinaire chambardement qui a bouleversé l'Asie au cours de la seconde moitié du XX$^e$ siècle, de ce mouvement qui a permis à plusieurs pays de la région de sortir de leur sous-développement. Un économiste japonais, un certain Akamatsu, a utilisé, pour décrire ce qui s'y passait, l'image du « vol d'oies sauvages ». Si la métaphore a ses limites, elle n'en est pas moins utile. Que dit-elle ?

En fait, comme dans un vol d'oiseaux (un vol en « V »), on a assisté en Asie depuis la fin de la Seconde Guerre mondiale à une série de décollages économiques successifs, par tirs groupés parfois, avec à chaque fois un écart de dix ou vingt ans. Le premier pays à avoir pris de l'altitude, à partir des années 50, le Japon, s'est rapidement retrouvé à la pointe du « V ». Il a assis, au départ, son développement sur quelques industries traditionnelles – des activités qui exigent une main-d'œuvre nombreuse, bon marché et encore peu formée. Très rapidement, dans les années 70, un petit groupe d'oies impatientes (Taïwan, Singapour, Hong Kong et la Corée du Sud) s'est mis, à son tour, sur les rangs pour le grand voyage du développement. Alors que le Japon montait en gamme dans sa production, il a abandonné à ces pays ses activités traditionnelles, permettant leur envol économique. A Tokyo, on troquait pour l'électronique ou l'automobile le petit jouet, récupéré par Singapour ou la Corée du Sud. Le vol pouvait continuer. Toujours en tête, l'Empire du Soleil Levant découvrait de nouveaux cieux : les logiciels, la pharmacie ou les cosmétiques. Pour tirer le groupe, il transmettait à ses suiveurs ses vieilles activités. Le succès aidant, dès les années 90, un nouveau quarteron d'oies déshéritées (l'Indonésie, la Thaïlande, la Malaisie et les Philippines) s'est raccroché au vol – constituant une troisième ligne dans le monde en développement asiatique. Ces pays ont trouvé l'occasion d'un véritable envol en récupérant, à leur tour, les activités abandonnées par d'autres plus avancés qu'eux.

Par ce mécanisme collectif, la région a été, pendant la seconde moitié du XX$^e$ siècle, le théâtre de vagues successives de délocalisations. Ce sont elles qui sont à l'origine de l'industrialisation et du développement de plusieurs des pays les plus pauvres de la planète. Chacune de ces vagues a provoqué de grandes peurs dans les pays industriels – et de violentes guerres commerciales parfois. Les douaniers français bloquaient, au début des années 80 à Poitiers, les magnétoscopes japonais. Un député brandissait, dans les années 90, à la tribune de l'Assemblée nationale, une petite culotte « made in Philippines » pour tenter d'en stopper la déferlante sur le marché français. Ces inquiétudes légitimes se sont révélées, a posteriori, excessives.

Globalement, le développement économique de l'Asie n'a pas été pour les vieux pays industriels d'Europe et d'Amérique un obstacle à leur prospérité. Au contraire. La France a vécu ses plus belles années de croissance (les « Trente Glorieuses », entre 1945 et 1973) au moment précis où le Japon amorçait son décollage (les années 50 et 60) ; l'Hexagone a connu de grandes difficultés pendant la décennie 90, celle au cours de laquelle l'économie japonaise s'est embourbée. L'industrialisation de l'Asie a néanmoins obligé les pays riches, la France comme d'autres, à de profondes restructurations. En fait, le paradigme du « vol des oies sauvages » n'est pas propre à l'Asie, il décrit un phénomène universel en œuvre depuis les débuts de la révolution industrielle, il y a deux siècles, sur l'ensemble de la planète. En progressant, les pays les plus avancés abandonnent leurs anciens métiers à de nouveaux venus qui, à leur tour, progressent et transmettent leurs savoirs à de jeunes recrues, etc.

Pourquoi alors s'inquiéter maintenant de l'envol d'une nouvelle oie, du décollage de la Chine ? La stratégie qui y est menée est, à bien des égards, comparable à celle suivie en son temps par le Japon, par la plupart des pays de la région ensuite. Certains évoquent à ce sujet un « modèle asiatique de développement ». Et effectivement, il est frappant de constater de grandes similitudes dans les stratégies adoptées par les trois premières générations d'oies volantes. Rien à voir avec un quelconque modèle libéral : l'Etat y est le véritable pilote des opérations ; il joue la carte d'une croissance tirée par les exportations ; il compte sur une épargne domestique massive, forcée si nécessaire, pour en assurer le financement ; il protège autant qu'il le peut son marché intérieur ; il développe l'éducation de ses sujets. Si l'Empire du Milieu inquiète, c'est qu'il s'écarte un peu de ce modèle ; c'est surtout que la taille du pays et le moment de son décollage changent profondément la nature de l'événement. Avec la Chine, ce n'est pas une oie banale qui s'envole.

## *Les profits de la mondialisation*

Une porte doit être ouverte ou fermée, dit le proverbe. Mao avait choisi la fermeture : pendant presque trente ans (de 1949 à 1978), la Chine s'était isolée du reste du monde derrière une grande muraille, économique. Dans tous les domaines, le pays avait recherché l'autosuffisance – il ne lui fallait « compter que sur ses propres forces » et éviter tout contact, nécessairement malsain, avec l'impérialisme américain et ses valets ou le révisionnisme soviétique et ses agents. Les résultats furent catastrophiques : faute d'échanges avec le reste du monde (un commerce extérieur très modeste, des investissements étrangers marginaux), l'Empire a poursuivi, pendant toute cette période, sa descente aux enfers et son déclassement dans la hiérarchie des économies de la planète.

Avec Deng Xiaoping, à partir de 1978-1979, et la « politique de la porte ouverte » poursuivie sans relâche par ses successeurs à la tête du pays, le revirement est total. Pour les nouveaux dirigeants du Parti, l'intégration du pays dans le marché mondial est la potion magique qui doit lui permettre son envol – tout en l'obligeant à se réformer, à se libéraliser. De la création en 1981 des premières « zones économiques spéciales » (des cités accueillantes aux capitalistes étrangers) à l'adhésion en 2001 à l'Organisation mondiale du commerce (OMC), Beijing a ainsi multiplié, au cours du dernier quart de siècle, les initiatives pour abattre les cloisons qui l'isolaient du reste du monde. Les milieux d'affaires occidentaux se plaignent certes constamment de la persistance de quelques murets ou de la mauvaise volonté du pouvoir central. Comparée à ses voisins et prédécesseurs dans le « vol des oies sauvages », la Chine a pourtant été davantage tirée dans son envol par l'ouverture au monde. D'une manière générale, celle-ci a été plus rapide, plus générale et plus profonde.

« La Chine, juste une autre belle histoire asiatique ! » A Hong Kong, engagés dans un tir systématique sur tous les mythes qui entourent la montée en puissance du pays, les experts de la banque d'affaires américaine Goldman Sachs réfutent ainsi l'idée d'une quelconque originalité dans cet envol chinois. Comme les autres pays de la région, la Chine, expliquent-ils, se serait engagée dans une très classique « politique de croissance tirée par les exportations » (*export-led growth*). Un modèle des dizaines de fois copié déjà. Tout en protégeant son marché domestique, le pays commence à produire des biens destinés aux marchés extérieurs. Il peut les fabriquer et les vendre à très bon marché grâce à des salaires ridiculement bas, à des charges sociales souvent inexistantes ou à une monnaie sous-évaluée, aux trois éléments réunis bien souvent. Il bénéficie alors d'un avantage compétitif redoutable. Le fruit de ses ventes lui permet d'investir et de s'enrichir. Le cercle vertueux de la croissance est enclenché.

La fébrilité permanente des provinces de la côte et de ses ports, comme la multiplication des enseignes occidentales (de McDonald's à Carrefour, de VW à BMW) dans tout le pays en sont un témoignage : le commerce avec le reste du monde a effectivement connu, après l'ouverture de la porte par Deng, une véritable explosion. Depuis 1978, les ventes chinoises à l'étranger ont augmenté, en volume, à un rythme annuel de l'ordre de 17 % l'an ! Presque deux fois plus vite que l'activité, elle-même déjà exceptionnelle. Les exportations ont été, sur l'ensemble des vingt-cinq dernières années, le moteur essentiel de la croissance – elles ont permis au pays d'accroître, aussi et presque au même rythme, ses achats à l'étranger. En 1978, la Chine vivait en autarcie : peu de marchandises en sortaient, peu y entraient. Vingt-cinq ans plus tard, elle est une économie ouverte : elle inonde le monde de ses fabrications et accueille dans ses boutiques toutes les marques étrangères. L'Empire exportait 2,5 % à peine de sa production au temps de Mao, plus de 22 % aujourd'hui !

En la matière, « les performances chinoises ne sont pas particulièrement impressionnantes si on les met en relation avec les standards de l'Asie-Pacifique », notent néanmoins les experts de Goldman Sachs. La Chine aura multiplié par quatre au cours des trente premières années de son décollage son poids dans le commerce mondial (passé de 1 % à 4 % entre 1970 et 2000) – le Japon en avait fait autant lors de son envol (entre 1955 et 1985), les petits pays d'Asie du Sud-Est aussi (entre 1965 et 1995). Elle n'exporte ensuite, à l'issue de cette première phase, qu'un cinquième de sa production – l'Empire du Soleil Levant et ses suiveurs étaient bien au-delà du quart à la même époque ! « La Chine est en réalité moins ouverte que le Japon et les autres pays de l'Asie », en concluent les analystes de la banque d'affaires américaine. Dans leur volonté d'abattre les idées reçues, ils oublient, ou pour le moins sous-estiment, trois éléments essentiels.

Tout d'abord, l'ouverture d'un pays ne saurait se mesurer au seul poids, brut, de ses exportations dans sa production. Cet indice doit être mis en relation avec la taille du pays. Plus celui-ci est petit, plus il commerce, naturellement, avec ses voisins, plus donc ce taux est élevé : Singapour (4 millions d'habitants) n'a ni pétrole, ni construction automobile, ni industrie agro-alimentaire. La cité-État fait ses courses à l'étranger, où elle achète son énergie, ses voitures et sa nourriture. Elle règle la note avec l'argent que lui rapportent ses exportations (la vente de services dans les transports, la finance, etc.). Comme en plus, pour faire tourner le port, elle importe pour réexporter, ses exportations totales sont en définitive... largement supérieures à la totalité de son PIB ! A l'inverse, plus un pays est grand, plus il peut trouver en son sein de quoi satisfaire ses propres besoins sans avoir à recourir à des achats à l'extérieur. Dans les grands pays, les exportations représentent toujours une part relativement faible du produit intérieur brut. Plutôt qu'au Japon ou aux pays d'Asie du Sud-Est, la Chine doit être comparée aux Etats-Unis, par exemple. Aujourd'hui, à l'aune de cet indicateur, l'Empire du Milieu est presque aussi ouvert que le géant américain. A niveau de développement équivalent, la Chine est en tout cas nettement plus ouverte que ne l'était l'Amérique à l'époque.

Second élément négligé par Goldman Sachs, l'Empire du Milieu a pris son envol au début d'une nouvelle phase, exceptionnelle, de la mondialisation – les vingt dernières années du $XX^e$ siècle. Le thatchérisme et le Net, la libéralisation des économies et leur transformation sous l'effet des nouvelles technologies ont provoqué une véritable explosion des échanges dans le monde. Alors qu'il ne progressait que de 5 % l'an à l'époque du décollage nippon ou de l'envol des petits « tigres » de la région, le volume des marchandises échangées dans le monde fait chaque année un bond de 10 % pendant les débuts du boom chinois. Ce fort vent du grand large pousse certes l'oie chinoise – et facilite son envol. Il devient aussi pour elle plus difficile d'aller plus vite que le vent – et de gagner des parts de marché. C'est pourtant ce que la Chine a fait.

Enfin dans cette nouvelle phase de la globalisation, ce ne sont plus seulement les marchandises qui s'échangent d'un pays à un autre, ce sont également les capitaux qui se déplacent à vive allure entre les territoires. Accueillis au début des années 80 dans un cadre expérimental, sans plus aucune retenue à partir de 1992-1993, les investisseurs étrangers ont joué, et continuent de jouer un rôle essentiel dans le décollage chinois. Ayant dépassé les Etats-Unis, le pays est, depuis 2003, la première destination au monde des investissements directs à l'étranger. Aucune grande firme occidentale ne peut se prétendre mondiale sans y être présente. Les multinationales y ont investi, ces vingt dernières années, plus de 550 milliards de dollars. Un record ! Les entreprises qu'elles possèdent, en partie ou en totalité, y font travailler 23 millions de salariés : plus que l'ensemble de la population active française au travail. Elles contribuent à la moitié, au moins, des exportations du pays. Elles rapportent aux caisses de l'Etat plus du cinquième de ses recettes.

Aucun des pays de la zone ayant décollé jusqu'alors n'avait ouvert comme la Chine communiste ses portes aux capitalistes étrangers. Soucieux de son indépendance, le Japon leur avait même interdit, pendant longtemps, l'accès à un grand nombre de secteurs. Comptant, dans une vision nipponisée du maoïsme, sur « ses propres forces », Tokyo s'était appuyé sur un capitalisme national pour se développer. A Beijing, point d'états d'âme, les dirigeants ont voulu tirer un profit maximal de la nouvelle phase de la mondialisation. L'investissement direct étranger y est l'objet de toutes leurs sollicitudes. Aux yeux des ingénieurs du comité permanent du Bureau politique, il constitue, pour le pays, non seulement un apport d'argent frais, ce capital nécessaire pour construire des usines, mais aussi de technologies nouvelles et d'un savoir-faire en matière de gestion qui manquent encore cruellement. La Chine n'est en définitive pas « juste une autre *success story* asiatique », elle est une histoire différente, une exception. Le moment de son envol comme les choix de ses dirigeants lui confèrent une grande particularité : son intégration dans le monde a été et reste l'un des moteurs les plus puissants de sa croissance – beaucoup plus qu'elle ne le fut dans les histoires précédentes.

## Une oie géante

La Chine consume chaque année 1 690 000 000 000 de cigarettes – on dit 1,69 trillion. Elle enregistre 100 000 morts par an sur ses routes. On y compte 170 villes de plus d'un million d'habitants et... 60 millions de pianistes. On pourrait continuer longtemps la liste de ses records. L'Empire du Milieu est en réalité celui de la Démesure – ce n'est là ni nouveau, ni original. Son gigantisme est pourtant aussi ce qui fait la nouveauté et l'originalité de son envol, ce qui fait de celui-ci un événement totalement inédit. Impossible de poursuivre le parallèle avec ces quelques « petites » oies sauvages parties un peu plus tôt dans leur révolution industrielle. L'intrusion dans le monde industriel d'un pays-continent qui pèse un peu plus de 20 % de la population mondiale ne peut avoir les mêmes effets que celle d'un petit archipel (le Japon), à l'époque moins de 2 % de cette même population, voire d'un groupe de quelques îles et presqu'îles, ensemble à peine plus lourd. C'est la taille de la Chine qui oblige à reconsidérer les risques de la mondialisation.

Avant d'aborder la démographie, essentielle, il ne faut pas oublier l'histoire et la géographie ! La Chine est en effet d'abord une histoire, une très longue histoire – une civilisation de plus de quatre mille ans. Cela n'est pas sans importance, même pour l'économie du XXI$^e$ siècle. Le pays a déjà connu dans le passé de longues périodes de prospérité ; il fut à l'origine de très nombreuses innovations (la boussole, la poudre ou l'imprimerie par exemple) ; il fut aussi pendant longtemps l'un des grands acteurs dans les échanges mondiaux, maritimes et terrestres – il fut même, on l'a déjà dit, pendant longtemps la principale puissance économique du monde. Selon le comptable de l'histoire économique Angus Maddison, en 1820, l'Empire, c'était 35 % de la population mondiale, 28 % de sa production et un revenu moyen par habitant équivalant à la moitié environ de celui des Européens de l'Ouest.

Pourquoi la révolution industrielle a-t-elle alors démarré, à la fin du XVIII<sup>e</sup> siècle, en Europe plutôt qu'en Chine, provoquant ainsi la « Grande Divergence » entre les deux extrémités du continent eurasien – pour reprendre le titre, *The Great Divergence*, de l'ouvrage récent d'un universitaire américain, Ken Pomeranz ? La question passionne et divise le monde académique. Certains, comme Pomeranz, invoquent l'accessibilité du charbon (plus grande ici que là-bas), d'autres, comme le britannique David S. Landes, insistent plutôt sur les qualités de l'ensemble du système institutionnel (plus apte à favoriser l'initiative individuelle en Angleterre qu'en Chine), d'autres enfin sur les circonstances politiques. Peu importe finalement aujourd'hui alors qu'est enclenchée la « grande convergence ». La longue histoire est évoquée ici rapidement pour rappeler que, si bien des nouveaux entrants dans le petit club des grandes puissances économiques étaient des « bizuths », la Chine est, elle, un revenant.

La taille, c'est ensuite l'immensité de son territoire – celle d'un continent. La superficie du pays (9,6 millions de kilomètres carrés), près de vingt fois celle de la France, le place au premier rang des grandes nations de la planète – derrière la Russie certes (plus de 17 millions de kilomètres carrés) mais loin devant l'Inde ou même les Etats-Unis d'Amérique. Elle lui assure des réserves considérables, sans doute encore mal connues, de ressources naturelles. Elle lui permet aussi de bénéficier d'une très grande diversité de climats.

« 700 millions de Chinois, et moi, et moi, et moi... » Le succès de Jacques Dutronc, avec ce refrain, indiquait déjà, dans les années 60, le malaise des Français à l'égard d'un peuple aussi nombreux. Un vieux malaise en réalité dans le monde occidental où la peur du « péril jaune », une expression née à la « Belle Epoque », a toujours coexisté, au cours du XX$^e$ siècle, avec celle d'autres supposées menaces, « rouges » ou « noires ». L'arrivée, au cours des vingt-cinq dernières années, de la Chine sur les marchés mondiaux, notamment sur celui du travail, n'a fait que le renforcer. Avec 1,3 milliard d'habitants, le pays est bien le plus peuplé du monde devant l'Inde et les Etats-Unis. Il se gonfle encore chacune année d'une vingtaine de millions de personnes – une France supplémentaire tous les trois ans ! Sur ce plan, démographique, il est pourtant paradoxalement d'ores et déjà engagé sur la voie du déclin. Plus du tiers de la population mondiale (35 % exactement) était chinoise au début de XIX$^e$ siècle, le cinquième seulement au milieu du XX$^e$. Si son poids s'est stabilisé autour de 20 % depuis 1950, les experts de l'Institut national d'études démographiques (Ined) de Paris estiment que le recul devrait reprendre dans les années à venir.

Plus urbains, plus riches mais aussi soumis depuis la fin des années 70 à la « politique de l'enfant unique », les Chinois font en effet de moins en moins de bébés – et s'efforcent de faire toujours davantage de garçons que de filles. Vieillissement, démobilisation économique et déstabilisation des systèmes de protection sociale (le financement de la santé et de la retraite) : en Chine aussi, la crise démographique constitue, selon les analyses de l'Ined, une réelle menace pour le pays. D'ores et déjà, plus de 7 % de la population a plus de 60 ans. Dès 2020, au rythme actuel, la population active commencera à diminuer. Avant d'affronter, dans quinze ou vingt ans, les conséquences de sa politique malthusienne, Beijing se trouve confronté pour l'instant à un problème plus immédiat. Chaque année, 10 à 15 millions de personnes supplémentaires arrivent sur le marché du travail. Il faut pouvoir leur offrir un emploi !

Une longue histoire, un immense territoire et une population très nombreuse, la Chine n'est donc pas un animal comme les autres. Le moindre de ses mouvements a nécessairement des effets autrement plus déstabilisateurs sur le reste du monde que ceux des pays qui l'ont précédée dans le développement. Lorsque, pour assouvir sa soif ou satisfaire sa faim, elle envoie quelques émissaires sur les marchés mondiaux du pétrole ou des céréales, ceux-ci sont inévitablement saisis d'une réelle fébrilité. L'ampleur de ses besoins est source de brusques déséquilibres. Mais le marché mondial sur lequel le gigantisme de l'Empire a l'impact le plus fort est bien celui du travail. Si la révolution industrielle s'y fait, on l'a vu, en accéléré, le rattrapage avec les pays les plus développés prendra du temps, beaucoup plus qu'il n'en avait fallu à ses prédécesseurs lorsque ceux-ci s'étaient industrialisés.

*Un rattrapage long et douloureux*

« Les salaires ici ? Depuis dix ans, ils n'ont pas bougé. Je ne pense d'ailleurs pas avoir besoin de les augmenter dans les dix prochaines années. » A Canton, les industriels français réunis par les services commerciaux de l'ambassade de France en Chine pour réfléchir aux opportunités du pays ont tous relevé, étonnés, ce propos. Un patron local, le directeur d'une usine de montage du Guangdong, située à une centaine de kilomètres de la capitale de la province et qui travaille pour de nombreuses sociétés occidentales, leur exposait alors les avantages de son coin perdu – et passait rapidement, presque incidemment, par cette petite phrase, sur la question salariale. Les dirigeants français ne l'ont pourtant pas oubliée. Elle résume le défi chinois – l'originalité de l'envol de la Chine par rapport aux décollages des autres pays de la région.

En leur temps, le Japon, Singapour ou la Corée du Sud avaient donné raison aux livres d'économie. Conformément à la théorie des avantages comparatifs, ces pays avaient amorcé leur décollage en tirant profit de la faiblesse de leurs salaires, de leurs coûts et de leur productivité. Ils vendaient à d'autres plus avancés qu'eux des produits bon marché et leur achetaient la technologie et les services qu'ils n'étaient pas capables de produire dans d'aussi bonnes conditions que leurs partenaires. Grâce à cela, ils se sont enrichis. Les salaires ont augmenté, les charges aussi (il a fallu financer l'école, l'hôpital, la recherche, etc.), même la productivité a fait des progrès. Bref, il y a eu, avec le temps, un rattrapage des vieilles nations développées par les « nouveaux pays industrialisés ». Cela s'est traduit par une égalisation progressive des conditions de vie et de production. Aujourd'hui, le revenu par habitant est, à Tokyo ou à Singapour, sensiblement le même qu'à Chicago ou à Munich – sinon plus élevé !

Avec l'Empire du Milieu, ce beau scénario risque de connaître quelques ratés, de se dérouler surtout à un rythme beaucoup plus lent. Il y a certes aujourd'hui dans les villes de la côte une forte pression à la hausse sur les salaires. Mais dans l'ensemble de l'Empire, cette pression reste faible. Le propos du directeur d'usine du Guangdong est significatif. Malgré une croissance de la production industrielle supérieure à 20 % l'an depuis une décennie au moins dans cette province, les salaires n'ont pratiquement pas bougé – et ne devraient guère progresser dans les années à venir ! Un autre chapitre des livres d'économie permet de comprendre cette situation, celui consacré à un certain Karl Marx. Le premier, il a évoqué la notion d'« armée de réserve », celle de la main-d'œuvre, en l'occurrence. Dans *Le Capital*, ce grand théoricien qui a inspiré il y a très longtemps bien des dirigeants pékinois expliquait que les capitalistes rêvaient par-dessus tout d'entretenir une « armée de réserve » de chômeurs. Une telle armée d'oisifs à la recherche de moyens de survie aurait constitué pour eux un moyen de pression redoutable sur leurs propres travailleurs. Grâce à cette masse d'inactifs, ils devaient pouvoir imposer à leurs personnels les pires conditions d'exploitation (des salaires bas, des horaires interminables, un rythme effréné et une protection sociale réduite au strict minimum). Ils devaient pouvoir lutter avec efficacité contre la supposée baisse tendancielle des taux de profit. Les capitalistes de Marx auraient trouvé dans la Chine d'aujourd'hui leur paradis.

A Beijing, la construction du Grand Théâtre, près de la place Tiananmen, a pris quelque retard. Le froid, précoce, a gelé les travaux. Les responsables du projet ne s'en inquiètent pas outre mesure. Pour rattraper les semaines perdues, dès que le temps le permettra, ils embaucheront, pour les faire travailler jour et nuit, quelques dizaines d'ouvriers supplémentaires. « Des centaines de personnes se présentent instantanément dès que l'on en a besoin », raconte l'un des chefs de chantier. Ailleurs, à Shenzhen, sur la côte sud, les industriels du textile taïwanais n'arrivent plus, quant à eux, à trouver la main-d'œuvre bon marché d'antan, celle qui avait fait leur fortune. La concurrence des industriels de l'électronique et l'élévation du niveau de formation des gens de la région y ont fait monter les salaires. Qu'à cela ne tienne ! Puisqu'elle ne vient plus à eux, c'est eux qui iront vers elle. Profitant des aides publiques généreuses déversées de toutes parts, ces investisseurs délocalisent désormais massivement leurs unités de production dans les provinces de l'intérieur. *Go West*, a ordonné Beijing. Les capitalistes taïwanais ont compris que c'est là-bas qu'ils pourront trouver maintenant des salariés obéissants et bon marché. Ils s'exécutent et investissent là où se trouvent maintenant les nouveaux centres universitaires (Xian, Chengdu, Wuhan, etc.).

Paysans rejetés des campagnes, ouvriers licenciés des entreprises d'Etat et jeunes à peine sortis de leurs écoles, la révolution industrielle a aussi produit en Chine pour l'instant une vaste « armée de réserve ». Composée de plusieurs centaines de millions de personnes prêtes à accepter un travail à n'importe quel prix, celle-ci pèse lourdement sur les salaires, et au-delà sur l'ensemble des conditions de travail. Dans les pays capitalistes plus avancés, cette armée de réserve avait été progressivement épuisée par la démographie. En Chine, la démographie, on l'a vu, ne commencera à faire sentir ses effets que dans une quinzaine d'années. Les capitalistes avaient ensuite compris que pour que leurs produits trouvent des acheteurs, il fallait que leurs employés puissent les acquérir, qu'ils aient donc des salaires suffisants. Ce fut l'intuition géniale du constructeur automobile Henry Ford, au début du XX$^e$ siècle. Sous la pression, ils ont aussi dû reconnaître que des salariés formés et en bonne santé pouvaient leur être plus utiles que des employés rustres et faibles. Ce sera Roosevelt et l'Etat-providence. Ils ont même fini par accepter la liberté syndicale – reconnaissant ainsi à leurs employés le droit de s'organiser collectivement et de défendre leurs intérêts.

Dans leur histoire, tous les pays développés ont eu, d'une manière ou d'une autre, leur Ford, leur Roosevelt et leurs syndicalistes héroïques. C'est la généralisation de la consommation de masse, l'émergence d'un Etat-providence et la liberté syndicale qui ont rendu possible le rattrapage des plus anciens par les plus jeunes – l'homogénéisation progressive des conditions de vie et de travail dans le monde développé. La Chine suivra sans doute ce chemin – elle en est encore très loin. Compte tenu de l'énormité de son armée de réserve et de l'hypercapitalisme qui y règne, les salaires et les coûts mettront beaucoup plus de temps à se rapprocher de ceux du monde développé que ce ne fut le cas pour le Japon, Singapour ou la Corée du Sud.

*Le lièvre et la tortue*

« La Chine ou l'Inde, qui dominera l'Asie en 2020 ? » A Davos, en Suisse, ce soir-là, lors de la traditionnelle grand-messe des maîtres du monde du début d'année – c'est l'édition 2004 du Forum de l'économie mondiale – le dîner réunit, comme à l'accoutumée, patrons, professeurs et politiques venus des quatre coins de la planète. Autour des tables, les Indiens dominent – par leur nombre ; les Chinois sont plutôt rares : beaucoup ont été retenus au pays par leur nouvel an. Les premiers échanges restent diplomatiques. On parle d'« amitié traditionnelle », de « coopération nécessaire » entre ces deux puissances... qui s'ignorent en réalité.

Le ton s'anime un peu. « Le software (les logiciels) pour l'Inde, le hardware (le matériel) pour la Chine », prédit un intervenant. Cette division du travail fait bondir le professeur de Tsinghua, la prestigieuse université de Beijing, présent : « Nous ne sommes pas que des petites mains, nous avons aussi des cerveaux », rétorque-t-il, son sourire masquant mal sa crispation. Le train-train reprend. Excédé par la langue de bois ambiante, un industriel indien se lève finalement et raconte. « Moi, dit-il, j'ai fermé toutes mes usines et quitté mon pays pour investir en Chine. Là-bas au moins, on nous laisse travailler en paix, on n'est pas constamment ennuyé par une bureaucratie tatillonne et instable. Et puis, on y trouve une main-d'œuvre de qualité... » Hésitant jusqu'alors à se mêler au débat, une affaire de famille, les patrons occidentaux ne peuvent retenir leurs applaudissements. Entre les deux géants asiatiques, les multinationales qu'ils représentent ont clairement fait leur choix. Leurs investissements dans l'Empire du Milieu y sont presque dix fois supérieurs !

La Chine ou l'Inde ? A l'évidence, dans la course au développement, la première est partie plus tôt – le coup d'envoi a été donné en 1978, en 1991 seulement à Bombay. Elle court aussi plus vite et a, de ce fait, nettement pris l'avantage sur la seconde. Sur le chemin de la libéralisation des structures ou de la création des infrastructures, comme pour l'ouverture au monde, en matière de revenu comme sur le plan social, l'écart entre les deux pays s'est sensiblement accru au cours des vingt-cinq dernières années. Le niveau de vie comme celui de la formation sont désormais globalement plus élevés à Beijing qu'à Bombay. Alors qu'à la fin des années 70, le revenu par habitant était sensiblement identique, les Chinois ont, au début des années 2000, un revenu deux fois supérieur à celui des Indiens. L'illettrisme a pratiquement disparu chez les premiers ; il constitue une plaie encore massive chez les seconds.

Moins peuplée, moins ouverte et moins développée pour l'instant, l'Inde pourrait néanmoins tirer parti de quelques-uns de ses atouts pour rattraper son voisin. Sa démographie reste plus active – sa population, plus jeune, dépassera celle de la Chine d'ici à 2030. Son double héritage britannique, la langue anglaise et la démocratie, ne lui a pas toujours profité ; cela pourrait changer. La langue et la culture de la mondialisation actuelle étant celles de Shakespeare, le pays s'inscrira dans l'avenir plus facilement. Les multinationales anglo-américaines préfèrent d'ores et déjà délocaliser leurs centres d'appel, leurs services comptables ou leurs unités de « recherche et développement » dans un pays qui parle leur langue et celle de leurs clients – et qui en a bien des habitudes. Parmi celles-ci, il y a la démocratie. Moins efficace peut-être qu'un régime totalitaire pour mener rapidement à bien de douloureuses transformations, elle pourrait pourtant se révéler plus pertinente pour en assurer la pérennité. En Chine, la révolution industrielle est orchestrée, à la baguette, par un chef unique et autoritaire, le PCC. L'avancée est rapide, mais fragile. Tôt ou tard, les contradictions qu'elle fait naître finiront par s'exprimer. En Inde au contraire, la démocratie ralentit le processus de transformation, mais l'installe peut-être sur des fondations plus solides.

Le lièvre (la Chine) et la tortue (l'Inde), les animaux de la fable viennent tout naturellement à l'esprit. Inutile de parier sur le vainqueur de cette course tant les impondérables sont nombreux. Ce que La Fontaine nous rappelle utilement néanmoins, c'est que, dans ce « vol d'oies sauvages » aperçu dans le ciel asiatique depuis le milieu du siècle dernier, il n'y a pas aujourd'hui, sur la quatrième ligne de départ, un animal unique qui décolle, il y en a deux en réalité – et que ce sont tous deux de grosses bêtes, des pays-continents, les deux nations les plus peuplées du monde, tout simplement. Le XXI$^e$ siècle pourrait voir, si ces deux pays poursuivent leur mutation, plus de 40 % de la population mondiale basculer du tiers monde au premier monde. C'est aussi là une circonstance qui donne au décollage chinois une réelle originalité – rien à voir, on le comprend, avec l'envol de Singapour, ni même du Japon ! Toutes les turbulences que l'envol chinois est susceptible de provoquer dans l'économie mondiale sont accentuées par l'ombre de l'autre oiseau, l'Inde.

### Les Etats-Unis de Chine

« Non à un Chinatown au pied du Colisée ! » A Rome, en ce printemps 2004, la mobilisation est à son comble. Même le Vatican a été sollicité. C'est le choc des empires ! Un groupe d'habitants de la capitale italienne refusent la création d'une véritable petite ville chinoise en plein cœur de leur cité. Pas question pour feu l'Empire romain de laisser quelque terrain au nouvel empire montant, celui du Milieu. De telles « Chinatowns », ces petites enclaves très organisées, très fermées mais toujours très liées à la mère patrie, la planète en compte pourtant d'ores et déjà un grand nombre – à Paris, Sydney, New York, San Francisco ou Vancouver par exemple. Elles sont, avec d'autres, le signe que la Chine n'est pas qu'un pays, elle est, avec ses multiples diasporas disséminées sur la planète, un véritable « monde ». Au total, les Chinois qui vivent hors du continent ne sont que 30 ou 35 millions, voire 50 millions (les deux tiers sont installés dans les pays d'Asie du Sud-Est) – un confetti par rapport à la population totale de la République populaire. Mais ils ont joué, et continuent de jouer, un rôle essentiel dans le décollage de l'Empire. Ils sont, pour Beijing, un atout économique exceptionnel dont aucun des pays asiatiques ayant décollé au cours des cinquante dernières années n'a jamais disposé.

Ce monde chinois n'est bien sûr pas homogène. Il y a a priori peu de points communs entre Li Kashing, le « milliardaire rouge » qui a fait sa fortune dans la finance et l'immobilier à Hong Kong, Chang Tsu, un industriel besogneux de Taïpeh (Taïwan), Tchu Lien, la petite main des ateliers textiles du Sentier à Paris (France) ou Liu « Jefferson », l'étudiant de la London Business School (Grande-Bretagne). Mais beaucoup plus que dans bien d'autres communautés, tous, où qu'ils soient, conservent un lien fort avec la « maison mère ». Ils contribuent, chacun à leur manière, au décollage du pays – des « Etats-Unis de Chine », peut-on dire. Si, à côté de la grande République populaire, « Etats » il y a, quels sont-ils ?

Avec Hong Kong, Taïwan et Singapour, il y a tout d'abord les autres Chines. Ce sont, pour le coup, de véritables petits Etats (jusqu'en 1997 pour la presqu'île de Hong Kong), peuplés en très grande majorité, sinon en totalité, de Chinois. Même si ceux de Taïwan ne se considèrent plus comme tels (interrogés sur leur nationalité, ils répondent, presque unanimement : « taïwanais »), ils n'en gardent pas moins de solides attaches avec leur province d'origine, sur le continent. Ces trois « Etats » ont certes des histoires et des statuts politiques bien différents. Hong Kong a perdu son indépendance en 1997, Taïwan voudrait bien la proclamer tandis que Singapour la vit depuis longtemps. La première, la grouillante presqu'île, a dû se soumettre à la règle inventée par Beijing d'« un pays, deux systèmes » ; l'île nationaliste craint, quant à elle, de devoir l'accepter et se dit prête à tout pour l'éviter, avec le soutien, du moins l'espère-t-elle, des Etats-Unis (d'Amérique) ; la cité-Etat est, quant à elle, épargnée par de telles turpitudes, elle vit très clairement sous le règne du « deux pays, deux systèmes ». Sur le plan politique donc, les relations entre chacune de ces Chines et l'Empire sont complexes et conflictuelles – c'est le moins que l'on puisse dire

Rien de tel sur le plan économique ! Là, entre chacune de ces trois Chines et l'Empire, c'est la lune de miel, l'amour fou même, une affaire de famille en tout cas. Le commerce y va bon train – il n'a fait que s'intensifier au cours des vingt-cinq dernières années. Les tensions politiques sont parfois source de difficultés – en 2004 par exemple, il n'y avait toujours aucune liaison directe, ni maritime ni aérienne, entre Taïwan et la République populaire ! Cela n'a pas empêché une véritable explosion des échanges de marchandises et de capitaux entre chacune de ces trois enclaves capitalistes et le continent communiste. Pour Beijing, si ces trois Chines ont chacune leur personnalité (Hong Kong la financière, Taïwan l'industrieuse et Singapour l'intellectuelle), elles sont néanmoins toutes trois à la fois un laboratoire, une banque et un intermédiaire privilégié avec le reste du monde.

Quelle alchimie mettre en œuvre pour déclencher, dans le monde chinois, une révolution industrielle et en maîtriser le déroulement ? Les ingénieurs qui manient à Beijing les éprouvettes, les dirigeants du Parti communiste ont eu, avec ces trois Chines toutes proches, une première chance qu'aucun autre pays émergent n'a jamais eue : ils ont pu suivre, comme en laboratoire, trois expériences réelles et s'en inspirer.

Ils ne cachent pas aujourd'hui leur admiration pour Lee Kwan Yew, celui qui a fait de Singapour l'un des pays les plus riches du monde. Un régime paternaliste et autoritaire y a organisé une économie efficace et une société égalitaire – le « socialisme réalisé » en quelque sorte, un modèle en tout cas pour le président Hu Jintao et son Premier ministre Wen Jiabao. Il a, dit-on, été scrupuleusement analysé par leurs équipes.

C'est aussi avec ces petites Chines que la « grande » fait son apprentissage du capitalisme, qu'elle en expérimente certains outils. Les premières « JV », ces joint-ventures (sociétés conjointes) qui marient capitaux chinois et étrangers, l'ont été avec leurs industriels. La Bourse de Hong Kong a été, dès les années 80, l'école des cadres des grandes entreprises d'Etat : ceux-ci sont venus s'y initier à l'art du marché avant que leurs sociétés n'y fassent elles-mêmes leurs premiers pas. L'institut d'émission de Singapour (la banque centrale de la cité-Etat) accueille, lui, de plus en plus de stagiaires de la banque centrale de Chine – ils viennent y apprendre la gestion de la monnaie dans un pays ayant une devise convertible, pour être prêts, sans doute, le jour où le yuan, la devise de la République populaire, le sera !

L'argent de ces trois Chines n'a pas attendu ce jour pour s'investir massivement sur le continent : plus de la moitié des investissements directs étrangers en proviennent d'ores et déjà ! C'est énorme. En fait, malgré bien des obstacles, les industriels de Hong Kong, Taïwan et Singapour y ont, ces dernières années, massivement délocalisé leurs usines pour y profiter de la faiblesse des salaires et des privilèges accordés aux capitaux étrangers. Ces trois Chines sont ainsi une fort utile banque pour Beijing. Hong Kong la financière joue habilement de cette situation. Elle récupère, par exemple, des capitaux de Chine continentale (de l'Armée populaire de libération notamment !) qui y retournent, mais qui, estampillés de la marque « capitaux étrangers », peuvent profiter des avantages accordés à ceux-ci ! Entre Beijing et Taïpeh, si le climat est, sur le plan politique, plutôt glacial, il est, en matière économique, on ne peut plus cordial. Peu de nuages sur le détroit que l'on appelait autrefois de Formose. Plus de 60 000 sociétés taïwanaises travaillent en République populaire – où elles font transformer et assembler des pièces souvent fabriquées sur l'île. Elles apportent au continent capitaux, technologie et savoir-faire, mais aussi un accès rapide à de nouveaux réseaux extérieurs – des marchés, des financiers ou des conseillers.

Ces trois petites Chines servent enfin à Beijing et selon les circonstances de *go between* (d'intermédiaires) entre le continent et le reste du monde. Malgré sa réintégration dans la République populaire, Hong Kong demeure ainsi un « sas » utile par lequel beaucoup de multinationales occidentales transitent encore pour accéder au marché chinois. Port et aéroport influent, l'ex-colonie britannique continue aussi, malgré la concurrence de Shanghai, à assurer le transport d'une partie importante de la production chinoise. Si Hong Kong est l'agent le plus important du continent dans ses relations avec le reste du monde, il est arrivé aussi à Singapour de se faire, à l'occasion, le messager des intérêts de Beijing. Avec Taïwan, l'autre « République de Chine », les choses sont plus compliquées. A Beijing comme à Taïpeh, certains font le pari que l'interpénétration de plus en plus forte des économies contribuera, tôt ou tard, à atténuer les tensions entre les deux rives du détroit. Pour l'instant en tout cas, l'Empire bénéficie, avec ses trois petites Chines, d'un soutien économique considérable – la chance veut qu'il ait aussi des enfants influents dans d'autres pays de la région, qu'il puisse trouver un renfort supplémentaire auprès de quelques dragons.

Mai 1998 : la capitale indonésienne, Djarkata, est à feu et à sang ; les images sont d'une violence insupportable. Difficile de les effacer de sa mémoire. Des manifestants pourchassent les commerçants chinois de la ville. Les émeutes révèlent, s'il en était besoin, un aspect mal connu des pays d'Asie du Sud-Est : le rôle économique très important qu'y joue la communauté chinoise. En Indonésie et en Malaisie tout particulièrement, les Chinois ne représentent qu'une faible part de la population – 3 % dans le premier cas, 25 % dans le second. Ils y détiennent en revanche l'essentiel des leviers économiques – 60 % du commerce, 80 % de la banque, etc. Coupés depuis plusieurs générations de la « maison mère », ils n'ont plus avec elle des liens aussi forts que ceux des trois Chines précédentes. Par prudence, ils évitent aussi, sauf urgente nécessité, de se mêler de politique dans les pays dans lesquels ils font leurs affaires. Le développement économique de la Chine ne les laisse pourtant pas indifférents. Leur intérêt pour ce gigantesque marché mais aussi pour sa main-d'œuvre peu coûteuse n'a fait que se renforcer ces dernières années. La montée d'un racisme « anti-chinois » dans plusieurs de leurs pays d'accueil y a aussi contribué. A leur tour donc, ils investissent de plus en plus sur le continent. Riches, compétents et influents, ces Chinois des tigres de la région aident aussi, à leur manière, le plus grand des dragons.

« Français ou chinois ? Pour moi, pour nous, la question n'a pas de sens. Je suis français et chinois. » André Chieng est né en France, de parents émigrés chinois. Totalement bilingue, parfaitement biculturel, il a fait toutes ses études dans l'Hexagone, de la maternelle, à Marseille, jusqu'à Polytechnique, à Palaiseau, dans la région parisienne. Et y a démarré une brillante carrière. En août 2001, avec sa femme, Diana, une Chinoise de Londres, il décide de retourner au pays. Depuis Beijing, il conseille désormais les entreprises françaises qui veulent faire des affaires avec la Chine. Après avoir aménagé, avec beaucoup de goût, leur appartement, sa femme a organisé, à la demande des autorités locales, une grande biennale internationale de l'architecture, une première mondiale. Le couple Chieng fait partie d'un autre « Etat » de la diaspora, celui constitué par ces nombreuses communautés chinoises installées dans les grands pays industrialisés.

Combien sont-ils, ces Chinois de l'extérieur ? La remarque de Chieng indique la difficulté de tout recensement. Portés par plusieurs phases d'émigration, ils sont aujourd'hui très nombreux aux Etats-Unis (3 millions environ), en Australie ou au Canada ; un peu moins dans les pays européens. En France, la communauté chinoise serait forte, selon Pierre Picquart, l'auteur de *L'Empire chinois*, de quelque 230 000 personnes. Ce tiers « Etat » ne fonctionne pas, à l'évidence, à l'égard de la mère patrie comme les deux précédents. Il n'est pas organisé. Il est plus dispersé. La distance et le temps aidant, nombre de ses sujets l'ont parfois un peu oubliée. Très actifs dans la restauration, le commerce ou la petite industrie, ils s'intègrent dans la vie économique de leur second pays au point d'en négliger parfois le premier. Même s'ils vivent bien souvent regroupés au sein des « Chinatowns » et qu'ils y participent à la vie de la communauté, ils entretiennent généralement peu de relations avec la Chine communiste.

Comme le montre le couple Chieng, la République populaire dispose néanmoins avec cet « Etat »-là d'un gigantesque vivier d'acteurs économiques susceptibles de l'aider dans son décollage. Cette aide prend de multiples formes. Les petits restaurants décorés de lampions et de guirlandes qui ont poussé dans toutes les villes de la planète – les parents d'André Chieng en avaient fait leur activité – amorcent l'initiation des consommateurs occidentaux à la culture et, au-delà, aux produits de l'Empire. Leurs personnels, du serveur à l'aide-cuisinier, envoient une partie de leurs revenus à la famille restée au pays. Les enfants du patron se lancent dans le commerce de « chinoiseries » ou sont débauchés par les multinationales occidentales à la recherche d'agents pour se développer là-bas. D'autres encore animent les laboratoires de recherche les plus sophistiqués du monde, dans la Silicon Valley ou à Orsay, près de Paris. Ils sympathisent en tout cas avec leurs frères tout juste arrivés du continent, les accueillent et leur enseignent volontiers les us et coutumes locaux. Même si nombre de ces Chinois de l'extérieur rejettent le régime en place à Beijing, ils restent, dans leur grande majorité, profondément attachés au pays et, surmontant leur haine du communisme, sont prêts à travailler pour lui. Conservant finalement au fond d'eux-mêmes et en dépit de tout un profond sentiment national, voire nationaliste, ces centaines de milliers d'émigrés constituent en définitive un inestimable réseau au service de la grande Chine – une source d'argent, de savoir-faire, d'informations et de relations fort utile.

En cette fin du XX$^e$ siècle, ce n'est pas la Chine seule qui a amorcé son décollage économique, c'est un ensemble très hétéroclite qui s'est envolé, composé de pays chinois, de pays sous influence chinoise et de Chinois sans pays. Le développement des « Etats-Unis de Chine » ne peut être là encore comparé à celui du Japon, de la Corée du Sud ou de la Thaïlande !

*Les tortues de mer*

« Je m'appelle Liu Yu, mais, ici, je me fais appeler Liu Jefferson », raconte cet étudiant chinois rencontré en Angleterre, sur le campus de la London Business School, l'une des plus prestigieuses universités du monde. Arrivé il y a quelques mois pour une année d'initiation intensive à la banque d'affaires, le jeune Pékinois s'explique : « En anglais, il y a un risque de confusion entre You et Yu. » Ses camarades de promotion ne sont pas tous convaincus par son argument. L'un d'entre eux, un Français, commente : « C'est surtout pour s'occidentaliser qu'il a choisi ce prénom. » Liu Jefferson, alias Liu Yu, fait partie en tout cas d'un autre Etat de l'Empire : ces étudiants qui peuplent désormais, par dizaines de milliers, les plus grandes écoles et universités occidentales.

Dans les couloirs du MIT, à Cambridge (Etats-Unis), autour des bâtiments de l'Université de Keio, à Tokyo (Japon) ou sur le campus d'HEC, à Jouy-en-Josas (France), la grande nouveauté des dix dernières années du siècle finissant, c'est en effet l'arrivée massive des Chinois. Tout le monde en veut. Les universités les plus cotées se les arrachent. Le MIT a déjà installé une annexe à Beijing. HEC organise désormais, sur place, chaque année un concours réservé aux candidatures locales. Son directeur raconte qu'il a dû en renforcer la surveillance – il avait en effet constaté, une année, que l'un des reçus là-bas s'était fait remplacer ici – ni vu ni connu – par un camarade en réalité nettement moins brillant !

A Beijing, les dirigeants communistes ont, quant à eux, considérablement ouvert les portes, dans ce domaine aussi – et pas seulement pour leurs propres enfants. Soucieux de former aux meilleures écoles du monde leurs élites, ils ont assoupli les conditions d'expatriation pour les jeunes qui le souhaitent. Ceux-ci peuvent d'ailleurs maintenant choisir leur destination en s'appuyant sur le classement des meilleures universités du monde qui s'est imposé sur la planète en quelques années à peine, celui établi par... l'Université de Shanghai justement ! Plus de 140 000 Chinois suivent en ce moment des cursus dans les universités américaines, 70 000 environ dans leurs homologues européennes. Le coût des études y est parfois très élevé – l'Etat socialiste n'est que d'un faible secours. Les familles sacrifient une partie importante de leurs revenus. Qualifiés de « tortues de mer », ces jeunes partis faire leurs études à l'étranger sont pour la Chine un précieux investissement. Les pays africains qui avaient envoyé leurs fils, souvent sur le budget de l'Etat, dans les universités des pays riches ne les ont souvent jamais vus revenir. Une fois diplômés, ceux-ci préféraient alors rester et faire leur vie dans leur pays d'accueil, allant jusqu'à oublier leur dette à l'égard de leur nation d'origine. Les Chinois font preuve d'un plus grand attachement à la famille. Si tous ne rentrent pas immédiatement « au pays », rares sont ceux qui osent rompre totalement les amarres. Au total, depuis les débuts de la « politique de la porte ouverte », en 1978-1979, ce sont près de 580 000 jeunes Chinois qui sont partis faire des études à l'étranger – 150 000 seulement sont revenus. Avec la modernisation et l'enrichissement du pays, le rythme des retours s'accélère.

## Conclusion

La seconde moitié du XXᵉ siècle avait, jusqu'à présent, confirmé le diagnostic des apôtres de la « mondialisation heureuse » ainsi que l'analyse des défenseurs, chez les économistes, de la théorie de l'avantage comparatif. En conjuguant libéralisation et ouverture sur le monde, plusieurs pays, en Asie du Sud-Est surtout, avaient réussi à sortir de leur sous-développement. S'ouvrir à l'échange international n'y fut pas chose facile. Il fallut rompre avec bien des traditions – des rentes, des monopoles et quelques autres habitudes malsaines. Les vieilles nations développées ont dû procéder, elles aussi, à de profondes restructurations. Elles ont en particulier abandonné aux nouveaux venus bien des emplois (dans le textile, le jouet, la petite mécanique, etc.) et en ont inventé d'autres (dans l'électronique, les médias, les services aux particuliers, etc.). Au total avec succès. Le chômage de masse s'y est certes répandu – le nombre total des emplois n'y a pourtant jamais été aussi élevé.

La montée en puissance du Japon, de la Corée du Sud, de Taïwan et, dans une moindre mesure, de la Thaïlande a donc provoqué, pendant le dernier demi-siècle, de vives turbulences dans l'économie mondiale. Elle fut, pour partie, à l'origine des deux grands chocs pétroliers (de 1973, puis de 1979) de la période. Elle a aussi contribué, avec d'autres facteurs, à l'instabilité croissante de nos économies. Mais au total, la globalisation fut un jeu dont tous les participants sortirent gagnants, où les anciennes nations industrielles comme les nouveaux pays industriels ont vu leur niveau de vie s'améliorer très substantiellement. Les perdants furent les pays restés à l'écart du mouvement, la presque totalité des nations africaines notamment.

Aujourd'hui, alors que la Chine est, à son tour, entrée dans la danse, certains sont tentés de parier sur une réédition de ce jeu où tout le monde gagne. Le monde déjà industrialisé va bénéficier de l'industrialisation d'un nouveau monde – ce sont à la fois de jeunes producteurs, peu exigeants sur leurs salaires, et des marchés gourmands, avides de tous ce qui est neuf, qui vont émerger. L'échange, une fois de plus, va profiter à tous. Grave erreur ! La Chine n'est pas un Singapour de plus. La Chine, c'est 325 Singapour de plus. Elle n'est pas qu'un Japon supplémentaire, mais une bonne dizaine au moins. Elle est, par son histoire, son espace et sa population, un géant là où il n'y avait que des nains. Elle est, avec sa diaspora, à la tête d'un imposant réseau là où il n'y avait que quelques individus isolés. Elle amorce son envol au moment où un autre géant s'y prépare aussi, l'Inde. Elle décolle enfin alors que les vents de la globalisation sont beaucoup plus violents. Son décollage promet en réalité de déstabiliser bien plus brutalement et durablement l'économie mondiale que ne le fit celui de ses prédécesseurs dans la voie du développement.

## CHAPITRE 3

## DANSER AVEC LE LOUP

*Les Etats-Unis et la Chine, le couple appelé à dominer le monde.*

Les « boys » de l'armée américaine ne le savent pas, ils ont pourtant failli porter des bérets noirs marqués de l'étiquette « made in China ». Infamante étiquette ! Grâce à l'action... héroïque de Donald Manzullo, un représentant au Congrès de l'Illinois, un Etat industriel très affecté par les délocalisations, il n'en sera rien. Le ministère américain de la Défense avait décidé, dans un souci de bonne gestion, d'acheter ses couvre-chef en Chine : ils étaient les moins chers du monde. Manzullo, qui préside la commission chargée des petites entreprises à la Chambre des représentants, a obtenu la remise en cause de cette opération. Depuis, les 614 999 bérets livrés il y a deux ans par une usine du Guangdong croupissent dans les entrepôts du service « Petites fournitures » du Pentagone – l'élu, un républicain, en conserve le six cent quinze millième exemplaire en permanence dans son attaché-case. Des trophées comme celui-ci, marquant une victoire contre l'hydre chinoise, il en a, à son goût, trop peu.

Aux Etats-Unis, dans son combat contre l'Empire du Milieu, Donald Manzullo n'est pas seul. Il sait qu'il bénéficie d'un large soutien dans les milieux patronaux – combien d'industriels sont déjà passés dans son bureau pour se plaindre de la concurrence déloyale dont ils s'estiment les victimes de la part des Chinois ! Il peut compter aussi sur celui des syndicats de salariés qui, à chaque fermeture d'usine, les accusent d'en être les responsables et de vouloir absorber tous les emplois américains – une opinion largement partagée dans la population. Le vaillant Manzullo n'est, dans son pays, que l'un des très nombreux petits soldats d'une guerre que les Américains, dans leur très grande majorité, considèrent d'ores et déjà comme engagée : celle qui les oppose, pour le siècle à venir, au nouvel empire montant. Et dans cette guerre, pour lui comme pour ses collègues du Congrès, pas question de porter un béret fabriqué par les forces ennemies !

C'est que dans ce pays toujours en avance en matière économique sur la vieille Europe, le cyclone chinois a déjà commencé à frapper. Ses effets y sont d'ores et déjà plus marqués qu'ailleurs, qu'en France notamment. Et il n'est pas sans rappeler le choc nippon d'il y a une trentaine d'années. Dans les malls des grandes cités, ces gigantesques centres commerciaux anonymes, la marée de produits fabriqués en Chine a pris les allures d'une déferlante. Elle a plongé dans la crise des industries entières – le textile, l'habillement, le jouet, le cycle, le meuble et d'autres encore. Même si le boom chinois ouvre des marchés aux firmes américaines, aux Boeing (avions), Motorola (téléphones portables) et autres McDonald's (restauration rapide), l'explosion, au cours des dix dernières années, du déficit commercial de l'Amérique à l'égard de la Chine y est perçue comme le signe d'une relation profondément déséquilibrée. Elle a favorisé la multiplication de revendications protectionnistes auprès du Congrès. De Detroit à San Francisco, de New York à Houston, le « taper sur la Chine » (*China bashing*) a remplacé le « taper sur le Japon » (*Japan bashing*) des années 70 et 80. Mais avec quelques différences : les Etats-Unis avaient voulu l'envol du Japon et l'avaient largement aidé ; celui de la Chine, ils n'en ont pas été les maîtres et craignent qu'il ne leur échappe, qu'il ne donne naissance à un rival plutôt qu'à un partenaire, en économie bien sûr et au-delà, dans les relations politiques internationales. Protégeons-nous de cet animal étrange : tel est, depuis une quinzaine d'années, le leitmotiv des candidats à la Maison-Blanche. Une fois élus, ils l'oublient, pour l'instant – mais jusqu'à quand ? L'éléphant s'inquiète de l'arrivée de l'éléphanteau dans l'économie mondiale – il sait, pour en avoir fait lui-même l'expérience au siècle passé, que le sort naturel de l'éléphanteau est de grandir et qu'un deuxième éléphant dans un même magasin, ce n'est pas sans danger... Ses inquiétudes s'appuient sur quelques bonnes raisons et d'autres, moins bonnes.

*Le bouc émissaire*

À Houston, Yao a remplacé Mao. Les jeunes Texans ont depuis longtemps oublié qui fut Mao – et la partie de ping-pong qui scella le rétablissement des relations entre la Chine et les Etats-Unis au début des années 70 ; ils sont en revanche incollables sur Yao – et ses passes dans de mémorables matchs de basket de la NBA (National Basket Association). La star de l'équipe locale, les « Houston Rockets », Yao Ming, un enfant de Shanghai, symbolise bien davantage désormais dans l'imaginaire collectif américain la Chine que le Grand Timonier, père de la révolution communiste. L'agilité, l'aisance, le jeu collectif et le sourire de Yao font l'admiration du public. Il est devenu, en quelques années, une véritable vedette nationale. La presse le désigne par son nom, Yao, tout simplement, un signe de grande popularité. Le leader mondial de la restauration rapide, McDonald's, jamais en retard sur un coup, l'a déjà embauché pour en faire son porte-parole pour les Jeux olympiques de Beijing, en 2008.

Du haut de ses 2,26 mètres, le talentueux joueur a révélé d'abord aux Américains que... les Chinois n'étaient pas tous de petite taille. Par sa puissance et sa détermination, il est aussi le symbole de cette Chine nouvelle qui monte et qui inquiète. Importé d'Amérique où il est depuis longtemps le sport-roi, le basket n'y est devenu, en Chine, que récemment la discipline sportive la plus populaire et pourtant, le pays est déjà capable d'exporter des produits d'exception – comme ce jeune Yao. Et il en va de l'économie comme du sport ! La Chine a décidé, il y a peu, de jouer sur le même terrain que les Etats-Unis, celui de l'économie de marché, que déjà elle semble menacer leurs meilleures équipes. Sportifs, les Américains apprécient. Point trop tout de même ! Ils ont fait, en quelques années, de ce pays le bouc émissaire de tous leurs malheurs.

C'est que la Chine ne donne pas aux Américains que de grands joueurs de basket, elle leur vend aussi des ballons, des chemises de nuit, des soutiens-gorge, des chaussons et des chaussures, des jouets et des meubles en bois, des vélos et des pianos, des téléphones et des ordinateurs portables, etc. La liste est interminable. En quelques années, les exportations chinoises vers les Etats-Unis ont connu une véritable explosion ; elles se sont aussi considérablement diversifiées. Le chiffre d'affaires de China Inc. sur le marché américain a été multiplié par dix en quinze ans ! De 15 milliards de dollars à peine en 1990 (3 % du total des importations américaines), il a dépassé les 150 milliards en 2004 (12 % des importations). Dans les grandes surfaces de l'empire américain, le panier de la ménagère se remplit de plus en plus de produits importés de Chine. Et si, au début, la marée était porteuse de produits simples, elle s'est progressivement enrichie de marchandises de plus en plus sophistiquées. Dès 1994, la Chine dépassait Taïwan et la Corée du Sud comme premier fournisseur de chaussures de tennis des Etats-Unis. En 2002, elle passait devant le Japon et le Mexique pour le petit matériel électronique. En 2003, elle a tout simplement dépassé le Mexique et est devenue le second fournisseur étranger des Etats-Unis – derrière le Canada.

Les achats chinois à l'Amérique n'ayant pas suivi, le déficit commercial des Etats-Unis à l'égard de l'Empire du Milieu s'est, de fait, lui aussi creusé, passant de 34 milliards de dollars en 95 à 124 milliards en 2003 (58,6 milliards selon les statistiques chinoises). Ce n'est pas rien : cela représente près d'un quart du déficit total américain. Comme le Japon au début des années 70, la Chine est accusée par tous – patrons, syndicats et membres du Congrès – de vouloir jouer le jeu de l'économie libérale sans en respecter les règles. Elle protège son marché, exploite d'une manière éhontée ses travailleurs et marque naturellement dans ses relations avec les joueurs honnêtes des points en permanence, ce dont témoignent ses énormes surplus commerciaux. La Chine est ainsi devenue le responsable, commode, de tous les maux de l'économie américaine. La déflation menace : c'est à cause de ses produits trop bon marché. Si, dans le même temps, comble du paradoxe, l'inflation se profile à l'horizon : ce sont ses pressions sur le marché du pétrole qui en sont la cause. La croissance revient, pas les emplois : ce sont les Chinois qui nous les volent. Les délocalisations : elles sont l'arme la plus redoutable pour affaiblir l'hyperpuissance et organiser sa désindustrialisation. Si, depuis la dernière guerre en Irak, l'Amérique politique est profondément divisée, cela n'est pas le cas sur le nouveau bouc émissaire. D'après un sondage récent, réalisé au cours de l'été 2004, 94 % des Américains considèrent que les pertes d'emplois occasionnées par l'Inde et la Chine sont, pour le pays, un problème « sérieux », voire « très sérieux ».

Depuis le début des années 90, l'Empire du Milieu occupe d'ailleurs une place importante dans toutes les campagnes pour la Maison-Blanche. Chaque fois, le film est le même. Le challenger dénonce, avec violence, la politique trop complaisante du sortant à l'égard de Beijing. Une fois élu, et après quelques diatribes de même tonalité, le nouveau président en revient rapidement à une attitude plus bienveillante. La dernière élection présidentielle, à l'automne 2004, n'a pas échappé à la règle. « Bush s'est endormi au volant et a laissé la Chine multiplier ses abus », a dénoncé, lors de la convention de Boston de juillet 2004 et sous un tonnerre d'applaudissements, le candidat démocrate John Kerry, évoquant « le vol de nos brevets, ceux d'Hollywood tout autant que le Viagra » mais aussi « les manipulations monétaires prédatrices » de l'ennemi. Promesse était faite, dans la foulée, de s'attaquer, dès son installation à la Maison-Blanche, « aux pratiques commerciales déloyales de Beijing qui viole en permanence ses engagements internationaux ».

« Il faut arrêter de faire des mamours à la Chine, comme l'ont fait ces mollassons de clintoniens depuis trop longtemps ! » Pour se faire élire, le républicain George Bush lui-même n'avait pas lésiné, en 1999, dans ses attaques contre la politique de l'administration Clinton, entre 1992 et 2000. Il devait s'en prendre tout particulièrement au « partenariat stratégique » conçu par les têtes pensantes du candidat sortant. « La Chine n'est pas un partenaire, elle est un concurrent, elle est notre rivale », avait plaidé le républicain devant des publics toujours séduits par la rhétorique antichinoise. Celle-ci ne résista pas à l'épreuve du pouvoir – Bush fils fit de la Chine son partenaire, comme les autres.

Plus loin encore dans le temps, en 1991, pour l'emporter, Bill Clinton usa d'une formule qui fit date. Alors que, président en exercice, George Bush père tentait de renouer les liens avec le Premier ministre chinois, le glacial Li Peng, « jamais, devait déclarer le candidat Clinton, je ne serrerai, moi, la main du Boucher de Beijing ». C'était quelques mois après que le monde fut traumatisé par cette image d'un char face à un jeune homme sur la place Tiananmen, en plein centre de la capitale chinoise, après donc l'écrasement, en juin 1989 par l'Armée populaire de libération de l'un des mouvements de contestation les plus forts qu'ait jamais connus la Chine communiste – et qui fit plusieurs milliers de morts. Sous la pression de militants très mobilisés, le candidat démocrate se faisait fort, s'il devait être élu, de « conditionner les relations commerciales des Etats-Unis avec la Chine à une amélioration des droits de l'homme », de ne pas abandonner ses principes sur l'autel des intérêts économiques du pays. Que nenni ! Une fois aux manettes, Clinton devait rapidement reprendre à son compte la conduite de son prédécesseur, Bush père. Il milita activement pour que le Congrès renouvelle, régulièrement, à l'Empire le statut de la « nation la plus favorisée ». La question divisait alors profondément la classe politique et l'opinion. Elle fut l'un des sujets majeurs de conflits entre les deux grands partis pendant les deux mandats de Clinton. Celui-ci se fit ensuite le champion du soutien à la Chine pour son adhésion à l'Organisation mondiale du commerce – obtenue finalement en décembre 2001.

Dans son livre autobiographique, *Living History* (*L'Histoire vivante*), Hillary Clinton, la femme de l'ex-président, raconte dans le détail les visites du couple présidentiel dans l'Empire du Milieu – et insiste, à travers de nombreuses anecdotes, sur la volonté qu'avait constamment son mari de bien tenir les deux bouts de la chaîne. L'ampleur du marché chinois pour les industriels américains l'obligeait à courtiser le « Boucher de Beijing » mais ne l'empêchait pas de conserver son franc-parler. Aussi quelle ne fut pas la colère d'Hillary lorsqu'elle apprit, par un ami sinisant, que dans la version de son livre traduite en mandarin, le récit des rencontres du couple avec les opposants du régime communiste et les déclarations de son mari sur la liberté d'expression avaient disparu. Gommés, purement et simplement. Sans en avertir ni l'auteur ni l'éditeur, les autorités chinoises avaient profité de la traduction pour les effacer. A Beijing, la « main invisible » chère à Adam Smith ne se cantonne pas à animer le marché, elle définit aussi, on le sait, la vérité dans la lecture de l'Histoire vivante !

*La guérilla, pas la guerre*

Des quotas bien pesés sur les soutiens-gorge (décembre 2003). L'ouverture de procès en rafale pour copie et vol de propriété industrielle. L'engagement de procédures antidumping sur les pinceaux et les téléviseurs. Une plainte à l'OMC pour discrimination fiscale inadmissible à l'égard des « puces » américaines, les microprocesseurs d'Intel et des autres (mars 2004). Des droits de douane exceptionnels sur les lits et armoires en bois (juin 2004). Face à l'ennemi, l'Amérique intensifie son tir – comme en témoignent ces quelques flashs d'une actualité récente. Depuis une dizaine d'années, Washington est en fait engagé dans une véritable guérilla contre les flibustiers chinois – accusés de ne pas respecter les règles d'un commerce « loyal ». Les administrations successives, démocrates ou républicaines, ont cependant constamment veillé à éviter que cette guérilla ne dégénère et ne débouche sur une véritable guerre commerciale. C'est que la Chine dispose de quelques armes de représailles. C'est aussi que les intérêts des deux pays sont désormais tellement liés que tout ce qui peut nuire à l'un risque de nuire à l'autre.

Face à ce harcèlement américain permanent, la Chine ne reste jamais inactive. Exemple : dans la bataille du soutien-gorge, les autorités chinoises ont feint l'indifférence. Les ventes de ce produit « porteur » sur le marché américain ayant été autoritairement limitées par Washington, elles n'ont officiellement pas réagi. Mais, à la même époque, elles ont annoncé, discrètement, la suspension d'une visite aux Etats-Unis de la délégation chargée des achats de produits agricoles à l'étranger, prétextant la découverte de quelques asticots malveillants dans des stocks américains de soja destinés à Beijing. Une réponse indirecte mais qui touche au cœur : le soja est le premier produit d'exportation des Etats-Unis vers la Chine ! Dans la capitale fédérale, le réveil du lobby agro-industriel fut brutal et bruyant.

L'affaire rappelle en tout cas que la Chine, désormais troisième importateur mondial, est aussi un débouché important pour les industriels américains. Il est d'ailleurs, de tous les marchés étrangers, celui qui connaît la plus forte progression depuis 2001. Très concurrentiel, il occupe une place essentielle pour des entreprises comme l'avionneur Boeing, le lessivier Procter & Gamble, le débitant de boissons Coca-Cola ou l'électronicien Motorola. Les dirigeants chinois savent qu'ils peuvent compter, à Washington, sur ce lobby-là, celui des gros exportateurs, pour la défense de leurs intérêts, pour que l'administration américaine n'aille pas trop loin dans l'usage de son artillerie ! Pour éviter d'éventuelles dérives, ils n'hésitent pas à confier d'ailleurs, à l'occasion, quelques contrats très attendus par les Américains à leurs concurrents.

Face à l'attaque, Beijing peut aussi contre-attaquer. C'est le choix fait sur les procédures « antidumping ». Les Etats-Unis accusent les Chinois de vendre leurs produits à des prix inférieurs à leurs coûts de production (ce que l'on appelle, dans le jargon des affaires, le dumping), une pratique contraire aux règles du commerce international de l'OMC. Une accusation classique de la part du géant américain à l'égard des pays moins développés. Washington a ainsi lancé, au cours des derniers mois de 2004, des procédures anti-dumping sur plus de 58 produits chinois, faisant de l'Empire du Milieu sa première cible dans ce domaine. Qu'à cela ne tienne ! Beijing déclenchait à son tour le même genre de procédures – pour les câbles à fibre optique du groupe Corning par exemple.

Si nécessaire, les Chinois, des pragmatiques, jouent enfin volontiers du repli tactique. Ils l'ont pratiqué dans le contentieux sur le standard pour le téléphone sans fil ou, plus symboliquement encore, dans la dernière bataille de la puce. Pour la première fois depuis son adhésion à l'OMC, la Chine était l'objet, en mars 2004, d'une plainte déposée par les Etats-Unis. Washington reprochait à Beijing de vouloir appliquer un taux de TVA de 17 % aux microprocesseurs étrangers contre

3 % pour les puces fabriquées localement. En juillet, Robert Zoellick, le représentant spécial du président américain pour le commerce, pouvait annoncer, fièrement, que la Chine renonçait à son projet, discriminatoire, et que les Etats-Unis annulaient, dans ces conditions, leur plainte. Il est vrai que la Chine a un grand besoin des semi-conducteurs « made in USA » qu'elle est encore incapable de produire et que ces semi-conducteurs sont le troisième produit exporté par les Etats-Unis vers la Chine (il y en a pour plus de 2 milliards de dollars par an). Les deux géants ont vite compris qu'il y allait de leurs intérêts respectifs de mettre fin, au plus vite, à cette bataille de la puce.

Comme l'illustrent ces quelques exemples, les interdépendances économiques entre les deux pays sont telles aujourd'hui qu'il serait dangereux, pour l'un comme pour l'autre, que les contentieux commerciaux viennent s'ajouter à des enjeux plus politiques, que cette guérilla commerciale débouche sur une vraie guerre militaire. Ces batailles enrichissent pour l'instant des cohortes d'avocats, elles ne mobilisent pas encore les généraux. Les risques d'un dérapage n'en existent pas moins. Le libre-échange reste, bien sûr, la religion de l'élite américaine – en dépit de leurs discours aux accents parfois protectionnistes, les responsables de la Maison-Blanche comme ceux du Congrès ont toujours agi, au cours des cinquante dernières années au moins, en conformité avec leur foi. Ce même libre-échange n'a en revanche jamais eu la cote dans la population. Permanentes, les pressions en faveur du protectionnisme, celles-là mêmes qui avaient précipité le monde dans la crise de 1929, pourraient y devenir plus pressantes et rendre plus délicate la résistance des élites libérales. Le choc chinois provoque en effet dans l'Amérique profonde une série de déséquilibres nouveaux – davantage par leur ampleur que par leur nature. Tout en préservant les intérêts des actionnaires, il redonne l'avantage aux consommateurs et cela aux dépens du producteur. Il frappe d'un ultime coup des industries déjà durement affaiblies à la suite de combats précédents. Il fait naître enfin, à l'échelle planétaire, un nouveau contre-pouvoir aux comportements incertains. Tout cela pourrait favoriser, aux Etats-Unis, une coalition de ces refuzniks – les salariés de l'industrie, leurs patrons et bien des membres du Congrès.

## *Wal-Mart, la pieuvre*

Wal-Mart, Internet et la Chine. A priori, rien n'autorise à rapprocher le géant américain de la distribution, le réseau mondial des réseaux et le nouvel atelier de la planète. Ils sont bien sûr, depuis quelques années, tous les trois des abonnés du *Grand Livre des records*. Wal-Mart est la plus grande compagnie du monde, sa première chaîne d'hypermarchés (8 000 centres), le premier employeur privé de la planète (1,4 million de salariés), l'entreprise la plus admirée, celle aussi la plus attaquée en justice par ses salariés. Le Web, ce sont des connectés en croissance exponentielle, des usages inattendus, etc. La Chine, c'est la croissance la plus forte du continent le plus peuplé. Ces trois champions font aussi, régulièrement, la une de *Business Week*, plus généralement de la presse américaine. Wal-Mart, la pieuvre des hypermarchés, y est généralement dénoncé pour son appétit sans fin et sans complexe ; Internet, le lien qui relie les hommes, y est vanté pour les opportunités qu'il offre dans des activités aussi diverses que la médecine, le travail ou la recherche ;

pour la Chine, c'est selon : un jour, elle est le nouvel eldorado du monde des affaires, le lendemain, son prochain enfer.

Réunies, ces trois stars du moment constituent pourtant pour les économies développées ce qu'il faut bien appeler, pour reprendre l'expression de Stephen Roach, l'un des gourous de Wall Street, le nouvel « Axe du Mal ». Symbole d'un mouvement plus général, ce que certains appellent là-bas la « walmartisation » de l'économie, leur union est en effet à l'origine de l'une des principales transformations du capitalisme américain de ce début de siècle. Elle modifie une nouvelle fois le rapport de forces entre les trois acteurs essentiels de l'économie que sont l'actionnaire, le consommateur et le producteur. Le dernier quart du XX$^e$ siècle avait vu le porteur d'actions reprendre du poil de la bête sur les clients et les salariés des entreprises – à tel point que l'on avait fini par dénoncer sa « dictature ». C'est aujourd'hui, « grâce » à la Chine notamment, le consommateur qui prend sa revanche. Cela n'est pas sans risque – tant il est vrai que, comme l'expérience l'a montré, l'une des clés d'un développement régulier de l'économie réside dans un sain équilibre entre les intérêts de ses trois acteurs.

Difficile aujourd'hui, pour le consommateur américain, d'échapper à Wal-Mart ! Depuis l'ouverture, il y a une quarantaine d'années, d'un premier hypermarché sous cette enseigne, dans la petite cité de Bentonville, dans l'Arkansas, par un certain Sam Walton, la chaîne a tissé avec une redoutable persévérance sa toile sur tout le territoire américain (plus de 3 500 hypermarchés dans le pays). Si quelques Etats restent encore à l'écart de l'enseigne, les maîtres du discount, toujours installés dans leur ville d'origine, affirment qu'ils n'en ont plus pour longtemps. La pieuvre est en tout cas déjà partie à l'assaut d'autres pays, avec plus ou moins de succès (le Mexique, la Grande-Bretagne ou l'Allemagne). Pour stigmatiser cet expansionnisme à tout crin, certains avaient même fait courir le bruit, sur le Net, que l'on avait découvert un magasin Wal-Mart sur Mars !

Pourquoi d'ailleurs le consommateur américain chercherait-il à échapper à Wal-Mart ? « Toujours les prix les plus bas. Toujours. » C'est la promesse du premier jour. Le groupe la tient toujours : les prix y sont de 15 % à 20 % moins chers qu'ailleurs. On comprend qu'aux Etats-Unis, ce pays où le moindre « cent » a sa valeur, huit ménages sur dix visitent au moins une fois l'an l'un des temples du discount. Entrepreneur comme l'Amérique les aime, Sam Walton se sentait investi, dès l'ouverture en 1962 de sa première « boutique », d'une lourde tâche. Il raconte dans son autobiographie, *Sam Walton : Made in America*, sa formidable saga et explique, à l'occasion, que son objectif était dès le départ de « réduire le coût de la vie partout dans le monde ». Tout simplement ! En dépit de sa grande ambition et de son énorme talent, Sam Walton n'a cependant rien inventé – malgré l'admiration qu'ils lui vouent, les experts ès distribution le reconnaissent tous, ses concurrents aussi, naturellement. Le génie de Bentonville n'a fait, comme souvent dans la vie des affaires, que systématiser les idées que ses prédécesseurs avaient imaginées... à la fin du XIXe siècle déjà – les Sears et Montgomery Ward dans les années 1890, les Woolworth et A&P un peu plus tard.

« Gros volumes et petites marges » : Sam Walton a ainsi appliqué avec obstination cette règle toute bête connue des commerçants du monde entier. Il l'a mise en œuvre en menant une chasse aux coûts sur tous les fronts : sur l'organisation des magasins, sur les salaires, sur les achats et sur la gestion des stocks. Point de dépenses ostentatoires, par exemple, dans la conception de ses hypermarchés. Il est difficile de savoir, lorsque l'on se promène dans un Wal-Mart de Houston ou de Detroit, si l'on est au Texas ou dans le Michigan. Aux Etats-Unis, d'une simplicité biblique, les « hypers » de Wal-Mart sont tous des clones les uns des autres. Partout, les salariés y sont d'ailleurs parmi les moins bien payés de la région. Quant aux fournisseurs, gros ou petits, ils ne peuvent que concéder au diable de Bentonville les meilleurs rabais, sauf à être écartés des rayons de ce méga-magasin national. L'essentiel des gains réalisés sur chacun de ces postes est « cédé » à ses clients, le consommateur final, par le bon Wal-Mart – qui casse ainsi les prix et attire à lui une clientèle nombreuse.

Sam Walton a appliqué à la distribution les méthodes que les industriels utilisent depuis des décennies – depuis les débuts de la révolution industrielle justement. Mêmes causes, mêmes effets : le commerce a bénéficié à son tour de formidables gains de productivité, d'une exacerbation de la concurrence et de l'amorce d'une consolidation, de quelques mariages et de nombreuses faillites, avec l'émergence aussi de quelques géants – dont Wal-Mart. L'affaire aurait pu en rester là, et la grande distribution devenir une industrie comme les autres, si deux intrus n'étaient venus, dans les années 90, bouleverser la donne : le Net et la Chine. Avec la pieuvre de la grande distribution, l'un et l'autre contribuent à la création d'un véritable cartel global des consommateurs !

Pour Wal-Mart, comme pour tous les commerçants, Internet a d'abord été perçu, on s'en souvient, comme une menace pour les magasins en « dur », pour le commerce traditionnel, donc. A quoi bon faire ses courses dans des centres commerciaux peu accueillants, voire dangereux, alors même que l'on pouvait faire son shopping sur le Net ? Amazon.com, eBay et quelques autres allaient signer la mort des Wal-Mart, Kmart et autres grands de la distribution. Les faits n'ont pas confirmé l'assassinat annoncé. Malgré l'explosion des ventes en ligne, Wal-Mart continue à ouvrir un magasin par jour dans le monde ! Le commerce électronique se révèle davantage être un complément qu'un concurrent du commerce traditionnel. Mais dans un cas comme dans l'autre, Internet apparaît comme un extraordinaire réducteur de coûts et contribue, de ce fait, à renforcer la position du consommateur face aux producteurs.

A Bentonville, au siège de l'entreprise, les successeurs de Sam Walton suivent désormais « à la seconde près » les achats réalisés dans leurs 3 500 magasins américains – ce que la ménagère de 50 ans demande, ce qu'elle n'achète plus et ce qui reste en stock. Cette connaissance du marché en continu, d'un marché plus transparent aussi, est, pour eux, une source substantielle d'économies. Confiant dans sa puissance, Wal-Mart la met d'ailleurs à la disposition de certains de ses gros fournisseurs. Mais il use aussi du Net pour mettre ceux-ci en concurrence – pour obtenir d'eux en permanence les meilleurs prix. Et c'est là qu'intervient la Chine. Avec le Net, elle permet à Wal-Mart d'accroître sur eux sa pression – et occasionnellement de s'y approvisionner à bon prix.

Sam Walton était patriote, ses successeurs le sont moins – question de génération peut-être, d'époque en tout cas ! Le fondateur de Wal-Mart répugnait à s'approvisionner hors des Etats-Unis, les dirigeants actuels n'ont pas de telles pudeurs. Ce n'est qu'à partir du début des années 90 que le groupe a commencé à faire ses emplettes hors du pays. Aujourd'hui, le Net et la Chine l'ont précipité dans la globalisation : Wal-Mart achète à l'étranger... la moitié de ce qu'il vend dans ses rayons (6 % seulement en 1995) – l'Empire du Milieu occupe naturellement, parmi ses fournisseurs, une place enviable. Pour l'honorer, l'entreprise y a d'ailleurs tenu l'un de ses récents conseils d'administration. En 2003, les centrales d'achat installées là-bas par le géant américain avaient acheté des produits « made in China » pour quelque 15 milliards de dollars. Deux fois plus que cinq ans auparavant. Plus d'un dixième des importations américaines en provenance de l'Empire. Si Wal-Mart était un pays, il aurait été, cette année-là, le huitième client de la Chine – loin devant la Grande-Bretagne ou la Russie par exemple.

Wal-Mart est ainsi devenu comme tout le système de distribution, qu'il soit en ligne ou en « dur », un agent très actif de la pénétration étrangère, plus particulièrement chinoise, sur le territoire américain. Et il le fait, comme tout ce qu'il fait, au nom des intérêts supérieurs du... consommateur. Le phénomène est général : l'un des aspects les plus spectaculaires de la globalisation réside dans cette internationalisation de la consommation individuelle à laquelle les Etats-Unis n'ont pas échappé. Au cours des vingt-cinq dernières années, la part des produits importés dans la valeur totale des biens consommés par les Américains a doublé : elle n'était que de 13 % en 1980, elle est supérieure à 26 % aujourd'hui.

L'énorme réservoir d'une main-d'œuvre chinoise très bon marché assure à Wal-Mart, et pour longtemps, un fournisseur idéal de produits à bas prix mais aussi et surtout un instrument de pression redoutable sur ses fournisseurs américains. Pour les consommateurs, c'est, a priori, tout bénéfice. Un cabinet indépendant de consultants (New England Consulting) a calculé que Wal-Mart faisait économiser chaque année 20 milliards de dollars au moins à ses clients, une centaine à ceux de ses concurrents, obligés de s'aligner dans cette bataille infernale. Est-ce, pour autant, tout bénéfice pour l'économie américaine ?

Par Wal-Mart et d'autres distributeurs, aux Etats-Unis, la Chine dope le pouvoir d'achat des ménages ; elle y atténue les tensions inflationnistes et y accroît les gains de productivité. Il n'y aurait donc, pour l'Amérique, qu'à se réjouir de la montée en puissance de cette nouvelle économie dans le monde. Les choses ne sont pas si simples, Wal-Mart en donne aussi la démonstration. Les victimes collatérales de la walmartisation de l'économie sont nombreuses. Malgré sa puissance, Wal-Mart ne peut empêcher l'importation d'autres pressions, inflationnistes celles-là, en provenance de Chine – la hausse du prix du carburant à la pompe par exemple, liée à l'explosion de la demande chinoise de brut. En écrasant les prix, Wal-Mart écrase aussi ses concurrents et ses fournisseurs. La distribution connaît de difficiles restructurations, avec ces dernières années la faillite de plusieurs challengers de Wal-Mart (Kmart notamment) ou la fermeture de FAO Schwartz, l'un des grands de la distribution de jouets. Par l'incroyable pression qu'il fait peser sur les fabricants locaux, Wal-Mart est enfin accusé de « tuer l'industrie américaine ».

General Motors, le constructeur automobile, a symbolisé le capitalisme de l'après-guerre, celui où dominait le producteur ; Microsoft, le fabricant de logiciels, a représenté celui de la fin du XX$^e$ siècle, c'est-à-dire le règne de l'actionnaire ; Wal-Mart, le géant de la distribution, pourrait bien se révéler être le meilleur symbole de ce capitalisme émergent, favorisé par l'arrivée de la Chine dans le jeu mondial, celui du consommateur. Ce qu'illustre en effet le discounter de l'Arkansas, c'est que la Chine a profondément renforcé l'influence de celui-ci dans l'économie américaine. Cela ne s'est pas fait aux dépens des investisseurs. Warren Buffett, l'un des plus avisés d'entre eux, ne s'y est pas trompé : il a mis quelques économies dans le capital de Wal-Mart. Bien lui en a pris. A Wall Street, le titre de la « petite » entreprise de Bentonville a progressé au rythme de 15 % à 20 % l'an au cours des dernières années – l'une des performances les plus remarquables du marché. Ce nouvel équilibre se fait, en réalité, aux dépens du producteur – le salarié de Wal-Mart mais aussi et surtout celui de l'industrie américaine.

## *L'industrie, peau de chagrin*

Fausse note chez Steinway ! Le prestigieux fabricant américain de pianos est, lui aussi, acculé à fermer ses usines et à licencier ses équipes. En 2004, ce sont celles d'Arizona (où l'on fabriquait le saxo) et d'Indiana (la clarinette) qui ont payé leur tribut. D'autres unités, celles qui montent les célèbres pianos notamment, ont pour l'instant réduit la cadence. Les salariés sont inquiets. Pour combien de temps encore fabriquera-t-on des pianos aux Etats-Unis ? A l'instar du jean en coton, de la chambre à coucher ou de la bicyclette, le piano américain est en crise. Accusée ? La Chine, évidemment.

A l'autre bout du monde, dans le Guangzdong, le rythme va crescendo. Là, Tong Zhi Cheng, le directeur général du « Groupe Piano de la Rivière de Perle », travaille à l'extension de ses ateliers. Dans le pays même, avec un bon millier de fabricants, la concurrence est rude. Leader du marché, Tong espère néanmoins dépasser, en 2005, le million de guitares et les 80 000 pianos de 2004. Et en vendre de plus en plus à l'étranger. Grâce à un effort sur la qualité et à des prix très bas, il s'est fait, comme certains de ses confrères locaux, référencer par la plupart des distributeurs américains. Aux Etats-Unis aujourd'hui, un instrument de musique sur trois vient de l'Empire du Milieu ! A la grande joie des consommateurs : les prix se sont effondrés. Au grand dam des producteurs, en revanche.

Face à cette déferlante, Dana D. Messina, la patronne de Steinway, garde, naturellement, son sang-froid. Dans la profession, la concurrence sur le « bas de gamme », le piano à 2 000 dollars, n'est pas nouvelle, dit-elle. Leur production avait déjà quitté l'Amérique et traversé, il y a quelques décennies, le Pacifique pour le Japon, la Corée du Sud ou l'Indonésie. Les bas salaires chinois frappent, en revanche, directement le leader mondial du secteur, le japonais Yamaha, ou son principal challenger, le coréen Samick, pas l'américain Steinway, qui fait travailler, pour ses claviers haut de gamme, des spécialistes très pointus, très bien payés aussi. Yamaha et Samick ont déjà été obligés, l'un et l'autre, de délocaliser massivement leur activité sur le continent voisin. Le Coréen va doubler dans les années qui viennent sa production de pianos à Tianjin (la porter à 60 000) alors qu'il la réduira de moitié (à 40 000) chez lui.

Sur le piano à 50 000 dollars, le top du top, Dana D. Messina en est persuadée, Steinway reste et restera encore imbattable pour longtemps. Déjà, les soixante millions de pianistes en herbe que compte la Chine animent ses rêves – Steinway les leurs ! « Moins de

1 % des ménages ont leur propre piano, pour 20 % dans les pays développés, il y a là un énorme potentiel », dit-elle. En attendant, pour survivre, le producteur Steinway devient de plus en plus distributeur. Son job : il revend, à côté de ses « Steinway » sophistiqués, une large gamme d'instruments plus simples, moins chers surtout... fabriqués, pour l'essentiel, en Chine. Si Dana D. Messina feint la sérénité, en réalité, toute cette petite musique l'inquiète profondément. Accélérée par la montée en puissance de la Chine, la disparition progressive des producteurs du territoire américain constitue, à ses yeux, une vraie menace pour le pays. Elle imagine difficilement qu'une Amérique réduite à un cartel de consommateurs repus puisse continuer à tenir son rang dans le monde.

Cette histoire du piano, c'est grosso modo celle de la totalité, ou presque, des industries américaines de main-d'œuvre – certaines y sont déjà bien engagées, d'autres ne font que s'y plonger. C'est cette histoire-là, dix, vingt ou trente fois reproduite, qui conduit à l'actuelle désindustrialisation du pays. Fermetures d'usines, suppressions d'emplois, délocalisations dans des pays à moindre coût, abandon de la production pour la distribution : le scénario est toujours le même. Le mouvement n'est certes pas récent : le poids de l'industrie dans l'économie américaine a constamment diminué tout au long du XX$^e$ siècle. Il connaît cependant, depuis quelques années, une nouvelle dynamique. Cantonné à l'origine à quelques industries traditionnelles (textile, habillement, chaussure, jouet, papier, imprimerie, chimie, matériels de transport, électroménager, petit électronique, etc.), il affecte désormais des secteurs plus nouveaux, les services à l'industrie en particulier (traduction, comptabilité, centres d'appel, service après-vente, etc.). Et depuis 1998, dans l'industrie américaine, c'est l'hémorragie. En cinq ans, celle-ci a perdu plus de 3 millions d'emplois. En 2003, elle ne fait plus travailler que 15 millions de personnes environ, soit 10 % à peine de l'emploi total. Il faut remonter à... 1961 pour trouver des bataillons aussi peu nombreux – loin des 19 millions de postes de 1980. La nouveauté surtout, c'est que, malgré le retour de la croissance, l'hémorragie continue. « La reprise de l'activité (après 2002) n'empêche plus cette fois-ci la poursuite de la destruction massive d'emplois industriels », note l'économiste Jean-Michel Boussemart dans une étude consacrée au sujet publiée par la *Revue de Rexecode*, un club de réflexion français proche du patronat. Appliquées à la production, les nouvelles technologies permettent certainement de produire davantage avec moins de bras – ce sont les gains de productivité. Ceux-ci n'expliquent pas tout. La hausse des importations, en particulier de Chine, y contribue aussi pour une part.

« Monsieur Bush, êtes-vous avec les travailleurs américains ou du côté des exploiteurs du peuple chinois, de ceux qui suppriment des postes chez nous ? » Pour John Sweeney, le patron de la puissante AFL-CIO, le grand syndicat ouvrier, il n'y a pas de doute : la Chine a une lourde responsabilité dans l'actuelle perte de substance industrielle du pays. Dans un rapport remis au président au début de 2004, son organisation a même chiffré ce que coûterait aux travailleurs américains la violation, par l'Empire du Milieu, des seuls droits syndicaux : 727 000 emplois précisément ! Les patrons élargissent le procès et dénoncent tous les avantages, déloyaux à leurs yeux, dont bénéficient les Chinois pour redessiner la géographie mondiale de l'industrie à leur profit : une protection excessive de l'Etat, une devise sous-évaluée, des salariés surexploités et des exportations vendues sous leur prix de revient.

L'élément clé, ce sont naturellement les coûts salariaux. Ils sont dérisoires en Chine et le resteront encore très longtemps, on l'a vu. « Nous pouvons faire travailler trente Chinois avec le salaire de l'un de nos ouvriers, ici, en Caroline du Nord », expliquait un industriel du meuble à Donald Evans, son ministre du Commerce (dans la première administration Bush), avant que celui-ci ne se rende, à l'automne 2003, à Beijing. De 30 à 1, c'est grosso modo le fossé qui sépare, en termes de coût salarial moyen, les deux empires. Difficile pour les industriels américains de faire face à la concurrence dans de telles conditions. La suppression de tous les quotas, dans le textile et l'habillement, au 1$^{er}$ janvier 2005, risque ainsi de tuer définitivement ce qu'il reste de ce secteur dans le pays.

Pour l'industrie américaine, le choc chinois est cependant indirect. Dans les rayons de Wal-Mart et des autres grands de la distribution, le « made in China » remplace le « made in Mexico » ou le « made in Korea » plutôt que le « made in America » – déjà rare. L'énorme réservoir de main-d'œuvre de l'Empire du Milieu menace bien plus les autres pays à bas salaires que les Etats-Unis. Le Mexique, le Chili, Haïti et le Honduras avaient hébergé, dans le dernier quart du XX$^e$ siècle, les premières délocalisations venues d'Amérique. Ce sont les industries de ces pays-là qui prennent aujourd'hui de plein fouet la déferlante chinoise. Le business des *maquiladoras*, ces usines mexicaines installées par des étrangers à la frontière du pays avec les Etats-Unis pour marier les avantages d'une main-d'œuvre pas chère (les ouvriers mexicains) et de marchés solvables proches (les consommateurs américains), fut particulièrement florissant pendant les dernières années 90 encore. La Chine l'a affaibli. Pour survivre, industriels mexicains ou coréens n'ont qu'une solution : monter en gamme... et chatouiller, à nouveau, sur leur propre terrain, les industriels américains. Comme le firent, en leur temps, les Japonais.

*Don't panic !* Pour l'élégante Carly C. Fiorina, la présidente du constructeur informatique Hewlett-Packard, il n'y a pas de raison de paniquer. L'Amérique a déjà connu un tel défi – la peur d'une désindustrialisation ravageuse. C'était au milieu des années 80, face au Japon justement. Un groupe d'experts, la Commission sur la compétitivité industrielle, avait alors été chargé de proposer au président américain une politique pour éviter ce sombre destin. Ses recommandations d'alors : « investir dans la recherche et le développement, améliorer l'éducation et réduire les déficits pour alléger le coût du capital » – pour faciliter l'investissement dans de nouvelles activités. « C'est ce que les Etats-Unis ont fait à partir de 1985 et pendant l'essentiel des années 90, note Carly C. Fiorina, cela a débouché sur la plus longue période d'expansion économique de notre histoire – avec la création de 35 millions de nouveaux jobs et l'émergence d'une nouvelle industrie, celle des technologies de l'information, où les salaires sont de 75 % supérieurs à ceux des industries traditionnelles. »

Chacune devant leurs claviers respectifs, celui du piano Steinway pour Dana D. Messina, celui de son ordinateur HP pour Carly C. Fiorina, les deux pédégères américaines ne sont pas aussi éloignées que cela l'une de l'autre. Toutes deux sont convaincues que, comme dans le passé, face à une nouvelle concurrence, aujourd'hui la Chine, l'industrie américaine, obligée de se restructurer, doit innover et monter encore en gamme, pour pouvoir créer les nouveaux emplois attendus par le pays. Une petite différence les oppose cependant, une question de tempo. L'informaticienne ne doute pas que l'histoire se répétera, que l'Amérique aura le temps de réagir à cette nouvelle vague. Le temps justement. La pianiste craint, elle, que cette vague, plus forte, plus ample, plus violente aussi que les précédentes, ne laisse pas le temps à l'Amérique de s'adapter, que l'ancien n'ait disparu avant que le nouveau ne soit apparu. C'est effectivement le défi auquel se trouve confrontée l'industrie américaine : saura-t-elle, une fois encore, renouveler son offre au rythme, fou, de l'émigration de ses activités ? En attendant, les producteurs américains souffrent. Et vont souffrir encore.

*Le coût de la souris*

Wanda est une charmante souris – une souris d'ordinateur vendue pour 40 dollars dans toutes les bonnes boutiques informatiques du pays. Discrète, élégante, sans fil à la patte, la petite Wanda a un succès fou, une véritable vedette. Ses parents, Logitech International, une société américano-suisse installée en Californie, n'en sont pas peu fiers. Ils en commercialisent déjà 20 millions l'an et comptent bien grignoter encore, avec elle, quelques parts d'un marché toujours dynamique. Alors, bien sûr, pour pouvoir l'offrir au prix le plus bas, ce qu'exige le client américain pour tous les périphériques de son bel ordinateur, ils continueront à la fabriquer... à Suzhou, là-bas, dans l'Empire du Milieu. Wanda est, on l'aura compris, une souris « made in China ». C'est écrit dessus. Mais est-elle vraiment « fabriquée » en Chine ?

Un banal immeuble de six étages, dans la zone industrielle de Suzhou. Quatre mille ouvriers s'y agitent ; huit mille petites mains assemblent, nuit et jour, les pièces d'un puzzle qui débouchent, en bout de chaîne, sur des souris en série. Wanda est donc bien fabriquée en Chine. Une visite dans les entrepôts de l'usine conduit pourtant à nuancer le constat. Là, encore dans leurs emballages d'origine, sont accumulées les pièces utilisées pour sa fabrication. Toutes ou presque, depuis les puces de Motorola jusqu'aux systèmes optiques d'Agilent Technologies, sont américaines. Le grand livre comptable, auquel le *Wall Street Journal* a eu accès, confirme davantage encore que la petite souris « chinoise » a beaucoup de sang américain dans les veines. Sur les 40 dollars que paie le client final, trois seulement vont à la Chine. Fabriquées pour l'essentiel aux Etats-Unis, les différentes pièces qui composent la souris coûtent 14 dollars. Le distributeur et les détaillants en prennent 15. Les parents de la souris, ses concepteurs, Logitech International, en encaissent 8 – dont une partie sert à régler les frais de marketing, une activité qui occupe, à Fremont, en Californie, 300 personnes. La masse salariale versée à ces 300 collaborateurs dépasse de beaucoup celle nécessaire pour faire travailler les 4 000 ouvriers chinois de Suzhou. Les trois dollars perçus sur chaque souris par la Chine ne servent d'ailleurs pas qu'à payer les salaires : ils financent aussi l'électricité, le stockage, les transports et beaucoup d'autres coûts annexes.

Alors, « made in China », la petite Wanda ? Il serait plus exact d'imprimer sur son boîtier « processed in China ». Elle a bien été assemblée en Chine, pas vraiment fabriquée. Wanda n'est pas une exception, elle est même une bonne illustration de la manière plus générale dont les industries américaines et chinoises travaillent ensemble. Dans de nombreux secteurs, l'Empire du Milieu fonctionne pour les entreprises américaines comme un atelier de montage, une chaîne d'assemblage – souvent le bout de la chaîne, celui d'où sort le produit fini. La firme américaine conçoit le bien, réalise ou achète les pièces détachées et en confie l'assemblage aux Chinois avant de reprendre à son compte le marketing et la commercialisation.

Point de secret à une telle division du travail. L'entreprise américaine veut profiter de la faiblesse des salaires chinois. Elle transfère donc à l'Empire du Milieu les chaînons de sa ligne de production qui sont les plus gourmands en travail non qualifié. Selon les industries, ce tronçon est plus ou moins important – à peine 8 % de l'ensemble pour Wanda. Le reste du travail, elle essaie d'en conserver la maîtrise aux Etats-Unis, pour éviter parfois de retrouver trop rapidement la copie de ses modèles dans les commerces locaux, pour respecter aussi la qualité et les standards qu'imposent ses marchés.

Cette répartition du travail a été activement soutenue par Beijing. Les Chinois y ont vu l'occasion d'entrer dans la grande chaîne de la production mondiale, d'y apprendre beaucoup de choses aussi – sans craindre de devenir un simple sous-traitant des grandes puissances. Contrairement aux Japonais, ils ont ainsi, on l'a vu, largement ouvert leur pays aux investisseurs étrangers – un élément essentiel de la stratégie de Deng Xiaoping. Et les entreprises américaines n'ont pas été les dernières à s'y précipiter. Certes, nombre d'entre elles s'y étaient déjà brûlé les ailes. Celles qui s'y sont lancées les premières, dans les années 80, ont connu bien des désillusions. Joe Studwell, un journaliste américain, en fait le récit, amusant parfois, désespérant souvent, dans *The China Dream* (*Le Rêve chinois*), l'épopée de cette « quête sans fin du plus grand marché vierge du monde » par les plus grands P-DG de son pays. La Chine n'est restée pendant longtemps pour eux qu'un rêve inaccessible. Aujourd'hui, celui-ci devient de plus en plus réalité.

Elle est pour certains un marché. Place Tiananmen, à Beijing, le colonel Harland Sanders, en carton-pâte, se demandait peut-être, en assistant en direct, en 1989, aux violents incidents qui opposaient les étudiants à l'armée, s'il avait bien fait d'ouvrir un premier restaurant KFC à cet endroit-là. Le fondateur de la chaîne Kentucky Fried Chicken est désormais l'un des symboles commerciaux les plus connus en Chine. Avec plus d'un millier de restaurants dans le pays, sa société gagne maintenant beaucoup d'argent. L'autre grand de la restauration rapide, McDonald's, arrivé un peu plus tard et pour l'instant à la tête, dans ce pays, d'un réseau de 560 restaurants, espère bientôt atteindre lui aussi le millier, un chiffre qui en fait rêver bien d'autres, Pizza Hut (110 restaurants) et Starbucks (70 cafés) par exemple. L'appétit des Chinois pour les produits étrangers fait saliver toutes ces entreprises américaines. Mais autant qu'un marché, la Chine est pour l'industrie américaine un atelier.

A l'instar de Logitech et de sa souris Wanda, les Motorola, General Electrics et autres HP ont installé en Chine d'énormes unités d'assemblage d'où elles réexportent, souvent vers les Etats-Unis, une grande partie de leur production. La moitié des exportations chinoises est le fait d'entreprises à participations étrangères – et parmi celles-ci, les américaines occupent une place de poids. Elles représentent un quart des plus grands exportateurs du pays. Si les entreprises américaines et leurs clients tirent de cette intégration de la Chine dans leur chaîne de production de substantiels bénéfices, cette division du travail n'en est pas moins, pour l'Amérique, source d'une nouvelle interdépendance. La bataille, ces dernières années, entre Washington et Beijing autour du yuan, la devise chinoise, est à cet égard révélatrice.

« Haro sur le yuan ! » Pendant plusieurs mois, en 2003 et 2004, l'administration Bush ne semblait nourrir qu'une seule ambition : obtenir que Beijing réévalue sa monnaie. Si les produits chinois inondaient l'Amérique et tuaient son industrie, c'était parce qu'ils bénéficiaient d'une monnaie sous-évaluée. Il fallait casser le lien fixe (le « peg », dans le jargon des experts) défini par rapport au dollar (un dollar pour 8,28 yuans) dix ans auparavant, en janvier 1994, et réévaluer le yuan d'au moins 30 % ou 40 %, affirmaient alors certains experts. Les produits chinois auraient été plus chers aux Etats-Unis, les produits américains meilleur marché en Chine. L'énorme déséquilibre commercial entre les deux pays aurait pu commencer à être résorbé. C'était l'argumentaire des industriels américains frappés, sur leur territoire, par la concurrence chinoise, un argumentaire systématiquement décliné par tous les membres de l'équipe Bush lors de leurs passages à Beijing.

Si la Chine a pu résister, c'est sans doute que les pressions américaines n'avaient pas la force que l'on croyait. Les vociférations publiques des Snow (le secrétaire au Trésor de Bush), Zoellick (son représentant pour le commerce) et Greenspan (le patron de la banque centrale américaine) en faveur d'une appréciation du yuan étaient là pour amuser la galerie, pour rassurer, en période électorale, les industriels et salariés américains qui souffraient, au pays, de la concurrence chinoise. A Washington, un autre lobby, américain lui aussi, s'activait auprès de Bush et des siens pour contrer cette demande d'une réévaluation de la monnaie chinoise, celui de ces grandes sociétés américaines installées là-bas. Pas question pour elles d'accepter une revalorisation du yuan. Cela aurait renchéri le prix de leurs exportations chinoises – cela aurait mis en cause l'intérêt de leurs usines dans ce pays. Au risque d'alimenter à nouveau les désillusions de l'Empire d'antan. L'intégration de la Chine dans l'organisation de leurs entreprises crée donc pour les Etats-Unis une nouvelle dépendance, industrielle ; celle-ci est aussi monétaire et financière.

*Le boucher devenu banquier*

« Le jour où la Chine cédera tous ses actifs en dollars, elle provoquera un effondrement de notre devise, une envolée des taux d'intérêt et peut-être un krach boursier. » Pour la première fois, en 2000, dans la très sérieuse revue *Commentary*, un universitaire américain s'inquiète de la dépendance dans laquelle les Etats-Unis, ces indécrottables consommateurs à crédit, se sont placés, en quelques années, à l'égard de Beijing. L'auteur, un certain Aaron Friedberg, professeur à la prestigieuse Université de Princeton, est spécialiste... de la fin de l'empire britannique ! Apparemment, il s'intéresse aussi au destin... de l'empire américain. Le vice-président Dick Cheney, le colistier de George Bush junior, le prendra, un peu plus tard, comme conseiller.

Depuis la publication de cet article, beaucoup d'eau a coulé dans le Yangzi et... beaucoup de yuans ont été investis en titres du Trésor américain ! La dépendance financière des Etats-Unis à l'égard de la Chine s'est, de fait, considérablement accrue. A Wall Street, on croit encore que c'est Alan Greenspan, le tout-puissant patron de la Réserve fédérale (la banque centrale des

Etats-Unis), qui fait la valeur du dollar, on n'a pas compris qu'elle est décidée, en grande partie, par Zhou Xiaochuan, le gouverneur de la Banque de Chine ! Zhou est désormais le maître absolu de la valeur du dollar en yuans, la devise chinoise – il l'a montré en s'opposant pendant de nombreux mois aux pressions de Washington en faveur d'une réévaluation de la devise chinoise. Mais il est aussi, grâce à ses importantes réserves de change, l'un des hommes les plus influents dans le couple dollar-euro par exemple. Un signal de vente de quelques billets verts de sa part – et c'est la baisse. Des achats annoncés, c'est le rebond assuré.

La montée en puissance de la Chine fait, aux Etats-Unis, le consommateur roi. Elle y affaiblit dans le même temps le producteur. Elle fait naître aussi un nouveau couple étrange sur la scène internationale : une Amérique qui achète à la Chine avec l'argent que la Chine lui prête. Les Etats-Unis avaient déjà connu un scénario semblable, à partir des années 60, avec un autre partenaire, le Japon. Les Américains consommaient nippon ; les Japonais finançaient leurs achats.

La mâle Amérique put imposer à sa cavalière japonaise ses volontés – une réévaluation, brutale et constante, de sa monnaie à partir de 1971. Ce ne sera pas aussi facile avec l'Empire du Milieu.

Ayant fait d'un « boucher » son « banquier », Washington s'est mis dans une position difficile pour prétendre pouvoir imposer à Beijing une réévaluation de sa monnaie – une dépréciation de ses économies en fait. Si, une fois élus, les Clinton et autres locataires de la Maison-Blanche abandonnent rapidement leur rhétorique antichinoise, celle qui avait conduit le premier à dénoncer le « Boucher de Beijing », c'est que les Etats-Unis ont instamment besoin de la mansuétude de leur partenaire pour financer leurs folies. Il est devenu l'un de leurs gros banquiers. Le yuan n'est certes pas une monnaie internationale. N'étant pas librement convertible, ce n'est en réalité même pas une vraie monnaie, c'est, pour l'instant, une simple unité de compte. Elle ne menace donc pas de concurrencer de sitôt le dollar – et de mettre en cause le privilège de l'Amérique de battre monnaie mondiale.

Mais grâce à ses surplus commerciaux et à l'afflux de capitaux étrangers venus s'y investir, la Chine a accumulé, au cours des dernières années, un pactole considérable. Dans les stocks de sa banque centrale, les réserves de change dépassaient, à la fin de 2004, les 500 milliards de dollars – les secondes par leur importance dans le monde, derrière celles du Japon. Officiellement, ce magot a été constitué pour assurer la sécurité et la stabilité du pays. La machine chinoise tournant avec des carburants achetés, pour l'essentiel, à l'étranger, du cash peut toujours lui être nécessaire pour faire face à quelques courses inopinées. Les dirigeants chinois avaient en outre été très choqués par la déstabilisation de leurs voisins (la Thaïlande et l'Indonésie notamment) lors des crises monétaires de 1997-1998. Faute de munitions, ces « petits » pays n'avaient pu opposer aucune réaction aux attaques des spéculateurs et avaient eu le très désagréable mais réel sentiment d'avoir été ballottés au gré des humeurs du marché des changes. Pas question pour l'Empire du Milieu de se retrouver dans une situation aussi humiliante.

Cette cassette donne aussi à Beijing une grande puissance financière. Celle-ci est d'ailleurs confortée par les réserves, considérables également, des autres membres du monde chinois (Hong Kong, Taïwan et Singapour). Peu homogène et ayant des intérêts parfois contradictoires, ce monde chinois n'en est pas moins aujourd'hui le véritable maître du jeu financier mondial. Pour ce qui concerne la Chine continentale seule, par l'usage qu'elle fait de ses propres réserves, elle peut déjà lourdement peser sur les grands équilibres de la planète. Pour l'instant, et c'est dans son intérêt, elle finance l'économie américaine. Plus de 70 % de ses placements le sont en dollars. La Banque de Chine est l'un des principaux porteurs de bons du Trésor américain (un dixième du total). Si, par pure hypothèse, Washington devait précipitamment rembourser tout ce que l'Amérique doit à Beijing, les actifs des firmes américaines en Chine ne permettraient de couvrir qu'à peine $1/25^e$ de ce qu'elle doit, d'après les calculs d'un cabinet spécialisé, le Bureau of Economic Analysis.

On comprend, dans ces conditions, que la Chine ne puisse guère accepter l'appréciation du yuan exigée par certains Américains. Un yuan plus fort, ce serait un dollar plus faible. Or toute baisse du billet vert se traduit aujourd'hui pour les Chinois par une perte importante de valeur de leurs économies. Ils ont souffert de celle que la devise américaine a subie à l'égard de l'euro et du yen au cours des dernières années. Ils ne souhaitent pas dévaloriser davantage leur pactole en décidant d'eux-mêmes une dépréciation du dollar à l'égard du yuan.

Jusqu'où ensuite l'Amérique peut-elle s'endetter à l'égard de la Chine ? Le duo prêteur-emprunteur peut devenir, on le sait, un couple infernal dans lequel l'un et l'autre finissent par perdre toute maîtrise de leur valse commune. La question renvoie en fait plus généralement à celle portant sur la capacité qu'ont les Etats-Unis à continuer de vivre sur le dos du reste du monde – à en absorber l'essentiel de l'épargne. En renforçant le consommateur aux dépens du producteur, la Chine excite encore davantage l'appétit des Américains pour les produits et les capitaux étrangers. Elle exacerbe l'une des principales faiblesses de l'empire américain.

## Conclusion

« Il est prématuré de proposer un G2, un partenariat privilégié entre les Etats-Unis et la Chine, pour gouverner le monde, mais il n'est pas ridicule de penser qu'un directoire de ce type puisse se révéler un jour nécessaire. » L'auteur de cette suggestion, Jeffrey E. Garden, n'est pas n'importe qui : ex-secrétaire aux Affaires internationales de Bill Clinton, aujourd'hui doyen de la Yale School of Management, l'une des écoles de commerce les plus cotées aux Etats-Unis, il jouit d'une grande influence aussi bien chez les responsables politiques que dans les milieux d'affaires. Et son propos reflète une analyse assez répandue parmi les élites américaines. L'économie mondiale sera organisée demain autour de deux grandes puissances, les Etats-Unis et la Chine ; l'Amérique, encore largement dominante, doit prendre l'initiative pour imposer à son nouveau partenaire et futur rival la danse de son choix – une manière de fixer les règles du jeu de l'économie mondiale. L'histoire a montré que cette dernière s'accommodait mal d'un condominium – qu'un empire finissait toujours par chasser l'autre. Les Américains ne l'ont pas oublié.

A Beijing, on n'est pas loin de partager ce diagnostic. Les dirigeants du Parti communiste sont convaincus eux aussi qu'un seul pays est susceptible de concurrencer demain, sur le plan économique, l'Amérique : c'est le leur. S'ils n'ont pas la présomption d'un Khrouchtchev, ce dirigeant soviétique qui promettait, dans les années 50, une URSS dépassant les Etats-Unis dès les années 70, ils n'en ont pas moins de grandes ambitions. Et comptent bien pouvoir imprimer de plus en plus fermement leur marque sur l'économie mondiale. Pour l'instant, disait Jiang Zeming, le successeur de Deng Xiaoping à la tête du pays, la Chine n'a pas d'autre choix que de « danser avec le loup » – comprendre les Etats-Unis – et accepter sa domination. Une danse qui ne saurait être éternelle.

Si cet hypothétique G2 n'a guère de réalité, les Etats-Unis et la Chine sont bien néanmoins, depuis le début du nouveau siècle, les deux moteurs les plus actifs de l'économie mondiale. Fred Hu, le directeur de Goldman Sachs Asia, a calculé qu'ils avaient contribué, ensemble, pour près des deux tiers à la croissance de la planète au cours des quatre dernières années. Mais dans le couple, le rapport de forces reste profondément déséquilibré. Il y a toujours un loup... et un agneau. L'Amérique, le loup, a un produit intérieur brut dix fois supérieur à celui de la Chine, l'agneau. Son revenu par habitant est de dix à trente fois plus élevé – selon les méthodes de calcul utilisées. Ce n'est pas avant 2030, dans la meilleure des hypothèses pour Beijing, que le PIB chinois dépassera le PIB américain. Les Etats-Unis émettent la monnaie mondiale, l'Empire du Milieu n'a pas de vraie monnaie. Les entreprises américaines dominent tous les grands secteurs de l'économie, leurs homologues chinoises en sont encore au mimétisme des enfants qui apprennent à lire. Leur avance en matière d'innovation et de technologies est plus marquée encore.

Cela étant, l'actuel développement de la Chine déstabilise, à plus d'un titre, l'Amérique. Elle y fait le consommateur roi – aux dépens du producteur. Elle l'accompagne dans une infernale spirale de l'endettement. Elle lui crée de nouvelles contingences, de nouvelles dépendances. Elle accentue, en définitive, les défauts naturels de cette hyperpuissance en attisant son appétit pour les produits et les capitaux étrangers. En précipitant le loup vers la crise d'indigestion, l'agneau a peut-être trouvé le moyen de danser avec lui sans risques excessifs. Il n'a pas intérêt pourtant à l'affaiblir trop, au risque d'en souffrir lui-même. Le pas de deux est un difficile exercice d'équilibre, un art incertain où la mauvaise passe, voire la chute, peut à tout moment rompre la belle harmonie du couple.

CHAPITRE 4

# UN APPÉTIT D'OGRE

*Matières premières : la faim du géant, la fin, pour tout le monde, des prix bas.*

Panique à Tokyo : les vols de vieux papiers, dans les décharges publiques, y sont devenus monnaie courante. Certains districts de la capitale japonaise arrondissent leurs fins de mois en les vendant aux fabricants de papier-carton du pays. Aujourd'hui, avant que leurs services ne les aient récupérés, des trafiquants les volent pour les proposer à des acheteurs... chinois. Dans la région, le prix du kilo de vieux papiers a été multiplié par quinze en deux ans, entre 2002 et 2004 ! Au Japon, grands magasins, industriels de l'agroalimentaire ou fabricants de chaussures s'inquiètent à l'idée de ne plus pouvoir bientôt emballer leurs produits.

Surprise à Cahors : dans la zone industrielle sud de la ville, une usine... chinoise vient de s'installer, en 2004. Elle y fera travailler une soixantaine de personnes. Le Lot, comme le reste de la France, a plutôt l'habitude de voir ses entreprises émigrer vers l'Empire du Milieu, où les salaires sont tellement plus bas. Mais l'affaire est particulière : l'usine va récupérer auprès des agriculteurs du Sud-Ouest leurs vieux plastiques, qu'elle lavera et broiera avant de les expédier là-bas, où la demande est en plein boom. Pour y fabriquer des bidons, tuyaux et caisses qui reviendront ici marqués du « made in China » fatal. Les Cadurciens les retrouveront peut-être dans les boutiques de leur cité...

Enigme à Hong Kong : grilles d'égout et panneaux de signalisation routière disparaissent, la nuit, sans explication. Les autorités soupçonnent bien quelques gangs de ferrailleurs locaux, sans preuves jusqu'à présent. C'est que, sur le marché mondial, le prix de la ferraille a flambé. La tonne coûte aussi cher, au printemps 2004, que l'once d'or. La Chine continentale est, une fois encore, à l'origine de cette fièvre. Préférés aux minerais, rares et chers, les vieux métaux récupérés alimentent, à moindre prix, son industrie. En doublant entre 2000 et 2004 ses achats à l'étranger, aux Etats-Unis surtout, Beijing est devenu un véritable aimant pour la ferraille du monde entier, le premier importateur, devant la Corée du Sud et la Turquie.

Vieux papiers, déchets plastiques et ferraille : tout est bon aujourd'hui pour l'ogre chinois. L'industrialisation du pays s'est accompagnée d'une véritable explosion de ses besoins en métaux, en énergie et en denrées de base, agricoles ou industrielles. Pour construire routes, ponts, ports, villes et usines, la Chine a besoin de bois, de béton, d'acier, d'aluminium, de nickel, de zinc et d'autres métaux encore. Pour faire fonctionner ses centrales électriques et ses usines, pour faire circuler ses trains, ses avions et ses voitures, elle a besoin de charbon, d'uranium, de gaz ou de pétrole. Et pour satisfaire ses nouveaux consommateurs, elle est appelée à devenir de plus en plus gourmande en blé, en soja, en viande de bœuf, en coton, en or ou en argent.

L'envol de la Chine, ce sont d'abord d'énormes besoins en produits de base, en matières premières de toutes sortes – les *commodities*, comme disent les Américains pour désigner toutes ces marchandises banalisées mais pourtant indispensables à toute activité économique. Dans une première étape, jusqu'à la fin des années 80 grosso modo, pour les satisfaire, la Chine puise dans ses propres réserves. L'Empire a quelques ressources naturelles – du charbon, du pétrole, du gaz, des métaux précieux, etc. Son appétit reste relativement modeste. Finissante, la paranoïa héritée de l'ère maoïste pousse encore ses dirigeants à ne pas vouloir trop dépendre de l'étranger. La Chine est alors très peu présente sur les marchés mondiaux. Elle préfère produire par elle-même tous les ingrédients nécessaires à sa propre cuisine. C'est la recherche de l'autosuffisance, pour son alimentation comme pour son énergie.

A partir des années 90, changement de décor. L'ogre était un enfant, il est devenu adolescent. Il a bon appétit. A cet âge-là, c'est normal, on a faim ! Dans le même temps, le sol et le sous-sol du pays s'épuisent. Surtout, ses ressources sont désormais insuffisantes pour alimenter sereinement une croissance qui s'accélère. L'animal a grandi, bien des plats dont il est de plus en plus friand ne figurent d'ailleurs pas sur sa carte. Par nécessité autant que par conviction, les maîtres de Beijing se sont donc résolus à renoncer à leur isolement – et à leur politique d'autosuffisance. Ils ont, en conséquence, accepté d'aller faire leurs courses sur le marché mondial.

Compte tenu de l'ampleur de leurs besoins, l'arrivée des négociants chinois sur le marché global des matières premières est un terrible choc pour l'économie mondiale. Elle s'est d'ores et déjà traduite, depuis le début du nouveau siècle, par une flambée générale des cours. Le baril de pétrole, la tonne de nickel, l'once d'or, le fret maritime ou le boisseau de blé ont atteint des niveaux qu'ils n'avaient pas connus depuis dix, vingt ou trente ans parfois. Mais les effets de la demande chinoise en *commodities* ne sauraient se limiter à une pression, sans doute durable, sur les prix.

Dans une économie mondiale que l'on disait inexorablement vouée à un basculement vers l'immatériel, la Chine rappelle que l'activité humaine repose encore, d'abord et avant tout, sur la matière. Ce retour au réel est une belle revanche pour la « vieille économie », celle des champs, des mines, des hauts fourneaux et des ports, celle qu'Internet allait rendre inutile. Le secteur que l'on appelle « primaire » résiste ; plus encore, dans tous les pays industrialisés, en France comme ailleurs, il va encore peser, pour longtemps, sur les autres secteurs de l'économie, le « secondaire » (les industries de transformation) comme le « tertiaire » (les services).

Les rythmes du « primaire » vont ainsi continuer à marquer de leur empreinte l'économie mondiale. Avec le virtuel, les économies développées avaient cru pouvoir s'affranchir des cycles. Il n'en est rien. L'activité économique de nos pays continuera à cheminer sur des montagnes russes (même si elles doivent être, en l'occurrence, chinoises) avec des hauts et des bas, des bulles et des booms. L'arrivée de cet ogre gourmand a aussi relancé, dans des industries quelque peu délaissées au cours des dernières décennies, les efforts de recherche, d'innovation et d'investissement. A l'échelle du globe, des secteurs entiers vont s'en trouver chamboulés – l'agriculture comme le nucléaire. S'agissant de domaines aussi essentiels à la souveraineté des nations, ce sont aussi, naturellement, l'ensemble des relations géopolitiques dans le monde qui se trouve affecté par l'arrivée de ce nouveau convive autour de la table.

*Un trop petit garde-manger*

Wang Jinxi est fatigué. Wang Jinxi, c'est l'« homme de fer » chinois, ce travailleur de force qui, en 1961, a extrait les premiers barils de brut de Daqing (Heilongjiang), une ville du nord-est du pays, près de la frontière russe. De Wang, Mao fit, naturellement, un héros : « son cri de joie, ce jour-là, fit trembler trois fois le monde », dit la légende locale – sa statue trône encore aujourd'hui au centre de la cité. Pour le Grand Timonier, Wang démontrait aux puissants de la planète, aux Américains et aux Soviétiques surtout, que la Chine pouvait « compter sur ses propres forces ». Elle n'avait besoin ni des impérialistes, ni des révisionnistes pour assurer sa survie. Elle serait même capable de trouver en son sein toute l'énergie nécessaire à son développement.

Et effectivement, grâce à l'installation par Wang et ses camarades de 50 000 pompes, toutes reliées par un entrelacs de pipelines et d'entrepôts, Daqing est devenu, rapidement, un gigantesque champ pétrolier, le plus important du pays, crachant jusqu'à un million de barils par jour. Le précieux pétrole de Daqing a ainsi permis, dans les années 80 et 90, à l'économie chinoise de décoller – mais aujourd'hui, alors que les besoins progressent rapidement, les réserves de Daqing s'épuisent. Un autre Wang, un ingénieur, Wang Qiming, cherche bien, dans son laboratoire, les mécanismes hydrauliques qui permettraient d'extraire le pétrole resté au fond des puits. Mais le colosse étatique qui gère l'affaire, PetroChina, ne se fait plus d'illusions. Il s'est débarrassé d'une grande partie de ses employés et cherche maintenant à se diversifier – à acheter du pétrole en Sibérie, par exemple, pour faire tourner ses usines pétrochimiques. A Daqing, les

55 millions de tonnes de 1997, un record, ne sont plus qu'un lointain souvenir. La production décline, à vive allure – 45 millions en 2004, 30 millions en 2010, parient les plus optimistes.

La saga de Daqing est celle du pétrole chinois. Au départ, le pays a des réserves importantes, l'équivalent de 2 % des stocks mondiaux connus. Il compte sur celles-ci, et sur la découverte de nouveaux gisements, pour faire tourner son économie. Il se permet même de vendre un peu de son brut à l'étranger. Mais, le décollage aidant, les bouches à assouvir deviennent plus nombreuses, plus gourmandes aussi. La demande intérieure explose (jusqu'à représenter plus de 5 % de la consommation mondiale). Pour la satisfaire, Beijing doit se résoudre à compléter sa production par des achats à l'extérieur, sur le marché mondial. En 1993, pour la première fois, l'Empire devient importateur net de pétrole – il en achète plus qu'il n'en vend. Il en importe ensuite de plus en plus au point de dépasser, en 2003, le Japon, de devenir alors le deuxième client sur ce marché mondial du brut, derrière les Etats-Unis. Le tiers de la consommation chinoise de brut est aujourd'hui couvert par les importations, plus de la moitié bientôt. Qu'il est loin, le temps de l'autosuffisance !

Bon condensé du pétrole chinois, l'histoire de Daqing est aussi celle, à quelques variations près, de nombreuses matières premières et autres sources d'énergie du pays. Globalement, comme pour le brut, la Chine dispose de richesses naturelles importantes – du charbon, des minerais, des fleuves, une diversité climatique, etc. Pendant toute une première phase, sous l'influence des thèses autarciques de Mao, le pays compte essentiellement sur l'exploitation de ses propres ressources pour satisfaire ses besoins. C'est, pour reprendre l'expression de l'économiste Philippe Chalmin, la période de la croissance « à guichets fermés ». L'Empire réussit alors à devenir un gros producteur mondial, souvent le premier, pour beaucoup de ces produits de base. Il s'impose par exemple comme le numéro un pour le charbon (40 % de la production mondiale), le minerai de fer, l'acier, le blé, la viande de porc, la pomme ou la poire. Et restera, longtemps, un exportateur net pour des produits comme le coke de charbon, l'aluminium, l'étain, le magnésium ou le zinc.

Engagée à marche forcée à partir des années 80, la révolution industrielle provoque, néanmoins, dans l'Empire une brutale accélération de la demande, un élargissement aussi de ses besoins vers de nouveaux produits de base. L'appétit de l'ogre – sa soif, sa faim et sa gourmandise – prend tout à coup une autre dimension. Comme d'autres pays dans le passé, le Japon dans les années 50 et 60 ou la Corée du Sud et Taïwan dans les années 70 et 80, il entre dans une phase de son développement très fortement consommatrice en énergie et en matières premières. Il se dote d'industries elles-mêmes avides de carburants – la sidérurgie, l'aluminium, la chimie, l'automobile, etc. Moins avancé sur le plan technologique, il est aussi, pour un temps, moins efficace dans leur utilisation. La chasse au gaspi n'y a pas pris l'importance qu'elle a dans les vieux pays riches. Le système administratif est en outre source de gaspillages supplémentaires. Les pénuries parfois artificielles reflètent souvent l'incohérence d'un système bureaucratique. Les dirigeants de Beijing considèrent que l'énergie et les matières premières sont encore chose trop sérieuse pour être abandonnée aux lois du marché. Ils n'ont cependant pas encore inventé de mécanisme alternatif efficace. En la matière, le système souffre de l'absence d'un véritable ministre unique de l'Energie, d'un centre de décision, d'un organisme de coordination au minimum. Pour produire un même bien, la Chine utilise en définitive trois fois plus d'énergie que l'Europe. Son économie consomme deux fois plus d'acier que celle des Etats-Unis, alors qu'elle est dix fois moins importante.

Incapable de se nourrir seul, l'ogre chinois s'est donc résolu, avec pragmatisme, à l'évidence, et a renoncé progressivement à son obsession de l'autosuffisance. Comme dans l'histoire du pétrole, le géant est devenu pour la plupart des *commodities* l'un des acteurs, voire l'un des acheteurs principaux du marché mondial. *Cyclope*, l'encyclopédie des matières premières que publie chaque année Philippe Chalmin, souligne, dans son édition 2004, comment la flambée des prix observée sur la presque totalité de ces marchés (à l'exception de ceux du café et du cacao, ceux justement qui n'intéressent pas les consommateurs chinois) est alors largement liée à l'arrivée, puis à la montée en puissance de ce nouveau client, la Chine.

Installée désormais autour de la table, avec bien d'autres convives, la Chine n'est pas près de quitter le festin. Dans tous les domaines (les métaux, l'énergie et les denrées), ses besoins vont continuer à croître, parfois très vite. Au cours des cinq dernières années, en dépit d'une production chinoise importante, les achats de minerai de fer par Beijing sur le marché mondial ont été multipliés par trois – passant de 50 à 150 millions de tonnes entre 1998 et 2003. Depuis l'an 2000, malgré une production nationale importante, l'Empire est devenu importateur net de cuivre, de soja ou de petite ferraille. En 2004, il réalise une production record de coton. Mais pour pouvoir faire tourner les filatures qui travaillent à façon pour le marché américain, il est conduit, malgré cela, à accroître ses achats à l'étranger !

Avec le développement du pays, les besoins vont aussi se diversifier. A Shanghai ou à Beijing, rien de tel, pour les nouveaux riches locaux, que de porter un collier, une chaîne ou un anneau en platine, l'« or blanc » qui fait briller les yeux des jeunes Chinois presque autant que l'« or jaune » ! La Guilde du platine avait certes bien fait les choses en choisissant comme ambassadrice la somptueuse Maggie Cheung, « l'une des meilleures actrices du monde », celle à qui Cannes a attribué, en 2004, un prix d'interprétation féminine pour son rôle dans *Clean*, le film de son ex-mari, Olivier Assayas. De fait, totalement absente du marché au début des années 90, la Chine en achète désormais près du quart de la production mondiale ! Elle a pour le coup provoqué une véritable envolée des cours de ce métal précieux qui a atteint, en avril 2004, son plus haut niveau depuis vingt-quatre ans. Le bœuf, de plus en plus prisé dans les *steak bar* pékinois, pourrait suivre...

## *Le réveil des dinosaures*

Un coin perdu du Minnesota, aux Etats-Unis. Les 400 employés d'une entreprise minière locale n'en reviennent pas encore. C'était en 2003. Leur société, Evtac Mining, était alors en redressement judiciaire – sous le chapitre 11 de la loi sur les faillites, comme on dit là-bas. Abattus, ces braves mineurs ne se faisaient guère d'illusions : la plupart des mines du pays avaient déjà connu ce triste sort. Il y avait, leur disait-on encore, des surcapacités dans la sidérurgie mondiale. Le président américain, George W. Bush lui-même, exhortait les industriels occidentaux à assainir la profession – traduire : à fermer des aciéries. Inutile donc d'extraire encore davantage de minerai de fer. Et puis, soudain, la lumière. Les 400 salariés sont invités à reprendre leur travail. Au plus vite !

Que s'est-il passé ? Un sidérurgiste chinois en manque a trouvé là, dans l'Amérique la plus profonde, de quoi satisfaire enfin ses besoins. Allié pour l'occasion à une société minière locale, Cleveland Cliffs, le groupe Laiwu Steel a racheté l'entreprise défaillante et relancé la mine. Pour faire tourner ses hauts fourneaux, là-bas en Chine, il compte récupérer une partie de la production de sa mine du Minnesota.

Aux antipodes, en Australie, les dirigeants de BHP Billiton, le plus important groupe minier diversifié du monde, piaffent. Ils exploitent depuis presque quarante ans une véritable poule aux œufs d'or, la plus grande mine de fer à ciel ouvert de la planète – elle s'appelle Mount Whaleback (la montagne du dos de la baleine). Mais aujourd'hui, ils ne peuvent répondre à toute la demande chinoise. Ils manquent de ces énormes camions Caterpillar qui leur servent à dégager le précieux minerai du fond de la mine ; ils sont surtout à la recherche de mineurs qualifiés, ils n'en trouvent pas.

Un peu partout dans le monde, les mines fermaient, les groupes miniers cherchaient à se reconvertir, les jeunes évitaient le métier. La mine n'était pas seule à être précipitée ainsi dans les profondeurs de la crise ; toutes les bonnes vieilles activités de base semblaient condamnées à un même destin, un irrémédiable déclin : l'agriculture, la métallurgie, la sidérurgie, les chantiers navals, l'énergie, le transport, etc. Depuis une quinzaine d'années au moins, il n'y en avait plus, en France comme dans tous les autres pays développés, que pour Internet, l'informatique ou les télécommunications.

Finis le charbon, le pétrole, l'acier ou même l'or, il n'y en avait plus que pour le CAC, les kilobits et les pixels. Les nouvelles technologies de l'information et de la communication faisaient entrer le monde dans une nouvelle ère. On parlait de la société de la connaissance, de l'économie de l'immatériel, beaucoup moins dépendante, disait-on, des contingences du réel, du concret.

A Paris comme à Wall Street et sur les autres marchés, la Bourse avait ainsi sanctionné durement les entreprises qui s'obstinaient à vouloir extraire du minerai, produire de l'acier ou transporter du vrac. Dès qu'ils le pouvaient, les patrons en sortaient et investissaient dans des activités plus nobles, plus « branchées », disait-on alors. Les écoles détournaient leurs meilleurs élèves du réel pour les orienter vers le virtuel. Les laboratoires y concentraient tous leurs moyens. Les politiques n'étaient évidemment pas en reste, incitant tout ce beau monde à quitter les métiers du « primaire » pour vanter l'intérêt, le charme et la puissance de ceux de la connaissance. Bref, l'argent, les jeunes, la recherche et l'investissement désertaient toutes ces activités de base de l'économie.

L'arrivée de la Chine sur le marché mondial des matières premières donne en réalité un brusque coup de frein à ce mouvement. Elle rappelle que l'homme ne saurait vivre de transactions financières, de films, de jeux vidéo et de communications téléphoniques. Il a besoin, aussi, de nourritures terrestres, de logements, de moyens de transport et de beaucoup d'autres choses. En Bourse, la Chine a d'ores et déjà sonné le réveil des dinosaures, ces entreprises symboles de la « vieille économie ». Alors que les gazelles du Net se sont essoufflées, et même, pour certaines d'entre elles, carrément effondrées, les sociétés traditionnelles de l'économie réelle (les groupes pétroliers, miniers, sidérurgiques, les chantiers navals, les transporteurs, etc.) connaissent une nouvelle jeunesse. Ce n'est là qu'un des signes d'une évolution plus générale, celle d'une belle revanche du « primaire » sur le reste de l'économie. L'Empire du Milieu rappelle que pas plus que l'homme, l'économie ne sera jamais pure abstraction. L'or (jaune) n'est pas la « relique barbare » que l'on avait dit, pas plus que ne l'est l'or vert (l'agriculture), l'or noir (le pétrole), l'or bleu (l'eau) ou l'or blanc (le platine). Principale conséquence de ce retour de la « vieille économie », la revanche du « primaire » va se traduire par une revalorisation durable de ses tarifs – et cela quelle que soit la couleur de l'or.

*Le cycle du cochon*

Michelin, le leader mondial du pneumatique, est une entreprise française qui tient la route, l'un des fleurons de l'industrie nationale. Au volant, le jeune Edouard Michelin a pourtant quelques soucis. Un pneu, c'est d'abord du caoutchouc naturel. Et les prix du caoutchouc comme ceux de l'ensemble des matières premières dont il a besoin pour fabriquer ses pneus (22 % de son coût aujourd'hui) augmentent – à cause de la Chine notamment. L'industriel est catégorique : « Nous entrons dans une période longue où le caoutchouc naturel sera très cher. » Et il avertit : « Nous nous préparons à des coûts durablement élevés des matières premières. » Michelin est un exemple. Il est une bonne illustration de la situation dans laquelle se trouvent les pays industrialisés, la France notamment. Transformateurs de matières premières et gros consommateurs d'énergie, les vieux pays riches vont avoir à s'adapter, dans les années à venir, à un renchérissement général du coût de leurs divers carburants – l'énergie, les matières premières et quelques autres denrées rares.

Un court rappel est nécessaire. Comme tout produit, le cochon a son cycle : c'est là une des rares lois économiques enseignées dans les écoles et toujours confirmées par les faits. Les consommateurs veulent du cochon, il n'y en a pas : le prix du cochon s'envole. Moutons de Panurge, les paysans se précipitent et investissent, tous ensemble, dans le cochon. Quelques mois plus tard, leurs bêtes arrivent, toutes ensemble, sur le marché. Les prix s'effondrent car l'offre est trop généreuse. Les consommateurs se frottent les mains, pas pour longtemps. Comme les prix sont bas, les producteurs abandonnent la partie jusqu'à ce que, la demande ne pouvant plus être satisfaite, les prix remontent. Les agriculteurs reviennent, investissent et le cycle repart.

Le poids pris par les services dans les pays développés avait fait oublier cette loi – au point que l'on avait cru pouvoir annoncer, à l'époque de l'euphorie du Net, dans les années 90, la « fin des cycles » dans nos économies modernes. Il est vrai que la coupe de cheveu, le repas au restaurant, le service bancaire ou le soin hospitalier n'obéissent pas à ce cycle du cochon. Les raisons en sont multiples. L'investissement n'y est pas aussi lourd ni aussi lent à produire ses effets que dans la production de biens et de marchandises. Les gains de productivité y sont plus difficiles. Le jeu des stocks, l'accumulation et le déstockage, y est quasi inexistant. Les matières premières sont, elles, en revanche, très respectueuses de ce cycle.

Paul Bairoch, l'un des meilleurs historiens de l'économie, a montré que le marché mondial des matières premières a connu ainsi, tout au long du XX$^e$ siècle, plusieurs cycles, des hauts et des bas – avec des pics au début des années 20, entre 1948 et 1952, puis à partir de 1974. Les périodes de prix élevés y ont, à chaque fois, favorisé l'investissement, la recherche et l'innovation, qui ont fini... par faire chuter les prix. Aujourd'hui, les *commodities* continuent à vivre selon un cycle toujours plus accentué que les autres activités – que les industries de transformation et les services. Depuis quinze ou vingt ans, selon les produits, les cours des matières premières ont connu un long marasme. L'industrie mondiale du minerai n'a ainsi pratiquement pas investi dans de nouvelles capacités de production. Les prix étaient si bas qu'il n'était pas rentable d'ouvrir de nouvelles infrastructures. L'argent disponible s'est détourné du réel pour aller vers des activités plus excitantes, vers le virtuel notamment.

Depuis le début des années 2000, la Chine a été, pour la presque totalité des matières premières, l'étincelle qui a réveillé la flamme. Partout, pour le pétrole et le nickel, l'or et le plomb, le soja et le fret maritime, les prix ont subitement flambé. Sur aucun des marchés en cause, la demande chinoise n'a été la seule explication de l'envolée des cours, mais elle y a contribué à chaque fois. Depuis le creux, historique, de l'automne 2001, les prix des matières premières comme ceux du pétrole et de la plupart des denrées agricoles ont en moyenne augmenté de 30 %. Il y a, comme toujours, de la bulle dans cet emballement. Moutons de Panurge là aussi, tout le monde s'est précipité en même temps. Le feu de joie a attiré des fonds spéculatifs (*hedge funds*) qui y ont rejoint les négociants traditionnels mais aussi les producteurs de charbon des Appalaches, les mineurs de cuivre indonésiens et les fermiers argentins. Les liquidités abondamment dispersées dans l'économie mondiale par les banques centrales, par la

Réserve fédérale américaine en particulier, n'ont fait qu'aviver les braises.

Il y a donc eu sans doute, dans la récente flambée des prix, en 2003-2004, un emballement excessif – les excès sont, on le sait, le propre des marchés. Il y a cependant aussi dans cette envolée les signes d'une tendance plus profonde, celle que révèlent les fondamentaux, comme disent les experts. Aujourd'hui, après une longue période de sous-investissement, la plupart des marchés de *commodities* ont du mal à répondre, immédiatement, à ce surplus de demande chinoise, un supplément souvent massif. Ils sont aussi souvent incapables d'acheminer rapidement, faute d'infrastructures à la hauteur, ces biens vers leur client. Pour transporter le minerai de Sydney à Shanghai, il faut des ports, il faut une flotte, il faut des équipes – tout cela n'a pas suivi. Le fret maritime s'est lui aussi envolé. Il faudra du temps avant que les centaines de méthaniers et autres vraquiers commandés tout récemment aux chantiers navals coréens, japonais ou chinois puissent venir rétablir l'équilibre sur ce marché-là aussi.

Bref, avec l'explosion de la demande chinoise, le monde est vraisemblablement au début d'un nouveau cycle long de hausse des prix des matières premières, de l'énergie et des denrées agricoles. Comme le soutient Philippe Chalmin, rien ne permet d'anticiper un quelconque retournement avant la fin de la décennie. Cette phase de redressement des cours alimente, dans les pays développés, quelques pressions inflationnistes. Mais contrairement à ce qui s'était passé aux lendemains des chocs pétroliers des années 70, il ne devrait pas enclencher la si redoutée spirale de l'inflation. Conjuguée cette fois-ci à l'exacerbation de la concurrence internationale, de celle des industriels chinois notamment, l'augmentation des prix des matières premières et de l'énergie va peser sur les marges des transformateurs plus que sur les prix payés par les consommateurs. Même si nos sociétés modernes se croient immatérielles, ces évolutions, matérielles, vont lourdement peser sur le niveau de leurs activités, sur le partage du gâteau aussi, la répartition de la valeur ajoutée, diront les économistes. La revanche de la « vieille économie », c'est un retour des cycles, une conjoncture plus instable, par conséquent.

*Que la lumière soit... rouge !*

« Le communisme, ce sont les soviets plus l'électricité ! » disait, il y aura bientôt un siècle, un certain Lénine. Il y a longtemps que les dirigeants chinois ont renoncé aux soviets – ils n'y ont d'ailleurs jamais vraiment pensé en ces termes. Quant à l'électricité, elle reste, jusqu'à présent, l'une des principales zones d'ombre de leur bilan. Plus de cinquante-cinq ans après l'arrivée au pouvoir du Parti communiste chinois à Beijing, les pannes de courant y sont encore chose courante – si l'on ose dire. Pendant l'été 2004, plus de 26 des 32 provinces du pays en avaient été victimes. Bien des usines sont obligées d'interrompre leur production, deux ou trois jours dans la semaine, faute de pouvoir accueillir chez elles la fée électricité ! Certaines campagnes, les plus reculées, du pays ne la rencontrent d'ailleurs qu'occasionnellement.

Dans l'Empire du Milieu, les centrales électriques ne manquent pourtant pas – au charbon (70 %), hydroélectriques (25 %) ou nucléaires (1,5 %). Comme dans d'autres domaines, la Chine est déjà, en la matière, le numéro deux mondial – derrière, naturellement, les Etats-Unis. Son parc, c'est une capacité de 400 000 mégawatts, c'est-à-dire trois fois le parc français ! C'est énorme. Mais c'est bien peu pour une population de 1,3 milliard d'habitants. Un Chinois consomme en moyenne treize fois moins de kilowatts/heure qu'un Américain. Les besoins sont encore considérables. Et de fait, la demande est en plein boom – elle progresse de 15 % par an depuis plusieurs années. Et rien ne semble devoir l'arrêter.

Pas question pour Beijing de risquer plus longtemps le noir. Depuis des années, la Chine multiplie les mégaprojets pour tenter de satisfaire cette demande galopante. Avec son projet de « Barrage des Trois Gorges », très contesté même au sein de l'appareil communiste chinois, pour des raisons écologiques notamment, le Premier ministre, Li Peng, était parfois regardé, au début des années 90, par les Occidentaux comme un mégalomane un peu fou. Il aimait à parler de son enfant, « le plus grand ouvrage hydroélectrique jamais construit au monde », et promettait une production, une fois l'ensemble achevé, en 2009, de quelque 18 200 mégawatts par an, la capacité d'une vingtaine de centrales nucléaires réunies. Aujourd'hui, certains experts, même occidentaux, regrettent la timidité de Li Peng. Ses successeurs n'ont plus aucun état d'âme. Leur objectif, inscrit dans leurs plans, c'est de doubler, d'ici à 2030, les capacités de production du pays – d'ajouter chaque année entre 35 000 et 40 000 mégawatts supplémentaires au parc existant. EDF, le leader mondial de l'électricité, a fait les comptes : cela signifie construire tous les trois ans l'équivalent de l'ensemble du parc français actuel !

Une telle perspective fait naturellement saliver tous les électriciens du monde – tous les fournisseurs d'équipements de la planète. Même si, dans les pays développés, on construit encore, de temps en temps, de nouvelles centrales, c'est à l'évidence là-bas que se joue l'avenir de toute cette industrie. Beijing va être conduit à faire des choix – entre les différentes sources d'énergie, entre les technologies proposées, entre les équipementiers en compétition, etc. Chacun de ces choix va être structurant pour l'ensemble de la profession. Compte tenu de l'ampleur de ses besoins et de la force de ses moyens, la Chine a finalement, dans ce domaine comme dans d'autres, le pouvoir de redessiner complètement la géographie d'une industrie.

Le nucléaire en est un bon exemple. Après une longue période d'hibernation, provoquée notamment par les accidents de Three Miles Island aux Etats-Unis (1979) et de Tchernobyl en Ukraine (1986), le nucléaire vit aujourd'hui dans le monde un début de renaissance. Sa part dans la production mondiale d'électricité était passée de 2 % en 70 à 16 % en 88 ; elle n'avait pas bougé depuis. Maintenant, quelques centrales sont à nouveau en projet – en Finlande, en Afrique du Sud et en Ukraine. Plusieurs gouvernements, et non des moindres, pendant longtemps réticents, envisagent sérieusement d'y revenir, de Bush aux Etats-Unis à Blair en Grande-Bretagne. Dans ce paysage, la position de la Chine est essentielle. Soucieuse de diversifier ses sources d'énergie, d'accroître son indépendance mais aussi de polluer un peu moins l'atmosphère, elle a décidé de développer, rapidement, ses kilowatts/heure d'origine nucléaire – de 2 % en 2006, l'atome devrait en fournir 4 % d'ici à 2020. Ce n'est pas rien. Un sacré bond en avant, en réalité. Le nombre de centrales, de neuf aujourd'hui en activité, devrait dépasser la trentaine d'ici là. Cela signifie que dans les quinze années à venir, neuf centrales nucléaires sur dix construites dans le monde le seront sur son territoire.

La Chine donne là un sacré coup de pouce au redémarrage de cette industrie au niveau mondial. Elle ne le fait pas gratuitement, bien sûr. Représentant à elle seule l'essentiel du marché des prochaines années, elle bénéficie d'une confortable position de force. Elle propose à son fournisseur, quel qu'il soit, un deal douloureux : « notre marché contre votre savoir-faire ». Les candidats (un français, un américain et un russe) sont pourtant prêts, chacun, à se « siniser » autant qu'il le faudra, à transférer à la Chine le cœur de leurs technologies – puisque c'est pour eux bien souvent la condition de leur survie. Du côté français, si EDF a fait rougir la Tour Eiffel, en janvier 2004, lors de la visite à Paris du président chinois, Hu Jintao, ce n'était pas seulement pour le plaisir de l'art. Avec le soutien des camarades de l'entreprise, l'électricien français voulait aussi démontrer que, s'il le fallait, il pourrait s'habiller de rouge pour emporter l'adhésion du président chinois – et les prochaines centrales nucléaires de son gigantesque programme d'investissement. Avec Areva, le fabricant français de centrales, EDF déroule en fait, depuis des années, le tapis rouge aux plus hauts dignitaires chinois, dans l'espoir du bon choix. Un enjeu absolument stratégique pour toute la filière nucléaire française, pour toute cette industrie à l'échelle mondiale en réalité.

L'électricité permet finalement de mettre en lumière le rôle absolument décisif acquis désormais par la Chine dans la recomposition de quelques grands secteurs de base de l'économie mondiale – le nucléaire donc, mais aussi le charbon, l'acier, les transports maritimes ou ferroviaires, etc. Dans chacune de ces activités, Beijing devra arbitrer dans les années à venir entre différentes solutions industrielles, diverses filières technologiques et plusieurs entreprises, entre des pays fournisseurs concurrents aussi. Les choix de la Chine seront, pour longtemps, les choix du monde.

## Rats des champs, rats des villes

« Qui nourrira la Chine ? » Cette autre interrogation n'est pas nouvelle. En 1995 déjà, il y a dix ans, Lester Brown, le président d'un club de réflexion américain, l'Earth Policy Institute de Washington, publiait un livre alarmiste sous ce titre *Who Will Feed China ?* Inutile de paniquer : la dernière famine remonte, dans l'Empire du Milieu, aux années 1960-1961 après le « Grand Bond en avant » de Mao Zedong. A Beijing, les successeurs actuels du Grand Timonier l'ont encore en mémoire. Les premières réformes de Deng Xiaoping, à la fin des années 70, ont libéré les paysans de leurs contraintes – et permis un décollage, spectaculaire, de la production agricole. Depuis le cri de Lester Brown, celle-ci a continué à augmenter – c'est même, d'après la FAO, l'agence des Nations unies spécialisée dans l'alimentation, le pays du monde, avec le Vietnam, où elle a le plus progressé. L'alimentation d'un peuple de 1,3 milliard de bouches reste néanmoins une vraie question.

Comme ailleurs en fait, l'appétit des Chinois progresse vite, très vite, plus rapidement surtout que leur production. La fuite des rats des champs vers la ville, l'exode rural, y contribue. Chaque année, on l'a dit, ce sont quelque 10 à 20 millions de personnes qui quittent la campagne – et pour une grande partie d'entre elles les exploitations agricoles. Le recul des surfaces agricoles cultivées joue aussi. Depuis 1996, ce sont

6,7 millions d'hectares qui ont été abandonnés par les paysans – au profit des parcs industriels, des routes, des voies de chemins de fer et d'autres constructions. Le potager des Chinois ne couvre finalement plus que 123,4 millions d'hectares : pour nourrir 20 % de la population mondiale, la Chine n'exploite que 7 % de la surface agricole cultivée dans le monde.

Que Beijing renonce de plus en plus ouvertement à son ambition passée, celle de l'ère du Grand Mao, l'autosuffisance alimentaire, n'a, dans ces conditions, rien de surprenant. L'Empire s'était fixé, autrefois, une marge de manœuvre : il voulait assurer par ses propres moyens son alimentation à 95 % ; on y parle aujourd'hui d'une couverture des besoins du pays par la production locale à hauteur de 90 %. En fait, cette évolution est le prolongement naturel, dans le domaine agro-alimentaire, du choix de son insertion dans l'économie internationale. Il fait ses courses sur le marché mondial – pour ce qu'il ne produit pas chez lui ; il va y vendre ses « spécialités ».

En Chine, un repas sans soja, ça n'existe pas : les Chinois l'utilisent pour le tofu, les sauces ou les huiles. Eh bien, même pour un aliment de base aussi symbolique, le pays accepte désormais de dépendre du monde extérieur, et de quel monde ! Son premier fournisseur, ce sont les Etats-Unis, aujourd'hui concurrencés par plusieurs pays d'Amérique latine. En Argentine et au Brésil notamment, les paysans ont tout abandonné pour tirer parti de la flambée des cours et pour fournir Beijing. Bref, les achats à l'étranger y couvrent déjà plus de 60 % de la consommation.

L'essoufflement de la production de céréales n'en inquiète pas moins les dirigeants chinois. Depuis le record de 512 millions de tonnes en 1998, la production nationale de blé, de riz ou de maïs a tendance à diminuer. Certains paysans se trouvent confrontés à des problèmes d'irrigation ; d'autres préfèrent produire des fruits et légumes, souvent plus profitables. Bref, Beijing va de plus en plus être conduit à s'approvisionner sur les marchés mondiaux. L'Empire pourrait très vite y acheter 30 à 50 millions de tonnes de céréales par an – du blé, du riz, du maïs ou du colza. Sur le long terme, la Chine devrait, en tout état de cause, être de plus en plus clairement un pays importateur net de produits agricoles, une chance pour les agriculteurs des pays riches si souvent accusés de ne travailler que pour gonfler des stocks et toucher des subventions. L'envoi de quelques fermiers chinois au Kazakhstan pour exploiter des terres disponibles restera sans doute une expérience sans lendemain.

Gloutonne, la Chine porte aussi un intérêt tout particulier aux OGM, les organismes génétiquement modifiés. Ses dirigeants voient dans les biotechnologies un espoir d'améliorer la productivité de leur agriculture et la qualité de leur production. Beijing mène dans ce domaine une politique très volontariste depuis 1986 déjà – et pourrait facilement prendre le leadership mondial. Mobilisant des milliers de scientifiques, la recherche n'y est soumise à aucune fatwa. La nécessité fait loi, même si elle implique bien des inconnues. Point donc, là-bas, de principe de précaution, ni de José Bové pipe au bec qui viendrait empêcher les laboratoires de travailler. Les produits américains y sont d'ailleurs bien accueillis – pour être imités peut-être. Le groupe américain Monsanto n'a pas caché sa joie lorsqu'en février 2004, Beijing a donné son accord à l'achat de certains de ses produits génétiquement modifiés (soja, maïs et coton) – une liste qui vient s'ajouter au colza, aux pétales de maïs et autres jus de tomate OGM déjà importés des Etats-Unis. En fait, la Chine est elle-même un gros producteur de coton génétiquement modifié, le numéro un mondial – 9 millions de paysans le cultivent sur quelque 700 000 hectares. Et mène activement des recherches sur plus de 130 variétés d'OGM – une dizaine d'entre elles ayant obtenu l'approbation pour une évaluation en champ.

Si, pour l'instant, la Chine est, sur le marché mondial des produits agricoles, un acheteur qui contribue à faire monter les prix, demain, elle y viendra également, comme vendeur, pour proposer, dans certains domaines, sa propre production. On la voit déjà pointer son nez – pour la pomme, la truffe et l'ail par exemple. Le pays a d'énormes besoins – 1,3 milliard de bouches. Il a des moyens – de l'argent, des laboratoires, des chercheurs. Il en a la volonté – une politique à long terme, une confiance dans la science, etc. Par nécessité, le développement des OGM s'y fera de façon autoritaire et rapide, permettant au pays d'occuper, à l'avenir, une place centrale sur les marchés agricoles mondiaux aussi. Plus généralement, l'exemple des OGM montre que, de plus en plus, la Chine va, par obligation surtout, s'imposer dans le monde sur la plupart des marchés de *commodities* mais, bien au-delà, comme un puissant agent d'innovation.

### La pêche aux barils

Qui l'aurait cru ? Entre les seigneurs du désert et les petits-enfants de Mao, une idylle est née. En 1990 encore, Riyad et Beijing se connaissaient à peine – l'Arabie saoudite et la Chine populaire n'entretenaient aucune relation, pas même diplomatique. Quinze ans plus tard, c'est l'amour fou, ou presque. Le Royaume envoie ses meilleurs sujets dans les universités chinoises y apprendre le mandarin ; il mobilise aussi capitaux et ingénieurs pour y construire raffineries et usines pétrochimiques ; il offre à un groupe chinois (Sinopec), en association avec une entreprise russe (Lukoil), l'exploitation d'une partie de ses ressources gazières – une opportunité qui aurait dû « logiquement » revenir à des majors américaines. Pour la première fois depuis 1973, Riyad leur a claqué la porte au nez... Tant de prévenances à l'égard de Beijing ne sont pas le fruit du hasard : l'Empire du Désert est devenu, entre-temps, le premier fournisseur de pétrole de l'Empire du Milieu. Au grand dam de l'Amérique.

Ce flirt, inattendu, entre Riyad et Beijing en est un signe, parmi d'autres : avec l'industrialisation de la Chine, la guerre mondiale du pétrole est relancée. Le rapprochement des deux empires n'est d'ailleurs pas anodin : il désigne clairement les deux principaux protagonistes de cette nouvelle bataille, l'Amérique et la Chine. Les Etats-Unis avaient noué une sainte alliance avec l'Arabie saoudite et lui pardonnaient tout. C'est que la Maison des Saoud est installée sur les réserves les plus importantes de la planète, qu'elle est le premier producteur mondial de pétrole et enfin que la pétromonarchie joue un rôle essentiel au sein de l'Opep, le cartel des pays exportateurs. Entre Washington et Riyad, les attentats du 11 septembre sur New York et Washington ont jeté un froid – les Américains soupçonnent la famille royale de financer Ben Laden et ses amis. L'occasion était trop belle : Beijing n'a pas attendu. Tout en affirmant sa solidarité avec l'Amérique dans la lutte contre le terrorisme international, la Chine en a profité pour se rapprocher de... la principale pompe à essence du monde.

C'est qu'à son tour et comme les Etats-Unis depuis près d'un siècle, la Chine est désormais, elle aussi, obsédée par la sécurité de son approvisionnement pétrolier. Ses puits s'épuisent alors que ses besoins explosent – l'automobile va y accroître davantage encore la demande. Beijing compte bien favoriser le développement d'autres sources d'énergie. Au-delà du nucléaire, le pays fonde de grands espoirs sur le gaz naturel – d'ici à 2020, sa part dans l'approvisionnement énergétique du pays devrait passer de 3 % à 10 %. Il investit d'énormes moyens. Un gazoduc de 4 200 kilomètres – les deux tiers de la longueur de la Grande Muraille – devrait, par exemple, acheminer en 2007 près de 12 milliards de mètres cubes de gaz naturel (le tiers de la consommation actuelle du pays) en provenance du Grand Ouest (Xinjiang) jusqu'à Shanghai. Au total, ce sont plus de 50 000 kilomètres de gazoducs qui seront construits d'ici à 2020 !

Mais les Hans, ces Chinois de Chine, savent que tout cela ne suffira pas. Industrialisation aidant, leur soif de pétrole va continuer à augmenter, et, avec elle, leur présence sur le marché mondial du brut. Si un Chinois consommait, aujourd'hui, autant de pétrole qu'un Américain, l'Empire serait véritablement vampire : il aurait besoin de 85 millions de barils par jour, plus que la production mondiale actuelle, au lieu des 7 millions qu'il absorbe actuellement. La Chine n'est pas encore l'Amérique. D'ores et déjà en tout cas, plus du tiers de l'or noir consommé dans l'Empire est importé – ce sera 85 % en 2030, d'après l'Agence internationale pour l'énergie ! Une telle dépendance préoccupe les têtes du pays, d'autant plus que sur ce marché mondial, la Chine se trouve en concurrence avec un autre acheteur de poids, un client qui y a déjà acquis une belle avance, une grande autorité aussi, les Etats-Unis. Entre les deux grandes puissances économiques de demain, le choc s'annonce viril – la diplomatie de l'un et de l'autre, leurs stratégies militaires, aussi, vont à l'évidence dégager, dans les années à venir, une forte odeur de pétrole.

Partie très en retard par rapport à son challenger dans cette pêche aux barils, la Chine a brusquement engagé, depuis le nouveau siècle, une stratégie tous azimuts pour tenter d'assurer au mieux la régularité et la sécurité de son approvisionnement. Contrairement à l'Amérique, elle n'avait pas, jusqu'à présent, de stocks stratégiques (des réserves immédiatement disponibles pour pouvoir faire face à une rupture d'approvisionnement inattendue) ; elle a décidé, en 2004, d'en constituer de substantiels. Dans sa région, l'Asie de l'Est, elle vivait encore sur les séquelles de sa culture de l'autarcie, celle du « chacun pour soi » ; elle a réuni, à l'été 2004, chez elle, dans le port de Qingdao, les dirigeants de vingt-deux pays d'Asie qui se sont engagés à renforcer leur coopération – pour mieux coordonner leurs réseaux et travailler ensemble sur les énergies renouvelables (c'est ce que l'on appelle déjà l'« Initiative de Qingdao »). Mais surtout, elle avait peu de liens avec les grands pays producteurs de la planète et disposait de peu de concessions sur leurs champs pétroliers ; le duo Hu (le président) et Wen (le Premier ministre) est devenu, en l'espace de quelques années, le meilleur couple VRP des trois compagnies pétrolières du pays (PetroChina, Sinopec et China National Offshore Oil). Chacun de leurs déplacements à l'étranger doit y contribuer.

Ainsi, la Chine ne s'intéressait pas au Proche-Orient ; le pétrole l'y a précipité. La région reste, et restera pour longtemps, le principal puits de pétrole de la planète. Impossible d'y échapper. Comme tout le monde, l'Empire est obligé de s'y approvisionner, goulûment (il y fait 60 % de ses achats). Il a engagé, pour cela, quelques opérations de charme – à destination de l'Arabie saoudite, on l'a vu, mais aussi du Qatar et de quelques autres émirats. Mais Beijing s'y sent mal à l'aise. Le puits du monde reste sous la surveillance tatillonne des Etats-Unis – sous son influence plutôt, sinon son diktat. Autour des champs pétroliers, l'environnement y est ensuite, pour le moins, instable. La guerre en Irak a d'ailleurs été perçue, par certains, comme l'occasion, pour Washington, de s'assurer de nouveaux amis, Bagdad devant à terme remplacer Riyad comme porte-parole, voire tête de pont de ses intérêts dans la région. Les connexions avec le pays ne sont enfin pas toujours faciles – la route des tankers en particulier, celle qui passe par le détroit de Malacca (entre la Malaisie et l'Indonésie), pourrait aisément leur être coupée, en cas de conflit avec les Américains.

Bref, il ne saurait être question pour Beijing de ne compter pour son approvisionnement que sur le Proche-Orient, cette pompe sous influence américaine où, par ailleurs, se pressent d'autres acheteurs intéressés – l'Inde et les pays européens notamment. L'Empire du Milieu cherche donc aussi du pétrole sur ses marges, sur ses propres marches, dans les eaux et territoires voisins. Mais il se heurte là à un autre concurrent redoutable – et assoiffé, le Japon. L'Empire du Soleil Levant est, lui aussi, un très gros acheteur de brut – le troisième derrière les Etats-Unis et la Chine. Sa dépendance à l'égard du marché mondial est plus forte : faute de ressources dans ses sous-sols, l'archipel est conduit à importer 98 % de ce qu'il consomme. Les relations entre les deux voisins restent encore fortement imprégnées des drames du passé ; l'invasion de la Mandchourie par les forces japonaises, il y a presque un siècle, n'a pas été oubliée, le massacre de Nankin non plus – les deux parties ne font d'ailleurs rien pour.

Avec les batailles autour de l'or noir, elles menacent d'empirer encore. Exemple : les opérations d'exploration menées par Beijing en mer de Chine orientale, près de la zone japonaise, exaspèrent Tokyo. Mais c'est surtout le pétrole russe qui alimente aujourd'hui la soif des deux grandes puissances économiques de la région.

L'enjeu est de taille : Moscou est prêt à envoyer dans les pipelines son brut de Sibérie orientale – celui qu'il extrait des champs d'Angarsk, au sud du lac Baïkal. Mais où ces « pipes » devront-ils déverser les barils sibériens ? La question oppose, avec violence, la Chine et le Japon. Pour Beijing, tout était OK. Un accord en bonne et due forme avait été signé avec les Russes : un tuyau de 2 300 kilomètres allait relier Angarsk (Russie) à Daqing (Chine), l'ex-centre pétrolier du pays, et livrer, pendant vingt-cinq ans au moins, du pétrole pour 150 milliards de dollars. Le scandale autour du groupe russe Ioukos et une nouvelle offensive japonaise auraient remis en cause l'accord. Plus généreux, Tokyo prétend avoir obtenu de Vladimir Poutine, le président russe, et grâce au versement de quelques milliards de dollars supplémentaires, que ce pipeline ne s'arrête pas à Daqing, chez les Chinois, mais qu'il aille, quelques centaines de kilomètres plus loin, jusqu'à Nakhoda, un port russe d'où l'or noir serait ensuite embarqué pour le Japon. Pour exprimer leur mécontentement, les Chinois ont brutalement interrompu, au printemps 2004, les livraisons de brut assurées par Daqing au Japon, en vertu d'un accord qui datait de 1972. Nul ne sait jusqu'où ira, finalement, cette guerre du « pipe », ni où débouchera l'oléoduc en question. L'affaire est en tout cas révélatrice des tensions que la chasse aux barils va exacerber dans la région au cours des prochaines années.

En concurrence frontale avec les Etats-Unis au

Proche-Orient et engagée dans une compétition délicate avec le Japon dans la région, la Chine a aussi, naturellement, lancé ses filets dans des eaux a priori moins convoitées. Partout où coule l'or noir, ses bateaux, ses compagnies pétrolières étatiques en l'occurrence, sont à l'affût. Les groupes chinois ont beaucoup investi au cours des dernières années au Kazakhstan, le nouvel eldorado pétrolier du monde, mais aussi en Indonésie ou en Australie. Chaque fois que cela est encore possible, ils cherchent à y gagner des concessions et acceptent parfois de les payer très cher. Il reste ensuite bien souvent à assurer l'acheminement de ce brut, un problème pas toujours facile à résoudre. La « diplomatie du pipeline » occupe, de fait, de plus en plus les chancelleries chinoises.

Le Gabon, un millième de la Chine ! Après un séjour officiel, au début de l'année 2004, à Paris, Hu Jintao, le numéro un chinois, a pourtant souhaité rendre visite au président de ce tout petit Etat du fin fond de l'Afrique, Omar Bongo. C'est que, pour la Chine, dans la pêche aux barils, il n'y a pas de petits poissons. Tous les pays pétroliers, même les plus modestes, ont leur importance. Et de fait, au-delà des grandes puissances, de l'Arabie saoudite, de la Russie ou de l'Indonésie, Beijing s'intéresse activement à ces petites nations indépendantes d'Afrique et d'Amérique latine qui ont la chance de vivre sur des champs pétroliers ou gaziers, sur des mines d'or en quelque sorte. Contre une telle reconnaissance diplomatique... et une aide de 7 millions de dollars, le Gabon a donné son accord pour fournir un peu de brut à l'Empire. Le président chinois fera, au cours de ce même déplacement, très pétrolier, une escale en Egypte, une autre en Algérie.

Si l'Amérique a quelques raisons de s'inquiéter de cette soudaine hyperactivité diplomatique des Chinois, c'est bien sûr et avant tout parce qu'elle se traduit par une forte pression sur les prix du brut. En 2003, les achats chinois sur le marché mondial représentaient un quart des achats américains (5 millions de barils par jour contre 20 pour l'Amérique). En 2007 déjà, ce pourrait être la moitié et presque autant sans doute en 2030, selon l'Agence internationale pour l'énergie. Les grands pays producteurs risquent de ne pas rester insensibles aux avances de ce nouveau client, gourmand et solvable. Les inquiétudes américaines s'appuient aussi sur le fait que cette forte présence, relativement nouvelle, de la Chine dans les réseaux diplomatiques est l'occasion pour elle de nouer des liens privilégiés avec certains pays, de s'y faire des amis, ce qui pourrait à terme affaiblir le leadership des Etats-Unis dans plusieurs régions chaudes du monde. A l'origine des craintes américaines, il y a une autre question, plus grave, celle de savoir jusqu'où la Chine est susceptible d'aller pour assurer sa sécurité énergétique. L'Empire est-il prêt, en particulier, à s'engager dans des échanges « armes contre pétrole » avec quelques pays très demandeurs – comme le Soudan, l'Iran ou la Libye. Des émissaires chinois sont, en tout cas, de plus en plus souvent repérés dans ces pays considérés par Washington comme des « Etats-voyous ».

Le monde croyait peut-être en avoir fini avec les guerres du brut, il n'en est rien. On peut parler de l'après-pétrole – et débattre du jour où les réserves mondiales seront épuisées. On peut penser que le gaz naturel générera, demain, peut-être, les mêmes enjeux et les mêmes explosions. Pour l'instant en tout cas, et pour quelques décennies encore, tous les experts conviennent que l'or noir reste et restera encore l'un des principaux carburants de nos économies modernes. Sa distribution, très inégale, sur la planète (il y a ceux qui en ont et ceux qui n'en ont pas, il y a ceux qui en ont beaucoup et ceux qui en ont un peu, etc.) fait qu'il est et sera aussi pendant longtemps encore au centre des principaux enjeux géostratégiques du monde. Le marché mondial du pétrole a été dominé, pendant les dernières décennies, par une Amérique toute-puissante. La Chine, concurrent direct et redoutable de l'« hyperpuissance » américaine, modifie profondément la donne, mais aussi l'ensemble des rapports de forces politiques sur la planète.

## Conclusion

En économie aussi, les deux dernières décennies du XXe siècle s'étaient inscrites dans la douce euphorie d'une supposée « fin de l'Histoire ». Avec la chute du communisme et la montée du Net, l'économie mondiale s'engageait, pensait-on alors, sur une pente ascendante – faite de croissance forte et régulière, d'une prospérité générale et partagée. C'était l'époque de la « mondialisation heureuse ». Alors que, dans toutes les activités humaines, le cerveau se substituait à la main, l'économie se détachait enfin de ses contingences matérielles. L'activité n'allait plus souffrir de ces hauts et de ces bas qui avaient alimenté dans le passé tant de cycles douloureux. Elle n'allait plus davantage être perturbée par des batailles de partage.

L'arrivée de la Chine sur le marché mondial des *commodities*, ces produits de base que sont les matières premières, l'énergie et les denrées agricoles, apporte un vigoureux démenti à cette vision idyllique de l'avenir. L'économie n'est pas encore purement virtuelle – si tant est qu'elle le devienne jamais. La tête y a toujours besoin de ses bras. L'activité productive de nos sociétés s'appuie encore très largement sur l'exploitation de matières premières bien réelles : du charbon qu'il faut aller chercher au fond des mines, du pétrole dans les puits et du blé dans les champs. La transmission du son ou de l'image de Paris à Berlin ou de New York à Shanghai n'a peut-être plus besoin de fils, le transport de zinc, d'acier ou de soja passe encore par des ports, des routes et des voies de chemin de fer.

Les étincelles du virtuel avaient peut-être éclipsé quelque peu cette triviale réalité : la « vieille économie », celle des industries de base, des grandes infrastructures, de l'agriculture aussi, n'est pas morte. La Chine (et avec elle, l'Inde demain) lui redonne même, partout dans le monde, une nouvelle jeunesse. L'économie mondiale en redécouvre le prix et va, sans doute, en payer le prix pendant quelque temps. Les vieux pays industrialisés, la France notamment, vont devoir se faire à l'idée que, même dans une économie de la connaissance, l'essence coûte cher, que même dans une économie de l'immatériel, le matériel a son importance. L'illusion d'une économie sans cycles va y être soumise à rude épreuve, comme celle d'une économie sans conflits.

Dans le jargon des économistes, on dit qu'en pesant durablement sur les prix des matières premières, l'arrivée de la Chine provoque une modification des termes de l'échange. Les vendeurs de matières premières vont s'enrichir, les acheteurs en souffrir. Certains pays, exportateurs, ne peuvent que s'en réjouir ; les importateurs vont devoir, quant à eux, se serrer la ceinture. Certaines industries vont en profiter – d'énormes investissements vont être engagés dans le « primaire » ; d'autres vont être à la diète, les industries de transformation en particulier. Dans les pays riches, ces dernières vont d'autant plus souffrir qu'à l'alourdissement du prix de leurs « inputs » va s'ajouter la concurrence d'une main-d'œuvre chinoise nombreuse, bien formée et sous-payée. C'est là l'autre face de la détérioration des termes de l'échange à laquelle les pays riches se trouvent confrontés.

CHAPITRE 5

# CIGALES ET FOURMIS

*Economes, travailleurs et industrieux,
de redoutables concurrents pour tous.*

Les cochons truffiers du Périgord ne l'avaient pas vu venir. Leur butin, la célèbre truffe, est menacé d'une sombre concurrence. Un tubercule, en tous points identique au précieux diamant noir qu'ils sortent de terre, est maintenant proposé à leurs propres clients. Dix fois moins cher. Il a été chassé là-bas, à des milliers de kilomètres, par quelques porcs chinois. Désormais, les bonnes tables de la région hésitent. Les carrières bretonnes ne l'auraient jamais cru non plus. Depuis l'érection des premiers menhirs, il y a quelques millénaires, leur granit n'a plus besoin de faire sa pub pour s'imposer. Il est pourtant, lui aussi, attaqué. Lorsque la municipalité de Rennes, la capitale de leur royaume, a rénové la place de la gare, elle n'a pas hésité. La pierre choisie ressemble, à s'y méprendre, à celle qu'ils extraient de leur propre sous-sol. Elle vient de Chine. Les paysans alsaciens étaient quant à eux sûrs de leur fait... et de leurs fruits. Au cours des siècles, leurs vergers en ont connu des vertes et des pas mûres. Mais aujourd'hui, c'est du pur jus de pomme... chinois qui étanche, le plus souvent, la soif des Strasbourgeois.

La truffe du Périgord, le granit de Bretagne et le jus de pomme d'Alsace ne s'attendaient sans doute pas à une concurrence venue d'aussi loin, de l'Empire du Milieu. La distance faisait muraille, croyaient-ils. L'effondrement des coûts de transport a fait tomber leurs illusions. Aujourd'hui, pour les marchandises aussi, le voyage s'est démocratisé. L'aller simple entre la Chine et la France, qu'il soit en train, en bateau ou en avion, pèse peu, quelques centimes d'euro à peine, dans le prix final du kilo de truffe, de la tonne de pierre ou du litre de jus de fruits. Pour tous ces produits de la nature qui n'ont fait l'objet que d'une transformation marginale, la principale dépense, c'est le salaire, celui du chasseur de truffes, de l'ouvrier carrier ou du ramasseur de pommes – et là, la Chine a un avantage énorme et incontestable : sa main-d'œuvre, abondante et peu coûteuse. Soutenu par un capital peu exigeant également, le travail bon marché constitue pour la Chine une rente, une bombe en fait pour le monde industrialisé.

Grâce à des coûts salariaux extraordinairement bas et destinés, on l'a vu, à le rester longtemps, le pays de Mao s'impose comme un redoutable concurrent dans toutes les industries dites de main-d'œuvre, celles qui font travailler un personnel peu ou pas qualifié, celles qui dépendent pour l'essentiel des mains et des bras de l'homme (de la femme surtout, en réalité). Au-delà de la truffe, du granit et de la pomme, le « made in China » a ainsi bouleversé la géographie de la plupart des métiers traditionnels dans le monde. Les créations d'emplois, là-bas, se sont déjà traduites, ici, dans les pays développés, par bien des destructions de jobs. Pour le textile, l'habillement, la chaussure, le jouet, le meuble, le bâtiment, la construction navale, l'électroménager, la mécanique ou le petit électronique, le centre de gravité de ces industries s'est massivement déplacé. L'Empire du Milieu y a acquis une position centrale, parfois dominante. Rien ne semble devoir, ni pouvoir, empêcher la poursuite de cette vaste redistribution de la production manufacturière à l'échelle planétaire.

Comme l'histoire l'a montré à de nombreuses reprises, une rente peut cependant être, pour un pays comme pour une famille, un piège ou un tremplin, selon l'utilisation qui en est faite. Le pétrole, la rente par excellence, en donne une bonne illustration. Parmi les producteurs d'or noir, certains l'ont exploité jusqu'à plus soif sans se préoccuper de l'avenir, d'autres en ont profité pour investir et préparer l'après-pétrole. Les puits à sec, la rente épuisée donc, les premiers sont redevenus les déserts qu'ils étaient, les seconds continuent de jouir d'un haut niveau de développement. S'agissant de la Chine, tout indique aujourd'hui une ferme détermination, collective, à user de sa rente (sa main-d'œuvre nombreuse et à faible salaire) comme d'un tremplin, à ne pas l'épuiser sans l'exploiter. Cigales, les Chinois mettent ainsi de côté une part considérable de leurs revenus (un taux d'épargne record dans le monde). Fourmis, ils travaillent intensément et investissent massivement (plus de 40 % de leur produit intérieur brut). Les ressources que la Chine tire de son avantage salarial sont ainsi très largement canalisées vers la préparation de l'avenir – et placées dans un effort considérable de formation, dans la recherche et le développement et dans la promotion, sur le marché mondial, de « champions nationaux ».

Compte tenu de cette volonté d'exploiter au mieux sa rente, la recomposition de la géographie industrielle mondiale ne se limitera pas aux seules activités déjà affectées par l'arrivée de la Chine sur le marché mondial – celles à faible coût de main-d'œuvre donc. D'ores et déjà, alors que de nouveaux pays viennent concurrencer l'Empire sur ces métiers avec des coûts salariaux encore plus bas (le Laos, le Vietnam, etc.), celui-ci commence à fabriquer des produits de plus en plus sophistiqués, à monter les marches de l'échelle de la valeur ajoutée, comme disent les économistes. Il s'apprête à déverser sur le monde des biens produits par une main-d'œuvre de mieux en mieux qualifiée et conçus par des laboratoires de plus en plus autonomes. La concurrence chinoise ne se cantonnera pas aux seules industries de main-d'œuvre ; très vite, elle va s'imposer dans le high-tech tout autant que dans les services. Les pays et industriels occidentaux auraient tort de la négliger. Demain, comme la truffe du Périgord, les Airbus de Toulouse ne seront plus face aux seuls Boeing, la compétition se sera ouverte avec l'arrivée de quelques jets chinois. A l'instar du granit de Bretagne, les réseaux de télécommunications d'Alcatel lutteront contre ceux d'un jeune challenger jaune, un Huawei quelconque. Comme le jus de pomme d'Alsace, les pilules de Sanofi-Synthelabo seront confrontées au défi d'un nouveau concurrent, issu, pour le pharmacien français, d'un redoutable mariage entre la médecine chinoise traditionnelle et les experts ès biotechnologies de ses laboratoires de pointe. Et demain, c'est souvent déjà aujourd'hui.

*La route du coton*

« D'ici à 2010, la Chine sera capable d'imposer au monde des marques du niveau de Dior ou de Gucci. » A l'occasion de la présentation des collections printemps-été 2004, à Paris en octobre 2003, la déclaration de Zheng Lawrence, le patron de ShanShan, un groupement de douze marques chinoises, n'est pas passée inaperçue. Le premier défilé de six de ses créateurs sur le podium du Carrousel du Louvre non plus. Le monde de la mode, toujours à l'affût d'un nouvel éphémère, en est tout émoustillé. Un nouveau joueur, enfin ! Depuis cinq ans déjà, Shanghai a d'ailleurs sa semaine de la mode. Les deux frères ennemis du luxe, les Français Bernard Arnault, le propriétaire de Dior, et François Pinault, celui de Gucci, restent pourtant sereins. Dans leur métier, la soie et le cachemire peuvent aider, les petites mains agiles aussi. Depuis des millénaires, la Chine ne manque ni des uns ni des autres. Mais ils savent qu'il faut une alchimie complexe dans laquelle la création et le temps jouent un rôle essentiel avant qu'un simple label local ne devienne une marque de luxe mondiale.

Si Arnault et Pinault, présents sur le très haut de gamme, se sentent ainsi protégés, leurs collègues, les industriels français du textile et de l'habillement, s'interrogent, eux, sur le film dans lequel ils sont aujourd'hui embarqués. « Killing me softly » ou « Apocalypse now », la mort lente ou la mort subite ? A compter du 1$^{er}$ janvier 2005, les règles du jeu qui organisaient, depuis plus de trente ans, les échanges mondiaux des chemises, T-shirts et jeans (l'accord multifibres de 1974) ont été abandonnées. Ces règles, le système des quotas en particulier, avaient permis aux pays riches d'éviter l'invasion de leurs marchés par les produits des pays à faible coût de main-d'œuvre. Elles sont maintenant supprimées. C'était la condition posée par les pays en développement, au début des années 90, à la création de l'Organisation mondiale du commerce (OMC) – une condition qui ne pouvait que réjouir la Chine lorsque celle-ci l'a rejointe, en 2001. Plus rien désormais ne protège donc les filatures du Nord, les lingeries des Vosges ou les soieries lyonnaises de la concurrence des pays pauvres, de celle des industriels chinois du textile et de l'habillement en particulier.

Lorsqu'ils s'interrogent sur leur sort futur, les patrons français évitent, pour ne pas trop inquiéter leurs 180 000 salariés, de tourner leurs regards vers la lointaine Australie. Là-bas, la levée des quotas a été engagée dès le milieu des années 90. Le secteur est aujourd'hui proprement décimé, le marché inondé. Plus des deux tiers des achats du pays proviennent maintenant de l'Empire du Milieu, deux fois plus qu'il y a une dizaine d'années. Au pays des kangourous, 95 % des slips et T-shirts vendus sont désormais « made in China ».

Les Etats-Unis sont aussi vivement déconseillés aux âmes sensibles de la profession. Pour montrer sa bonne volonté à l'égard des pays pauvres et marquer son leadership dans les politiques de libéralisation des échanges, Washington avait décidé de supprimer progressivement ces fameux quotas en commençant par certains produits. Dès le 1$^{er}$ janvier 2002, soutiens-gorge et sous-vêtements d'origine étrangère ont pu s'installer librement dans les rayons de Wal-Mart, de Gap et des autres distributeurs américains. Les quotas ont été abolis. Conséquence : pour ces petits bouts de tissu travaillés, les importations ont été multipliées par dix en moins de trois ans, la part du « made in China » dans les linéaires est passée de 10 % en 2001 à... 72 % en 2004. Pour le textile américain, point de doute : en l'an 2000, plus d'un million de personnes y travaillaient ; en 2004, il n'y en avait plus que 700 000 à peine. Après la levée totale des dernières barrières, le 1$^{er}$ janvier 2005, leur principale organisation professionnelle, le National Council of Textile Organizations (NCTO), prédit la disparition rapide, en quelques années, de 600 000 emplois supplémentaires ! Un million en l'an 2000, dix fois moins dix ans après. De quoi donner froid dans le dos aux industriels français du secteur, et à leurs salariés.

Si la levée des quotas provoque une telle frayeur dans le monde de la confection, elle ne fait pourtant que sanctionner, voire accélérer, un mouvement déjà entamé depuis de très nombreuses années : celui de l'exode des industries de main-d'œuvre des pays riches vers les pays pauvres. Ce mouvement est, on l'oublie parfois, aussi vieux que la révolution industrielle elle-même, la première s'entend, celle amorcée en Angleterre à la fin du XVIII$^e$ siècle. En leur temps déjà, au début du XIX$^e$ donc, les sujets du Royaume s'alarmaient de l'arrivée des jupes et pantalons « made in Germany ». Chaque fois, le scénario avait été le même. Dans ces industries qui, comme le textile ou l'habillement, mobilisent beaucoup de personnel et un personnel souvent, au départ, peu qualifié, les pays pauvres deviennent rapidement de redoutables concurrents pour les tisseurs, confectionneurs et façonniers des pays plus avancés. Comme les salaires et avantages sociaux y sont très faibles, beaucoup plus faibles que dans les pays riches, ils peuvent produire à moindre coût et vendre bien moins cher. Face à la menace, les industriels du « Nord », des pays riches, réagissent bien souvent en transférant eux-mêmes, au « Sud », dans les pays en développement, une partie, sinon la totalité de leur production, en faisant sous-traiter la partie de l'activité la plus consommatrice de main-d'œuvre. L'exemple de Levi-Strauss, le fameux père du jean, est symptomatique. Le groupe faisait encore tourner une soixantaine d'unités de production sur le territoire américain en 1980 ; il y a fermé sa dernière usine en 2004 ; le « fabricant américain » n'est plus fabricant – il dessine, commande et commercialise bien plus qu'il ne fabrique – ni vraiment américain – il fait faire tous ses jeans hors des Etats-Unis.

Comme d'autres pays en développement, la Chine est donc entrée dans la danse, avec quelque retard cependant, à partir du début des années 80 en fait. Grâce à des coûts salariaux très faibles et à une législation sociale peu contraignante, elle a pu développer ses exportations et attirer chez elle de nombreux industriels « occidentaux » – des investisseurs en réalité bien davantage taïwanais ou hongkongais qu'italiens ou français au départ. Elle est devenue, en moins de deux décennies, une « grande puissance » dans le textile et l'habillement, occupant une part croissante dans la production et les échanges mondiaux. Pour le seul textile par exemple, l'Empire du Milieu pesait à peine 5 % de la production mondiale en 1980, elle en pèse plus de 20 % aujourd'hui et ce pourrait être 50 % en 2010, d'après la Banque mondiale.

L'atout principal de la Chine, ce sont, naturellement, ses coûts, ses salaires surtout. Malgré un décollage économique amorcé il y a vingt-cinq ans maintenant, ceux-ci restent encore exceptionnellement avantageux. Les comparaisons sont naturellement difficiles. En Chine, même si l'économie reste encore largement administrée, les salaires ne sont pas les mêmes sur la riche et industrieuse côte est du pays, dans une zone économique spéciale où les infrastructures sont très développées, ou dans le Grand Ouest, où elles le sont moins. Le coût salarial ne se limite pas ensuite au seul salaire – certains employeurs assurent logement et nourriture à leur personnel, d'autres non. L'entreprise d'Etat, le petit industriel privé chinois ou la grande multinationale occidentale ne paient pas le même tarif. Les taux de change, très instables, rendent en outre aléatoire toute confrontation. De fait, l'écart entre le salaire d'un ouvrier français et celui d'un Chinois est difficile à apprécier dans l'absolu. Chaque observateur a sa fourchette. Autour d'une même table, ronde, lors de l'Université d'été du Medef 2004, à Jouy-en-Josas, on pouvait ainsi entendre le patron d'AT Kearney, un cabinet de consultants, parler d'un écart de salaires entre la France et la Chine de « un à soixante-douze » en moyenne, celui de PSA-Peugeot-Citroën estimer que ses salariés de Rennes « coûtaient » dix fois plus cher que ses employés de Wuhan, celui de Danone avouer son incapacité à donner des chiffres comparables d'un pays à l'autre. Une étude exhaustive réalisée récemment par le ministère américain du Travail évaluait à 0,4 dollar de l'heure le coût moyen d'un salarié de l'industrie en Chine, soit près de quarante fois moins que celui d'un ouvrier français. Le salaire minimum officiel est d'ailleurs à Shanghai de 52 euros par mois alors qu'il est à Remiremont de 1 215 euros ; pour le SMIC donc, l'écart entre la France et la Chine est au moins de « un à vingt ».

Moins cher, le salarié chinois est aussi, il est vrai, en général moins productif que son homologue français ou américain. La modernisation des équipements et l'introduction d'une organisation industrielle de la production y contribuent néanmoins à une forte augmentation de la productivité du travail. Les ouvriers chinois sont ainsi de plus en plus efficaces – les gains de productivité y sont actuellement de l'ordre de 6 % par an. L'écart entre le coût salarial par unité produite en France et en Chine reste par conséquent toujours considérable. Toutes ces comparaisons sont à manier avec des... baguettes. D'autant que d'autres éléments peuvent encore accroître le fossé déjà observé. Les Américains aiment à dénoncer toutes les formes d'un supposé dumping chinois – un dumping monétaire avec une monnaie sous-évaluée, un dumping social avec des conditions de travail inavouables, un dumping financier, les entreprises chinoises bénéficiant de prêts très avantageux de la part des banques d'Etat, un dumping tout court enfin, l'Empire étant soupçonné de vendre ses produits sur le marché mondial à un prix inférieur au prix de revient. Il y a certainement du vrai dans ce procès fait par les Américains, repris souvent en Europe. Mais même un renoncement à de telles pratiques n'aurait que peu d'effets compte tenu de l'ampleur de l'avantage salarial.

## La peur de Fox le renard

« Le monde ne doit pas se laisser faire par ces pirates de Chinois qui menacent de nous voler tous nos emplois. » En veste et bottes de cuir, façon cowboy, le président mexicain, le gigantesque Vicente Fox, ne mâche jamais ses mots. S'agissant de la Chine, l'ancien représentant de Coca-Cola au Mexique voit rouge et renonce volontiers à la langue de bois diplomatique qui sied à son rang. Son pays aura d'ailleurs tout fait, jusqu'à la dernière minute, pour empêcher l'entrée de la Chine dans l'Organisation mondiale du commerce. Pascal Lamy, le représentant de l'Europe dans ces négociations, se rappelle encore des ruses utilisées par le président mexicain pour tenter d'obtenir de nouveaux reports. Ce fut en vain. Et ce que craignait le fringant renard mexicain est arrivé. Lié depuis une dizaine d'années par un accord de libre-échange préférentiel avec les Etats-Unis et le Canada, le Mexique était devenu l'un des tout premiers fournisseurs de l'empire américain. Il s'est fait doubler, en 2003, par l'Empire du Milieu. Surtout, celui-ci est en train de vider son pays de sa substance, de tuer littéralement son industrie, encore jeune pourtant. Les entreprises qui travaillaient pour le marché américain font faillite l'une après l'autre – incapables de résister à la concurrence chinoise. Là-bas, les salaires sont quatre à cinq fois moins élevés qu'au Mexique. Les *maquiladoras*, ces usines installées par des étrangers à la frontière américaine, ferment aussi vite qu'elles avaient ouvert. C'est l'hécatombe. Une équipe d'économistes du MIT, le célèbre centre de recherche de l'Université de Cambridge, à Boston (Etats-Unis), a relevé que, sous la pression chinoise, entre 2001 et 2003, plus de 500 *maquiladoras* avaient déjà été obligées de mettre la clé sous la porte – sur un total de 3 700. Avec les milliers d'emplois supprimés que cela signifie. Et ça continue. Fox ne sait plus aujourd'hui comment faire pour convaincre Washington de mettre le « pirate » au pas.

Face au dragon menaçant, la rage du renard mexicain est celle de tous les pays à revenu intermédiaire. En exploitant habilement sa rente, l'énorme « armée de réserve » d'une main-d'œuvre peu qualifiée et mal payée, la Chine étend progressivement son influence au niveau mondial dans un nombre croissant d'activités. Dans les années 80, elle s'était illustrée par une incursion brutale dans les industries que l'on dit « traditionnelles » (textile-habillement, cuir, jouets, etc.). Depuis le début des années 90, elle a largement élargi son spectre en s'imposant dans des industries plus « modernes » (électrique, électronique, télécommunications, informatique, etc.). Conséquence : de l'« atelier du monde » sortent désormais chaque année 70 % des jouets fabriqués sur la planète, 60 % des bicyclettes, 50 % des ordinateurs ou des appareils photo, 35 % des téléphones mobiles, 30 % des téléviseurs et climatiseurs, 25 % des machines à laver. Et ce n'est pas fini. Les pays riches, les Etats-Unis et l'Europe notamment, s'inquiètent de ce transfert massif de la production mondiale. Ils n'en sont pourtant ni les premières ni les principales victimes. Dans ces industries de main-d'œuvre, la redistribution des cartes s'y fait en effet d'abord aux dépens des jeunes nations en voie d'industrialisation.

Face à l'énorme armée de réserve chinoise, ces centaines de millions d'ouvriers prêts à travailler pour quelques dizaines de dollars par mois, les petits bataillons bangladais ou vietnamiens pèsent bien peu. Dans leurs pays, le Bangladesh ou le Vietnam, les plus pauvres de la planète, le salaire y est plus bas encore que dans le Guangdong, le cœur de la nouvelle manufacture du monde. Ils pourraient a priori prétendre tailler quelques croupières à l'Empire voisin. Mais ils n'en ont pas les armes. Ils n'ont pas le même accès aux marchés des pays développés que leurs « amis » chinois – le Vietnam n'est pas membre de l'OMC. S'ils l'avaient, ils souffriraient d'une autre faiblesse, professionnelle celle-là. Ils sont souvent considérés, sur le plan industriel, comme moins fiables que leur grand frère – moins rapides et moins précis ; leurs élites ont enfin un esprit d'entreprise souvent moins développé.

Mexicains, Tunisiens ou Philippins n'ont pas ce handicap. Depuis des années déjà, les pays développés ont accepté de transférer chez eux une partie non négligeable de leurs industries de main-d'œuvre. Les Américains achètent depuis longtemps leurs chemises au Mexique, les Français en Tunisie et les Japonais aux Philippines. La faiblesse des salaires dans ces pays du Sud proche a favorisé un premier transfert massif des activités mobilisant un personnel nombreux et peu qualifié – avec la multiplication des délocalisations.

Celles-ci ont déstabilisé les vieilles nations industrielles, les obligeant à de douloureuses restructurations ; elles ont néanmoins favorisé le décollage de certains pays pauvres, l'enrichissement de leurs concitoyens... et un début de revalorisation de leurs salaires. Et c'est là que le bât blesse. Face à la Chine, le Mexique, la Tunisie ou les Philippines sont, tout d'un coup, devenus des pays « chers ». Les salaires y sont de trois, quatre ou cinq fois supérieurs à ceux en vigueur là-bas. N'ayant pas, bien souvent, réussi à profiter de leur industrialisation naissante pour monter en gamme ou se diversifier, ces pays se trouvent maintenant confrontés à une brutale concurrence. Plus avancés, des pays comme le Portugal ou la Turquie sont aussi menacés. La rente chinoise est en réalité en train de provoquer un nouveau transfert massif de pans entiers de l'industrie manufacturière mondiale de ce Sud proche, de ces pays à revenu intermédiaire qui avaient commencé à s'industrialiser, vers l'Empire du Milieu. Comme l'ont montré dans différents travaux les experts du Fonds monétaire international (FMI), les vrais perdants de la montée en puissance de la Chine se trouvent là, en Afrique, en Asie et en Amérique latine, dans les pays qui avaient pour seul avantage comparatif la faiblesse du coût de leur main-d'œuvre.

Pour les pays riches, celle-ci est bien sûr également source de difficultés ; elle n'est pas une catastrophe. S'ils souffrent, en termes d'emplois tout particulièrement, de cette restructuration globale des industries de main-d'œuvre, les pays développés (Etats-Unis, Union européenne et Japon) en tirent néanmoins quelques substantiels avantages. Tout d'abord, la « délocalisation » de la production est bien souvent initiée par leurs propres entreprises. La Chine est devenue le sous-traitant numéro un de la plupart des grands groupes industriels et de distribution des pays développés, celui qui, grâce à des coûts extrêmement bas, leur assure une belle rentabilité... et une bonne tenue en Bourse. Dans l'habillement, près de la moitié des exportations chinoises sont ainsi le fait de « joint-ventures », ces entreprises mixtes qui marient intérêts locaux et capitaux étrangers, taïwanais, américains ou français. Pour pouvoir sous-traiter ensuite, la Chine s'est équipée et continue de le faire. Toujours à titre d'exemple, dans le textile-habillement, elle a ainsi réalisé d'énormes investissements depuis la fin des années 80. Elle a acheté machines et équipements sophistiqués dans les pays riches, donnant ainsi du travail à leurs salariés, en Allemagne, en Italie ou aux Etats-Unis, de la mécanique, de la machine-outil ou de l'informatique. Elle fait aussi tourner ses usines avec des matériaux souvent achetés à ces mêmes pays – les fibres chimiques par exemple.

Dans ces industries où le coût de la main-d'œuvre est décisif, les pays riches conservent enfin sur la Chine un ultime avantage : leur capacité d'innovation. L'industrie européenne du textile-habillement a abandonné depuis longtemps chaussettes et T-shirts ; elle fabrique en revanche de plus en plus de produits à haute valeur ajoutée, des textiles techniques ou des vêtements de luxe, pour lesquels elle conserve, pour l'instant encore, quelque protection. Si l'emploi a trinqué – des 3 millions de postes occupés dans ces industries en 1990 dans l'Union, il n'en reste plus aujourd'hui que 2 millions –, le métier n'a pour autant pas disparu ; il s'est profondément transformé. L'Union européenne reste toujours le plus gros exportateur mondial de produits textiles, le numéro deux dans l'habillement, derrière la Chine.

## La guerre des crocodiles

Des coups droits, des revers ou des smashs, Philippe Lacoste, le petit-fils de René Lacoste, le champion français de tennis, en a connu dans sa vie. Mais un coup tordu comme celui-là, jamais. Un tribunal de Shanghai a condamné, en avril 2004, son entreprise, La Chemise Lacoste, pour « copie illégale » d'un concurrent singapourien, Crocodile International ! Lacoste est accusé d'avoir pris pour logo un saurien qui ressemble étrangement à celui du producteur chinois. « Un comble », s'étrangle l'industriel français qui proteste, de bonne foi, de son antériorité et tente de défendre ses droits. Le crocodile de ses polos, c'est son grand-père qui l'avait inventé en 1933. Il l'avait naturellement protégé, immédiatement. Le logo avait été enregistré en bonne et due forme dès 1980 en Chine où le groupe avait de grandes ambitions. Comment croire alors qu'il ait pu pirater une entreprise créée en 1947 ? Qu'il ait pu s'inspirer d'un crocodile déposé en 1993 seulement ?

Ce n'est là qu'un épisode, malheureux, d'un long feuilleton qui coûte cher et depuis longtemps à l'entreprise française, une filiale du groupe textile Devanlay. Rançon de son succès, son polo marqué du « petit crocodile qui regarde à droite » (celui de ses concurrents chinois lorgne naturellement vers la gauche) est désormais massivement reproduit en des milliers d'exemplaires, en des millions de copies en réalité. La maille n'est certes pas de la même qualité ; les couleurs, moins mode, ne résistent pas toujours au premier lavage ; les boutons lâchent parfois dès la première sortie. Qu'importe. L'apparence est là, le logo aussi. Surtout, fabriqué par des petites mains mal payées, hors de tout cadre légal souvent, il est vendu à un prix imbattable, de 50 %, 80 % voire 90 % moins cher que le « vrai ». Copié depuis longtemps déjà à Hong Kong, Singapour ou Taïwan, le polo Lacoste l'est donc maintenant par la Chine – avec la bénédiction d'un tribunal de Shanghai !

En fait, comme les pays qui l'ont précédée dans son décollage, en réalisant un travail de sous-traitance pour les grandes entreprises occidentales, la Chine a d'abord appris l'industrie. Avec l'aide de leurs ingénieurs, managers et gestionnaires, elle s'y est initiée. De l'initiation, elle passe aujourd'hui à l'imitation, cherchant ainsi, par la copie, à s'approprier, à bon compte, le bénéfice de la production. C'est là un chemin très classique dans le développement économique. Comme pour le travail à façon, elle se lance dans la contrefaçon en s'appuyant sur ce qui fait sa force, ses très faibles coûts salariaux. Elle s'y engage d'autant plus facilement que, malgré son entrée dans l'OMC, la protection de la propriété intellectuelle reste encore embryonnaire. Même si elle n'est pas destinée à perdurer éternellement, la copie « made in China » n'est pas de l'ordre de l'anecdote. Elle est en tout cas aujourd'hui un facteur très puissant de distorsion du commerce international, un accélérateur de la restructuration de l'industrie mondiale.

Rien, en apparence, ne distingue ce centre commercial, en plein milieu de Beijing. Une foule dense s'y bouscule. Partout, des panneaux publicitaires tentent d'attirer le chaland. Chacun des six étages, reliés par des escaliers mécaniques, a son domaine : le premier est réservé à la chaussure et au vêtement pour femme, au second c'est le rayon hommes et enfants, troisième niveau : l'informatique, le téléphone, etc. A l'entrée, point de surveillance particulière, tout juste deux ou trois mendiants – une nouveauté dans le paysage urbain chinois. Rien ne le distingue donc d'un banal grand magasin... si ce n'est que, dans ce bloc, on ne vend que du « faux », du vrai « faux » : des fausses Reebok, des faux Vuitton, des faux Montblanc, des faux Sony, etc.

La contrefaçon n'est plus, en Chine, un artisanat ; elle est devenue, au cours des dernières années, une véritable industrie. Des villes entières s'en sont fait une spécialité, dans le Guangdong (Panuy et Xingfa par exemple) ou dans le Zhejiang (Yiwu). Soutenues par le Parti ou par les autorités locales, de nombreuses entreprises d'Etat en difficulté s'y sont investies. Tout est copié, aucun produit n'y échappe : de la poupée Barbie au jeu de Lego, de la bicyclette à l'ordinateur portable, de Swatch à Cartier en passant par les logiciels, les pièces détachées pour automobiles ou les médicaments. Les copies apparaissent d'ailleurs parfois avant même que le vrai modèle ne soit en vente... dans son pays d'origine ! Tous ces faux étaient destinés au départ au marché chinois, à des consommateurs avides de modernité et de grandes marques mais ne disposant pas des moyens pour se payer les originaux. Sur place, cette concurrence fait souffrir bien des multinationales – le leader mondial du savon Procter & Gamble estime par exemple qu'il perd chaque année de 5 % à 10 % de son chiffre d'affaires à cause de la contrefaçon.

Bref, la Chine est devenue, aussi, « l'Empire du faux » – elle serait à l'origine de 70 % à 80 % de la contrefaçon mondiale. Les organisations internationales qui luttent contre cette pratique estiment que cette activité fait travailler 3 à 5 millions de personnes et contribue à 8 % au moins de son produit intérieur brut ! « L'argent vient de Hong Kong, la production est réalisée en Chine, les stocks mis en réserve en Thaïlande ou au Cambodge, la marchandise envoyée à New York, Amsterdam ou Paris », résume Marc-Antoine Jamet, le président de l'Union des fabricants, l'une des organisations patronales françaises les plus actives dans ce combat. C'est que les produits contrefaits en Chine ne sont plus réservés au seul marché local. A l'instar de l'ensemble de la production chinoise, ils s'exportent – et inondent les marchés de Paris, Tokyo ou New York – aux dépens des producteurs d'originaux. Si le commerce global a augmenté de 50 % en dix ans, celui des « faux » en tout genre aurait crû, lui, de 400 % – la contribution de Beijing dans cette envolée étant considérable. La contrefaçon représenterait en définitive aujourd'hui près de 10 % des marchandises échangées sur la planète chaque année.

Police du marché mondial, l'OMC est chargée de traquer les contrefacteurs. Source de distorsion de la concurrence, la contrefaçon profite en effet à ceux qui imitent aux dépens de ceux qui innovent, les premiers récupérant dans le même temps les jobs des seconds. Ce serait près de 100 000 emplois que l'Europe aurait perdus au profit de l'Asie, de la Chine notamment, du fait de cette industrie du « faux ». La contrefaçon peut être également dangereuse – la copie n'étant pas toujours aussi sûre que l'original, pour les pièces d'avions, l'alcool ou certains médicaments par exemple. Membre de l'OMC, la Chine officielle affirme vouloir respecter les engagements pris en adhérant à cette organisation et renforcer la protection de la propriété intellectuelle dans le pays. Il est vrai que les grandes marques chinoises (Haier, Lenovo, etc.) commencent à être elles-mêmes piratées. Les déclarations, très fermes, des plus hauts dignitaires du régime, comme quelques opérations coups de poing (avec saisie de produits contrefaits, cassettes ou logiciels), ne sauraient faire illusion. Il s'agit là encore d'une forme de « faux ». La contrefaçon a en réalité encore un bel avenir dans l'Empire du Milieu.

Soucieux de se conformer à l'accord contracté avec l'OMC sur « les droits de propriété liés au commerce » et de plaire à Washington, très remonté sur ce sujet, Beijing cherche à développer activement une législation plus contraignante. Entre la loi et la réalité, le fossé reste profond, et devrait le rester longtemps encore. Lorsque le groupe pharmaceutique américain Pfizer a voulu empêcher, en 2003, que douze laboratoires locaux ne produisent son Viagra, cette pilule qui redonne de la vigueur aux anciens, le bureau d'Etat chargé de la propriété intellectuelle a refusé de lui accorder une quelconque protection, prétextant que son médicament n'était ni nouveau ni efficace ! Des cas comme celui-ci, il n'en manque pas. Les avocats de l'Empire font valoir que, dans la culture chinoise, « copier n'est pas voler », que donc pirater un logo, un savoir-faire ou une technologie ne saurait être condamnable, et encore moins considéré comme un crime. Au XVIIe siècle déjà, Domingo Navarette, un prêtre espagnol, écrivait : « Les Chinois sont très doués dans l'art de la copie. Ils imitent à la perfection tout ce qu'ils ont vu en Europe. » Beijing, aujourd'hui, ne compte pas s'arrêter là. Les dirigeants ne cachent pas leur volonté d'indépendance : leur économie ne doit pas reposer sur l'imitation ; ils comptent bien s'engager dans une troisième phase, celle de l'innovation. Pour qu'ils puissent s'y imposer, une vraie législation anti-contrefaçon finira par devenir indispensable. Il faudra cependant encore beaucoup de temps.

## La petite puce qui monte

Son allure d'éternel étudiant n'est pas que feinte illusion. Grosses lunettes et cheveux en bataille, Bill Gates, le fondateur de Microsoft, le leader mondial du logiciel, peut encore s'enthousiasmer. Connectez l'homme le plus riche du monde sur la Chine et, immédiatement, le père des programmes Windows devient intarissable, multipliant grands récits et petites histoires. Tous trahissent son admiration pour la nouvelle puissance high-tech émergente. Bien sûr, la longue guerre que Microsoft a menée contre le piratage de ses logiciels l'a quelque peu meurtri. L'imitation, l'Empire en a beaucoup fait aussi dans son secteur. Plus de 90 % des logiciels vendus y seraient des copies ! Mais Bill Gates préfère retenir du lointain pays un autre visage, celui d'un certain Wang Jian, un jeune quadragénaire né, élevé et formé en République populaire de Chine, chercheur de son état, employé depuis quelques années dans le labo Microsoft de Beijing.

Bill Gates raconte : « C'était en juin 2001. Chef d'équipe, Wang Jian avait demandé à me rencontrer. Je ne le connaissais pas. Je l'ai reçu à Seattle, chez nous. Il était tout frêle, tout timide. Il m'a présenté son invention, un logiciel qui permettait de transcrire des signes écrits plus ou moins bien avec la pointe d'un stylo sur un écran en lettres d'imprimerie. J'étais stupéfait. Toutes nos équipes y travaillaient ; les Chinois nous l'apportaient ! » Depuis, Microsoft, suivi par ses challengers occidentaux, a développé le logiciel. PC et agendas électroniques portables du monde entier en sont dotés. Pour Bill Gates, l'anecdote n'est pas gratuite. Elle montre qu'après l'initiation (le travail en sous-traitance) et l'imitation (la contrefaçon), la Chine est en train de franchir une nouvelle étape dans son développement, d'appuyer son expansion sur un troisième « i », celui de l'innovation. Elle confirme, à ses yeux, que l'Empire du Milieu ne sera pas éternellement un simple atelier du monde, qu'il ambitionne aussi d'en devenir l'un des laboratoires et de fournir, bientôt, la planète en produits high-tech. A ceux qui croient que le pays de la Grande Muraille pourrait s'assoupir sur sa rente, sa main-d'œuvre non qualifiée abondante et bon marché, elle apporte un flagrant démenti. Ce n'est pas la seule géographie des industries de main-d'œuvre que la montée en puissance de la Chine transforme, c'est aussi celle de l'ensemble des industries de pointe (l'informatique, les télécommunications, les biotechnologies, l'aéronautique, etc.) qu'elle va révolutionner.

Vieille civilisation innovante, la Chine avait certes, avec le temps, perdu un peu de son tonus. La poudre, le feu d'artifice, l'imprimerie, la fusée, l'aérostation, l'artillerie, le chloroforme et d'autres choses encore y avaient bien été inventés ; ces inventions ne s'étaient que rarement transformées en véritables innovations. « La découverte reste embryon en Chine et s'y conserve morte », notait déjà, en son temps, Victor Hugo qui ne voyait alors dans cet énorme continent qu'un simple « bocal de fœtus ». En ce début de XXIe siècle, le bocal continue à se remplir mais les dirigeants locaux veulent désormais que ces embryons « prennent vie et croissance et qu'ils deviennent prodiges et merveilles », pour reprendre l'expression de l'auteur des *Misérables*. C'est en tout cas l'une des ambitions de Hu Jintao, le successeur de Jiang Zemin à la tête de l'Etat.

Celui-ci n'est pas précisément un jovial. Le sourire qu'il arborait, le 12 octobre 2003, largement reproduit par toutes les télévisions du monde, n'était pourtant pas, cette fois-ci, forcé. La Chine venait d'envoyer,

avec succès, un homme dans l'espace. Grâce à sa fusée
« La Longue Marche », au vaisseau « Shenzhou V »
et au lieutenant-colonel Yang Liwei, elle se trouvait
ainsi propulsée au sein du tout petit club des très grandes puissances spatiales. Elle avait certes mis du temps
à y rejoindre l'URSS (1961) et les Etats-Unis (1962).
Elle avait néanmoins pris de court ses challengers
immédiats, le Japon et l'Inde. Et elle n'en était pas peu
fière. Comme elle l'est d'autres « premières » réalisées
par ses chercheurs – sur la découverte du génome du
riz ou pour la conception de deux embryons, ultime
étape avant la réussite d'un clonage reproductif dans
l'espère humaine.

L'ingénieur qui impressionne, avec son logiciel, Bill
Gates, le « taïkonaute » (l'astronaute chinois) qui rapproche l'Empire de la Lune et les chercheurs qui
annoncent, pour bientôt peut-être, le clonage humain...
Ces signes ne trompent pas : au cours des quinze dernières années, la Chine a commencé à réduire son
retard en matière scientifique. La rente – sa main-d'œuvre bon marché – aurait pu l'assoupir. Le pays
aurait pu se satisfaire, pour longtemps encore, de travailler à façon dans des industries traditionnelles pour
ses grands commanditaires occidentaux. L'incitation à
améliorer la qualité de sa main-d'œuvre et à diversifier
ses activités y était beaucoup moins forte qu'elle ne le
fut, en leur temps, au Japon et en Corée. Ces deux
pays, de taille modeste, savaient que la rente salariale
ne serait pour eux que de courte durée. La Chine pourrait, selon certains économistes, s'en satisfaire pour un
bon demi-siècle environ. Ses dirigeants ont néanmoins
jugé nécessaire d'investir immédiatement les bénéfices
de cette rente dans la préparation de l'avenir, de favoriser la formation de ses ingénieurs et d'y développer
la recherche. Si elle n'est pas encore une grande puis-

sance technologique, elle en a incontestablement pris le chemin.

En l'espace de quelques années, l'Empire du Milieu s'est ainsi hissé au tout premier rang des grands pays par le montant des dépenses consacrées à la recherche et au développement – à la « R et D », selon le jargon utilisé dans les grandes organisations internationales. L'OCDE (Organisation de coopération et de développement économiques), le club des trente principaux pays industriels de la planète, estime par exemple que la Chine a consacré à la recherche en 2002 quelque 72 milliards de dollars – deux fois plus que la France. Avec un tel investissement, elle se situerait au troisième rang, loin derrière les Etats-Unis (280 milliards de dollars) et le Japon (100 milliards de dollars). Par son vivier de chercheurs, elle occupe également une très belle place. L'Empire fait travailler quelque 740 000 chercheurs – ils sont 1,3 million aux Etats-Unis, presque autant dans les pays de l'Union européenne et un peu moins de 640 000 au Japon.

Les experts invitent cependant à nuancer le tableau. L'investissement global en « R et D » apparaît en première instance gigantesque – ce n'est pourtant que l'équivalent de l'effort cumulé de « R et D » des vingt plus grosses sociétés privées mondiales. S'il est en forte augmentation, il ne représente encore que 1,3 % du produit intérieur brut du pays. L'Empire a d'ailleurs pris du retard par rapport aux objectifs qu'il s'était lui-même fixés en 1995. Beijing espère maintenant atteindre 1,5 % du PIB en 2005 – ce qui le mettrait au niveau des Etats-Unis de 1950. La part de leur production que la Corée du Sud ou Taïwan consacrent à la recherche est deux fois plus élevée. C'est enfin, comme souvent dans les pays en développement, le « D » qui l'emporte bien souvent sur la « R », l'argent étant surtout orienté vers l'application commerciale des technologies existantes plutôt que vers le développement de nouvelles technologies. Les entreprises chinoises avaient déposé, en 2001, 200 brevets aux Etats-Unis, pendant que les firmes américaines en faisaient homologuer... 87 600 !

« Ce qui rend la Chine si intéressante, ce n'est plus l'attrait de ses bas coûts salariaux mais la qualité de ses salariés dotés d'un niveau de formation désormais très élevé. » Celui qui s'exprime ainsi sait de quoi il parle. Jeffrey Immelt est le Pdg de General Electric, la première entreprise mondiale – un conglomérat américain qui fait de tout, depuis les turbines pour centrales électriques jusqu'au crédit immobilier en passant par des chaînes de télé. Immelt n'a ni le look, arrogant, ni l'expression, agressive, de son célèbre prédécesseur à la tête de GE, Jack Welch, celui qui fut pendant de nombreuses années le modèle de tous les patrons américains, mais il a la même détermination. Si la Chine l'attire, s'il y investit massivement, s'il y a ouvert plusieurs centres de recherche, c'est à cause du nombre et de la qualité de ses ingénieurs. Grâce à un effort exceptionnel mené dans son système éducatif, dans ses universités notamment, l'Empire s'est doté, au cours des dernières années, d'un bataillon impressionnant de professionnels de haut niveau. Elle « fabrique » chaque année 300 000 ingénieurs de haut niveau, dix fois plus que l'Allemagne par exemple. La réforme du système universitaire et son insertion dans le réseau mondial ont favorisé une amélioration, jugée spectaculaire par Immelt et tous les Pdg qui travaillent là-bas, de la qualification de sa main-d'œuvre.

Mais, en dépit de son propos, Immelt, le successeur de « Neutron Jack », n'est pas insensible, lui non plus, à la faiblesse des salaires chinois – ceux des ingénieurs notamment. Là encore, les écarts sont difficiles à chiffrer. Le fossé entre le coût d'un chercheur chinois et celui de son homologue occidental n'en est pas moins considérable. De la même ampleur, ou presque, que dans le cas des cols bleus. A titre d'exemple, le groupe industriel français Thomson avoue qu'un ingénieur débutant lui coûte 20 en Chine et 100 en France. Un écart de un à cinq à nouveau ! Il est plus grand encore avec l'Allemagne (il lui coûte 150), et davantage encore avec la côte Ouest des Etats-Unis (220). Des écarts, considérables, que confirme l'équipementier chinois Huawei : il dépense pour ses 12 000 ingénieurs de Shenzhen autant que son concurrent Alcatel pour ses 2 000 chercheurs en Europe. Avant de se faire virer, Ulrich Schumacher, le patron d'Infineon, le fabricant allemand de semi-conducteurs, expliquait qu'à cet écart de coût, il fallait ajouter d'autres éléments. « En Chine, les jeunes, très curieux, sont avides de découvertes ; ils travaillent sept jours sur sept s'il le faut pour trouver quelque chose, une motivation qui a bien souvent disparu chez leurs homologues européens ou américains. »

« Il coûte dix fois plus cher de concevoir et de créer un produit en France que de le faire en Chine », tranche Khan Vorapheth, l'un des directeurs de Stratorg, un cabinet de consultants qui a souvent à faire, pour ses clients, des comparaisons de sites dans la recherche d'un lieu d'implantation.

Un puissant volontarisme d'Etat en faveur de la recherche, un riche vivier d'ingénieurs bon marché, des subventions publiques généreuses, une soif pour tout ce qui est nouveau, des débouchés importants : bref, toutes les conditions semblent, a priori, réunies pour faire de la Chine un redoutable concurrent également dans les industries du futur, celles qui mobilisent un personnel fortement qualifié. De fait, toutes les grandes firmes multinationales de la planète, d'IBM à Nokia en passant par Peugeot, Intel ou Danone, y ont installé des centres de recherche. Une manière de plaire aux autorités de Beijing, très sensibles à ce beau geste. Une manière aussi de tirer profit de coûts salariaux avantageux. Elles y ont ainsi déjà « délocalisé » une partie de leur recherche fondamentale. Mais ces centres restent davantage orientés pour l'instant vers la formation à la vente et au management de leurs équipes locales que vers la recherche proprement scientifique.

La Chine ne s'est en fait pas encore affranchie réellement de sa dépendance scientifique et technique. L'envoi d'un homme dans l'espace, dans un vaisseau largement inspiré des Soyouz soviétiques, ne fait pas d'un pays une grande puissance technologique. Surtout lorsqu'il est le résultat d'une politique autoritaire menée par une direction de l'Armée populaire de libération qui travaille sans contraintes budgétaires. La Russie en serait une depuis longtemps ! Il faudra encore beaucoup de « taïkonautes » avant qu'elle ne le devienne. Le fait que la plupart des lecteurs de DVD soient fabriqués en Chine ne signifie pas non plus qu'elle l'est devenue. L'industrie de la puce, ces pièces essentielles dans toutes les productions du nouveau siècle, donne une bonne illustration des limites du high-tech chinois.

Conscientes de l'importance stratégique des semi-conducteurs, domaine dans lequel l'heure d'ingénieurs l'emporte largement sur celle des petites mains, les autorités chinoises veulent absolument que leur pays occupe une place de choix au niveau mondial – leur objectif, « à la soviétique » : dépasser, dans ce secteur aussi, les Etats-Unis d'ici à 2008, voire 2010 au grand maximum. Rien de moins ! Grands plans et petites combines n'ayant pas permis, dans une première étape, à la puce chinoise de décoller, elles ont adopté, à partir du début des années 90, une autre stratégie, celle des alliances avec les géants mondiaux – les Intel, IBM et autres STMicroelectronics. A Shanghai, Shenzhen et Dongguan, les salles blanches aseptisées où se conçoivent les précieuses plaques de silicium ont remplacé les ateliers textiles, repoussés, eux, vers le Grand Ouest. L'Etat central et les provinces ont mis le paquet. Pour attirer les producteurs occidentaux, ils n'ont pas lésiné : prêts avantageux, cadeaux fiscaux, terrains bon marché, contraintes sociales allégées, etc. Et ce ne fut pas en vain. Le pays produisait 4 % des semi-conducteurs dans le monde en 1998, il en fabrique plus de 10 % en 2004. La puce chinoise a fait un saut – l'industrie des semi-conducteurs y est particulièrement dynamique. Mais un saut de puce. Même si, d'après les milieux professionnels, elle pourrait fournir 16 % de la production mondiale en 2008, ses labos restent cantonnés à la production de semi-conducteurs très simples, du « début de gamme », comme disent les professionnels. Surtout, toute la production ou presque reste pour l'instant sous contrôle étranger.

Chercheur installé à Hong Kong, Andrew Yeh, expert ès puces, a fait le tour, en 2003, des usines, il a rencontré des dizaines d'ingénieurs et interrogé un grand nombre de professionnels occidentaux. La conclusion de son voyage est sans appel. Il la résume ainsi : « La Chine occupe une position importante dans l'assemblage, elle est déjà moins influente dans la production, elle est surtout totalement absente dans la conception, le design. » Le niveau technique des usines les plus sophistiquées y est, selon lui, en retard de trois ou quatre générations par rapport aux leaders du marché. Les seules puces qui sortent de l'Empire se situent dans le bas de gamme ; ce sont les moins sophistiquées, les moins puissantes aussi, celles qui alimentent le petit matériel électroménager ou les jouets, pas les PC ni les gros ordinateurs. Il faudra au moins une ou deux décennies avant que la puce chinoise puisse taquiner celle de la Silicon Valley ou de l'archipel nippon. La Chine importe encore en fait 80 % des semi-conducteurs dont elle a besoin.

Plus généralement, à part quelques rares exceptions, le high-tech chinois n'est encore ni high, ni chinois, selon le diagnostic, largement partagé, de Daniel H. Rosen, le patron de la revue *China Economic Quarterly*. On en trouve la preuve dans la composition des exportations du pays : les produits à fort contenu technologique n'y représentent qu'un cinquième des ventes totales, et encore, celles-ci sont presque toutes le fait de multinationales occidentales (85 % environ !). Passer du textile au high-tech, du XIX$^e$ au XXI$^e$ siècle est, ici, plus difficile qu'ailleurs. Une industrie de pointe ne peut naître qu'au bout d'un long processus – elle est souvent le fruit du mariage de plusieurs industries traditionnelles. D'autres pays, le Japon ou Taïwan en leur temps, ont démontré qu'une longue phase de maturation est souvent nécessaire avant qu'un pays en voie d'industrialisation ne devienne une véritable puissance technologique. L'innovation a besoin d'un terreau qui ne s'improvise pas : une histoire, une culture, un esprit contestataire et un respect de la propriété – de la propriété intellectuelle en particulier. L'Etat central peut cultiver ce terreau assidûment et l'arroser généreusement – ce que fait aujourd'hui Beijing –, il y faudra néanmoins beaucoup de temps avant que n'apparaissent les premiers arbres. Par petits sauts, tôt ou tard, la Chine finira pourtant par occuper la place qui lui revient dans les industries du futur aussi – les télécoms, le spatial, la biogénétique ou le thermonucléaire. Les « champions nationaux » qu'elle tente de propulser sur le devant de la scène mondiale en sont les premiers signes annonciateurs.

*Les lions rugissants*

La Chine à Davos, un mystère ! Depuis 2000, l'Empire du Milieu est régulièrement la star du Forum de l'économie mondiale, cette manifestation qui réunit au début de chaque année, dans la petite station suisse, tout le gratin mondial de la finance, de l'industrie et de la politique. Partout, sur la tribune du grand amphithéâtre, dans les couloirs du palais des Congrès et dans les petits ateliers de travail, au cours des déjeuners ou dîners officiels, au bar d'un hôtel, voire même dans la programmation « off » proposée à la population locale, quel que soit le thème abordé, le « miracle chinois » s'invite. Il est devenu, de fait, depuis plusieurs années l'obsession numéro un de tous les décideurs de la planète. Et pourtant, à Davos comme ailleurs, ce miracle reste désincarné, anonyme presque.

Quelques technocrates du Plan, du ministère du Commerce extérieur ou de la banque centrale venus tous spécialement de Beijing y égrènent, certes, consciencieusement des séries statistiques aussi fastidieuses qu'impressionnantes, en langue de bois. Le mandarin est d'ailleurs devenu la seconde langue officielle, à côté de l'anglo-américain, de cette grand-messe mondiale des affaires. Tout un symbole ! Au-delà, l'économie chinoise, pourtant en passe de devenir l'une des plus importantes de la planète, n'a pour l'instant, dans ce microcosme comme pour l'opinion mondiale, ni visage, ni entreprise, ni marque pour la représenter ! Une nation sans entreprise, un peuple sans entrepreneur, un marché sans logo, bref, un exploit macroéconomique sans réalité microéconomique. Ce miracle ne serait-il pas un mirage ?

Non. Présent à Davos justement, pour la première fois, Lloyd Hong Xing, l'un des patrons de Brilliance, un constructeur automobile privé chinois, le partenaire de BMW s'enflamme : « Le miracle chinois n'est pas une pièce sans acteurs, attendez un peu. Encore timides, nos vedettes, vous allez bientôt découvrir leurs talents, leur puissance aussi. » C'était en janvier 2004. Et effectivement, si jusqu'à présent, le « made in China » était resté caché sur la scène mondiale derrière le masque de quelques obscurs conglomérats d'État, la marque de grands groupes industriels européens ou le logo de distributeurs américains, la Chine s'apprête à dévoiler, à son tour, ses propres troupes ; travaillant désormais pour leur propre compte, celui de leur pays également, ces acteurs renoncent à leur nom de scène. Avec son irruption sur le marché mondial, l'Empire y introduit ses propres moguls, favorise l'émergence de « champions nationaux » et aide au développement de marques chinoises. Sur ce terrain aussi, la Chine est bien partie pour suivre l'exemple de ses studieux prédécesseurs, le Japon et la Corée.

Li à l'Elysée. Septembre 2004. Le soleil de cet été indien illumine le parc du Palais. Dans le Grand Salon, l'industriel chinois Li Dongsheng (son prénom se dit Tomson en anglais !), 46 ans, est entouré d'une impressionnante brochette de dirigeants du CAC 40, les quarante premières entreprises françaises. Pour tout ce qu'il a fait en faveur du rapprochement entre la France et la Chine, son alliance avec Thomson dans la télévision, celle avec Alcatel dans le téléphone aussi, Li, le patron de TCL, l'un des leaders chinois de l'électronique, se voit remettre par Jacques Chirac en personne la précieuse distinction, la Légion d'honneur. Le président conte son parcours, un véritable roman. Exilé, comme tous les jeunes de sa génération, dans une coopérative agricole pour deux ans pendant la révolution culturelle, le jeune Li réussit à s'en sortir et à reprendre, vaillamment, des études. A l'université technologique de Canton, il décroche un diplôme d'ingénieur électricien. Il n'a pas 24 ans que déjà, sensible au nouveau vent libéral qui souffle à Beijing, il crée en 1982, avec quelques copains, sa boîte, une entreprise de cassettes audio. Les 600 dollars que lui prête la municipalité de Huizhou, dans la province de Guangdong, lui permettent de voir grand. Des cassettes, il passe aux combinés téléphoniques et aux téléviseurs. Sur le marché chinois, il vend ses TV grand écran deux fois moins cher que ses concurrents occidentaux. Il se lance dans le téléphone portable. Un coup de génie lui ouvre ce marché bien encombré : il est le premier à incruster des bijoux dans le boîtier du combiné. Un succès immédiat !

Mais très vite, Li se sent à l'étroit dans son pays. TCL a fabriqué son premier téléviseur en 1992 ; dix ans après, il en produit plus de 11 millions ; une petite moitié est vendue hors de Chine sous les marques Philips, Thomson, Panasonic, etc. Dépendre de ses façonniers, ce n'est pourtant pas sa tasse de thé. Li ne compte pas en rester là. Le Japon a fait Sony, la Corée du Sud Samsung, la Chine fera de TCL un joueur global – il en est convaincu. Soutenu par le gouvernement, il commence, avec le nouveau millénaire, ses emplettes sur le marché mondial. En 2002, il achète l'allemand Schneider Electronics. En 2003, il fusionne ses activités téléviseur avec celles du français Thomson. Il devient à cette occasion le numéro un mondial du téléviseur couleur. En 2004, il intègre dans une société commune le téléphone mobile du français Alcatel. Son objectif : 50 millions de terminaux en 2007, une place parmi les cinq premiers mondiaux.

L'air modeste et le sourire tendu, au moment de l'accolade avec le président français, Li masque mal son émotion. Les honneurs, l'industriel chinois en a pourtant connu. En 1995, son pays le sacrait « jeune entrepreneur national ». En 2000, « travailleur modèle ». En 2004, le magazine américain *Fortune* en faisait le « Businessman de l'année » pour l'Asie. Son histoire l'a enrichi. Li possède aujourd'hui 6 % du capital de « son » entreprise, une société dont, après son introduction à la Bourse de Shenzhen, la municipalité de Huizhou ne détient plus que 25 % – le reste étant dans les mains de partenaires étrangers et du grand public. Il a oublié les souffrances infligées à sa génération par le Parti – à l'époque de Mao. En novembre 2002, sa présence comme délégué au 16$^e$ congrès du PCC fut très remarquée. Capitaliste et communiste à la fois ? Li sourit. Toujours à l'avant-garde en tout cas. La Chine, croyait-on, n'avait pas d'entrepreneurs, de grands patrons. Erreur. Des « Li », on va en découvrir de nombreux, sur la scène internationale, dans les années à venir.

Un autre salon, sans dorures celui-là. Octobre 2003, le « Salon des télécoms » de Genève, la plus grande manifestation mondiale pour les industriels du téléphone. Ambiance morose dans les allées du high-tech. L'explosion, trois ans plus tôt, de la bulle Internet n'est pas encore oubliée. L'investissement n'est pas reparti. Les Alcatel, Nortel, Lucent et autres Nokia, les leaders du marché, font grise mine. Pour ce salon de crise, ils ont tous réduit la voilure. Sombres perspectives. Un seul équipementier a, lui, au contraire, sorti le grand jeu, c'est... le chinois Huawei. Son nom, en mandarin :

« la Chine est brillante ». Ses ingénieurs comptent bien en faire la démonstration. Créé en 1988 par Ren Zhengfei, un ancien officier de l'Armée populaire de libération, le groupe de Shenzhen occupe, et de loin, le stand le plus important de la foire. Le « Cisco chinois » préoccupe surtout ses concurrents occidentaux.

Comment, en moins de quinze ans, un groupe chinois, Huawei, s'est-il ainsi introduit dans la cour des grands – au point de les menacer dans les technologies les plus avancées ? Nul secret. Il a profité d'abord de la folie du mobile qui a saisi l'Empire dans les années 90. Sur 100 Chinois, un seulement avait le téléphone au début de la décennie, ils sont 40 dix ans plus tard ! Il a fallu équiper le pays – un marché gigantesque pour Huawei et ses concurrents locaux (les ZTE, Datang et autres UTStarcom). Très vite, le colonel Ren a compris qu'il ne devait pas en rester là. Il avait copié ses « alliés » occidentaux, il voulait inventer – et a investi massivement dans la recherche. A Shenzhen, l'énorme campus très californien du groupe, où quelques milliers de chercheurs cogitent sur le haut débit, l'optique et les nouvelles générations, impressionne jusqu'aux observateurs les plus blasés. Il est parti aussi, dans le même temps, à la recherche de nouveaux débouchés. Après le marché béni (la Chine), il s'est attaqué aux marchés bannis, ceux des « Etats voyous », ces pays interdits de chasse à ses concurrents par l'administration américaine. Sans état d'âme, il a équipé en réseaux téléphoniques la Libye, le Soudan et l'Irak. Et a trouvé ensuite, dans les pays émergents, de nouveaux clients, en Egypte, au Brésil et en Russie.

Quelques références prestigieuses, des coûts avantageux et des technologies compétitives : la Chine ne compte pas briller seulement dans le tiers monde, Huawei non plus. A Genève, les concurrents du groupe chinois hésitent sur l'attitude à adopter à l'égard de leur nouvelle bête noire. D'abord très déterminé, l'américain Cisco a préféré lâcher la prise et renoncer à son procès – il soupçonne le chinois d'avoir copié ses routeurs. L'autre grand américain, 3Com, a, lui, carrément choisi l'alliance avec l'ennemi et va l'aider à planter ses lanternes sur les marchés occidentaux. L'allemand Siemens, les japonais Nec ou Matsushita ont fait de même. Déjà, dans le premier monde aussi, le groupe, propriété de ses 22 000 salariés à travers un système complexe de stock-options, le comble du capitalisme, a récolté quelques jolis contrats. En France, Neuf Telecom et Free, des concurrents de France Télécom, ne tarissent pas d'éloges sur leur nouveau fournisseur – au grand dam d'Alcatel ! La Chine n'avait pas, croyait-on, de multinationales. Erreur. Huawei, comme TCL, sont peut-être encore des nains ; ils pourraient grandir plus vite qu'on ne le dit et présenter rapidement au monde quelques frères et sœurs aussi redoutables.

Dernier salon enfin, la salon d'accueil du siège, à New York, du groupe Haier, le numéro quatre mondial de l'électroménager. Dans le *Midtown* de la capitale financière du monde, l'immeuble, les bureaux et le salon ont un look très germanique – le nom de l'entreprise aussi. Mais il ne faut pas s'y tromper. Quelques inscriptions, en mandarin, trahissent les origines de la firme : Haier est 100 % chinoise, assurément. C'est même l'une des plus belles *success stories*, l'une des seules marques chinoises ayant réussi à s'imposer hors des frontières de l'Empire. Aux Etats-Unis, les mini-réfrigérateurs et les petites caves à vin marqués de son logo ont un succès fou auprès des jeunes ménages. Pour les satisfaire, le groupe, déjà présent dans une centaine de pays, a ouvert, en 2000, une usine en Caroline du Sud. Elle tourne à plein régime.

Fondateur de l'affaire, Zhang Ruimin est d'ailleurs un héros en son pays. Un film, genre grande épopée, conte son histoire. En 1984, jeune bureaucrate, Zhang quitte l'administration. A Qingdao, un petit port à 800 kilomètres au sud de Beijing, il rachète un fabricant de réfrigérateurs en difficulté. Il en rachète très vite un deuxième, puis encore d'autres. Il se diversifie – dans la machine à laver, le climatiseur, etc. Dès le début des années 90, il est le leader incontesté du pays, avec 40 % du marché de l'électroménager. Mais il veut aller ailleurs. De son port d'attache, Zhang vise le grand large où il espère imposer sa marque globale. Avec des ventes en progression chaque année de 70 % depuis vingt ans, Haier est ainsi devenu, avec un chiffre d'affaires de 10 milliards de dollars (dont un seulement à l'étranger), l'un des grands mondiaux du secteur. D'après un sondage du quotidien britannique, le *Financial Times*, c'est l'entreprise chinoise la plus respectée au monde. Whirlpool, Electrolux et Bosch-Siemens n'ont qu'à bien se tenir : admirateur, lui aussi, de Jack Welch et dans le même temps membre du comité central du Parti communiste chinois, Zhang ne veut pas en rester là. La Chine n'avait pas, croyait-on, de marque globale : Haier montre qu'il faudra bientôt réviser nos jugements.

TCL (télévision), Huawei (équipements télécoms), Haier (électroménager) : peu connues pour l'instant du grand public occidental, ces premières multinationales chinoises sont encore de taille modeste. Elles n'en constituent pas moins l'avant-garde d'une armée qui s'apprête à se répandre à travers le monde. En la matière, l'Etat chinois affiche, depuis la fin des années 90, une politique très volontariste. A l'instar de ce qu'ont fait en leur temps Tokyo, puis Séoul, Beijing veut imposer rapidement sur la scène mondiale quelques « champions nationaux ». Une administration a été créée pour cela, un bureau chargé de « la promotion des investissements chinois à l'étranger ». L'objectif est de placer le plus vite possible une cinquantaine de ses poulains parmi les cinq cents plus grosses entreprises du monde. Deux cents sociétés ont été sélectionnées dans ce but, dans des secteurs aussi variés que le bâtiment, l'acier (Baosteel), l'automobile (SAIC), l'assurance (ChinaLife Insurance) ou la bière (Tsingtao). Sans sectarisme : l'écurie compte des entreprises privées ou publiques, de Beijing, de Shanghai ou de Chengdu.

Pour ce petit carré d'entreprises, la consigne est claire : *Go Global*, leur disent les dirigeants du pays qui veulent en faire des joueurs mondiaux capables de concurrencer les plus grands – américains, japonais ou européens. Elles ont les avantages du pays – une main-d'œuvre bon marché en particulier. Mais cela ne saurait suffire. Ils sont prêts à leur donner tous les moyens nécessaires, toutes les libertés aussi. Elles ont besoin d'argent ? Les banques d'Etat sont là. Elles en veulent davantage encore ? Elles sont autorisées à en lever à la Bourse, à Shanghai ou Shenzhen, mais aussi si nécessaire à Hong Kong, New York ou Tokyo. Ce n'est pas un hasard si, en 2003, la plus grosse introduction à Wall Street fut le fait d'une entreprise chinoise, le numéro un de l'assurance, ChinaLife Insurance. A Beijing, on compte beaucoup, dans cette stratégie, sur les Jeux olympiques de 2008. Les JO de 1964, à Tokyo, avaient permis à quelques entreprises japonaises de se faire connaître. Ceux de 1988, à Séoul, furent l'occasion d'un lancement de quelques noms coréens. Les JO de

Beijing seront un utile tremplin pour quelques grandes marques chinoises.

Les champions chinois ne sont cependant pas encore, dans l'arène mondiale, des lions rugissants. TCL, avec un chiffre d'affaires de 5 milliards de dollars, est loin de ses modèles Sony (70 milliards de dollars) ou Samsung (36 milliards). Ils ont quelques lourds handicaps que n'avaient pas leurs devanciers nippons ou coréens. Très dépendants de l'Etat, même lorsqu'ils sont privés, ils en subissent encore les contraintes. Xie Qihua, la patronne de Baosteel, star de la sidérurgie chinoise, le numéro quatre mondial du secteur, sait ainsi qu'à côté de son métier, la fabrication d'acier, son entreprise fonctionne aussi un peu comme une agence pour l'emploi. A la fin des années 90, sur ordre de Beijing, elle a dû venir au secours de quatre sociétés d'Etat en difficulté et intégrer dans son entreprise leurs 180 000 salariés. Elle ne pourra, à l'avenir, s'en alléger qu'à raison de 10 000 l'an ! Autre exemple : le géant chinois du pétrole, China National Petroleum, est, par son chiffre d'affaires, 35 fois plus gros que le pétrolier norvégien, il mobilise 53 fois plus de salariés !

Engagés dans la compétition avec une surcharge pondérale, les « champions chinois » manquent ensuite bien souvent d'entraînement pour briller sur des marchés mondiaux très compétitifs. Comme le souligne un observateur à Hong Kong, Arthur Kroeber, dans un numéro de *China Economic Quarterly* consacré à ce sujet, les géants chinois privilégient bien souvent la taille sur l'efficacité, au risque de marges très étroites et donc d'une capacité de développement ultérieur limitée. Leur insuffisante maîtrise du marketing et des réseaux de distribution est, pour l'instant, une autre de leurs faiblesses. Konka, l'autre grand, à côté de TCL, du téléviseur chinois, s'est cassé les dents sur le marché américain. Il s'était pourtant installé à San Diego. Après deux années de tentatives infructueuses, et coûteuses, il a jeté l'éponge. L'histoire de Legend, le premier constructeur informatique du pays, troisième fabricant mondial de PC, est tout aussi révélatrice. N'arrivant pas à percer sur les marchés étrangers, en avril 2003, l'entreprise d'Etat chinoise a décidé de changer de nom et d'estampiller ses PC de la marque Lenovo. Elle n'y a guère gagné de nouveaux clients. Ses ventes à l'étranger, 2 % à peine de son chiffre d'affaires, n'ont pas décollé. Pis encore. En Chine même, en son royaume donc, le PC (le Parti communiste) a renoncé... à ses PC (ses ordinateurs portables) ! Quand, en effet, au printemps 2004, la section internationale du Parti a décidé de renouveler son parc d'ordinateurs – l'un de ses matériels, fournis par Legend, avait, pour des raisons indéterminées, brûlé –, elle a choisi, à l'issue d'un appel d'offres, les PC de l'américain Dell plutôt que ceux du grand Lenovo ! « Moins cher et de meilleure qualité », ont expliqué les dirigeants du Parti ! Terrible humiliation. Lenovo a pris sa revanche depuis en rachetant, en décembre 2004, à IBM toute son activité PC.

Ces quelques mésaventures et les handicaps que supportent, pour l'instant, les « champions chinois » en herbe ne doivent pas induire en erreur : comme les autres grandes puissances économiques, la Chine est en train de se doter de ses propres multinationales qui viendront, tôt ou tard, menacer la suprématie des Américains, des Européens et des Japonais. Elle en a et la volonté et les moyens – l'Empire dispose, on le sait, d'une énorme cassette pleine de dollars. Il commence seulement à les investir à l'étranger, pour assurer la sécurité de son approvisionnement énergétique mais aussi pour y développer des capacités de production. Comme le montre une étude récente de la Conférence des Nations unies pour le commerce et le développement (Cnuced) – « la Chine, un investisseur étranger direct émergent » –, les investissements chinois à l'étranger sont restés jusqu'à présent modestes. Dans les années 90, Beijing et Hong Kong ensemble n'investissaient chaque année, hors de l'Empire, que 2,3 milliards de dollars – moins que la Corée du Sud (2,9 milliards de dollars). Son patrimoine, à l'étranger, n'était à la fin de la décennie que de 35 milliards de dollars, presque rien – moins que celui de l'Irlande ou du Portugal.

Tout indique pourtant, depuis le début du millénaire, que ce patrimoine va maintenant rapidement se gonfler. Le fabricant français de balances, le célèbre Terraillon, était à vendre. Il a été racheté par le groupe chinois qui l'approvisionnait en circuits intégrés. Le dernier constructeur automobile encore britannique, MG Rover, est sur le carreau. Le numéro un chinois du secteur, SAIC (Shanghai Automotive Industry Corporation), l'allié de Volkswagen et General Motors dans l'Empire, vient à son secours. L'Etat hongrois veut privatiser Malev, sa compagnie aérienne. Hainan Airlines, une petite compagnie chinoise dont le milliardaire américain George Soros détient 15 % du capital, est candidat. L'Agence France-Presse (AFP) voulait céder ses services d'informations financières, AFX News. C'est une filiale de l'agence de presse officielle chinoise Xinhua qui s'en est emparée – achetant par la suite d'autres médias d'informations financières, *Market News* et *Mergent*.

Dans les années à venir, l'enquête de la Cnuced le confirme, la Chine va très vite dépasser le Japon comme investisseur direct à l'étranger et se rapprocher ainsi du petit peloton formé par les Etats-Unis, l'Allemagne, la Grande-Bretagne et la France. Il y a peu de risques cependant qu'elle imite son intrépide voisin. Au faîte de leur gloire, dans les années 80, les Japonais s'étaient payé, pas peu fiers, le Rockefeller Center de New York et quelques studios de cinéma d'Hollywood. Tirant les leçons du passé, les Chinois se contenteront d'acheter des technologies, des marques et des marchés bien davantage que des icônes immobilières ou culturelles du capitalisme américain.

Le décollage de l'économie chinoise se traduit donc aussi par l'émergence sur la scène mondiale de grandes et petites multinationales « made in China ». Il n'y en avait que trois, il y a dix ans, dans le Top 500, le classement des 500 plus grosses entreprises du monde réalisé chaque année par le magazine américain *Fortune*. Il y en a quinze aujourd'hui ! Et ça continue. Pour la première fois en 2004, six sociétés chinoises (les trois pétroliers et les deux opérateurs de mobiles notamment), ont même réussi à faire partie du hit-parade des mille premières sociétés de la planète établi sur la base de leur valeur en Bourse par *Business Week*, l'autre grand magazine économique américain. « Les multinationales occidentales font preuve d'une incroyable myopie face à la montée des "dragons cachés" », s'étonnent, à l'issue d'une longue analyse sur les futurs « champions chinois », deux Américains, Ming Zeng et Peter J. Williamson, dans une livraison récente de la *Harvard Business Review* (octobre 2003). Ils rappellent que, sûres de leur fait, ces mêmes sociétés avaient déjà fait preuve de myopie, il y a une trentaine d'années, avant de découvrir, mais un peu tard parfois, leurs nouveaux rivaux, les Sony, Toyota et autres Matsushita. Partant, lui aussi, d'une comparaison entre la montée en puissance des multinationales japonaises et chinoises, un autre expert, chercheur à l'IMD, l'école de commerce de Lausanne, Stéphane Garelli, se fait plus précis. Les Chinois émergeront bien plus vite que ne l'ont fait, en leur temps, les Japonais, affirme-t-il. Dans « trois à cinq ans », ils s'imposeront !

*Conclusion*

« En 2054, il y aura, parmi les dix premiers groupes mondiaux, deux chinois. » Invité par le magazine *Fortune* à imaginer le Top 10 de cette année-là, Peter Schwartz, l'ex-stratège du pétrolier Royal Dutch Shell, est catégorique. Derrière l'américain AmazonBay, l'enfant du mariage entre Amazon.com et eBay devenu le champion mondial de la vente en ligne, et le japonais Toyota, numéro un de l'automobile, ils voient se profiler deux dragons inattendus : l'un, Sinogazzon, est basé à Shanghai ; l'autre, Sinobiocorp, à Hong Kong. Le premier, issu de la fusion, en 2025, entre l'américain Exxon, le russe Gazprom et le chinois Sinogaz, est alors le géant mondial du gaz naturel. Le second, Sinobiocorp, est le leader incontesté des sciences de la vie. La révolution de la biologie moléculaire aura en effet donné naissance à une vague d'industries innovantes au début du XXI$^e$ siècle. Paralysées par leurs appréhensions à l'égard de la science, la vieille Europe et la jeune Amérique ont laissé le champ libre à l'Asie. Sinobiocorp est à la pointe. Il a fait de l'ex-colonie britannique la clinique la plus sophistiquée du monde. On y vient de partout, d'Europe et d'Amérique, pour y suivre des traitements qui assurent une vie heureuse jusqu'à 150 ans. Le groupe développe dans le monde une chaîne de centres de soins, les « Rong Hua Long

Life Spas », où l'on pratique la régénération des tissus, la chirurgie esthétique et le rajeunissement musculaire.

Pure exercice d'économie-fiction ? Peut-être. Une manière aussi de souligner que si, aujourd'hui, en ce début de XXIᵉ siècle, la Chine, s'appuyant sur sa rente (une population nombreuse, peu qualifiée et mal payée), est en train de recomposer la géographie mondiale des industries de main-d'œuvre, il ne faut pas croire qu'elle s'arrêtera là. Elle est, à l'évidence, déterminée à exploiter cette rente pour préparer l'avenir. Sa détermination à améliorer le niveau de qualification de sa main-d'œuvre, son engagement, sans complexe et sans contraintes, en faveur de la recherche et sa volonté d'occuper une place conforme à son poids dans la population mondiale incitent à penser que cette montée en puissance de l'Empire va aussi s'accompagner, rapidement, de profonds bouleversements, au niveau global, dans les industries de haute technologie comme dans les services.

CHAPITRE 6

# UN TIGRE DANS LE MOTEUR

*Un milliard de nouveaux clients :
leur pouvoir d'achat est aussi une
source de puissance.*

Coca perdait des bulles. Dans les mégalopoles de la côte est chinoise, le breuvage « made in USA » avait fait un tabac auprès de la jeunesse locale. Mais après avoir bondi de 30 % l'an dans les années 90, les ventes du fameux *soft drink* s'essoufflaient. Qu'à cela ne tienne ! Le géant d'Atlanta allait lui redonner du punch. La boisson symbole de l'Amérique ne serait pas réservée à la clientèle aisée des grandes villes – une petite centaine, à peine, de millions de consommateurs. Pas question de laisser en friche faubourgs, petites bourgades et lointaines campagnes – et les 800 millions de buveurs potentiels qu'ils abritent. Un réseau, très dense, de petits distributeurs sera mis en place dans tout le pays. Sa mission : commercialiser une mini-bouteille (de 20 centilitres) en verre, consignée, reproduisant à l'identique la vraie bouteille, cette icône de la société de consommation moderne. Pour rendre accessible au plus grand nombre l'authentique soda, elle sera vendue pour presque rien, un renminbi tout rond (10 centimes d'euro).

L'opération à peine lancée, les ventes de Coca ont déjà retrouvé des gaz ; à nouveau, elles s'envolent. Il y a dix ans, l'Empire était le quinzième marché du groupe. Il en est le sixième aujourd'hui. Et sera, dit-on au siège de la société, en Géorgie, aux Etats-Unis, le premier dans les dix ans à venir. Pour son nouveau patron, Edward N. Isdel, un professionnel des pays émergents qui y a longuement traîné ses guêtres, « Coke peut très vite créer là-bas un enfant plus grand que le père », une entreprise plus puissante que le Coca mondial actuel, tout simplement.

Carrefour hésitait. Depuis l'installation de son premier magasin à Beijing, en 1995, la « campagne de Chine » de l'inventeur, en France, de l'hypermarché, avait été irrésistible. Chaque nouvelle ouverture avait été une fête – les Chinois des villes délaissaient leurs temples célestes et se précipitaient dans ces nouveaux lieux de culte pour y acheter vélos (les « Giant » taïwanais de préférence), téléviseurs (du japonais Panasonic), lecteurs de DVD (Sony), crapauds vivants et yaourts en canette. Tout, ou presque, ce que l'on trouve dans les magasins Carrefour français, plus quelques spécialités régionales, donc ! Le numéro deux mondial de la grande distribution rencontrait pourtant quelques freins dans son expansion – tout à son enthousiasme, il avait froissé les autorités centrales en prenant quelques libertés avec les règles du jeu locales. Soucieux du développement du Grand Ouest, les mandarins de Beijing voulaient que Carrefour installe son enseigne dans l'une de ses lointaines provinces, encore déshéritées. *Go West*, entendait Daniel Bernard, le patron du groupe, à chaque fois qu'il passait par la capitale. C'était une occasion de se rabibocher avec l'Etat. C'était un risque cependant : quel serait l'accueil des Chinois de l'Ouest, habitués au marché de rue et aux petites boutiques familiales, à ce mode de distribution très occidental ? Même sous son logo sinisé (la chaîne française travaille là-bas sous le nom de « Tcha Le Fou », en mandarin : « bonheur et prospérité pour toute la famille »), les hypermarchés y étaient encore quelque chose de bien étrange, d'étranger même.

Carrefour a « cédé ». Et inauguré, en février 2004, son premier magasin dans le Grand Ouest. Bien lui en a pris. Le succès a été immédiat, et fulgurant. A Urumqi, la capitale du Xinjiang, dans l'une des régions les plus reculées et les plus pauvres du pays, à 3 000 kilomètres de Beijing, son premier hyper aussi lointain, très semblable à ses frères aînés de Beijing, Shanghai ou Chengdu, accueille désormais chaque jour bien plus de pèlerins que la mosquée voisine – dans la ville, 40 % de la population est musulmane. Le panier de la ménagère locale y est peut-être moins chargé ; il n'empêche : Jean-Luc Chéreau, le patron de Carrefour en Chine, n'a plus aucune hésitation. Il y envisage déjà de nouvelles implantations – à la grande satisfaction de Beijing. Il a aussi pu reprendre sa longue marche sur le reste de l'Empire, avec l'ouverture, une par mois désormais, de nouveaux hypermarchés (il en comptait plus de cinquante déjà à la fin 2004), mais également de supermarchés (l'enseigne Champion) et de magasins maxi-discount (sous la marque Dia).

Coca-Cola, Carrefour et bien d'autres firmes occidentales confirment, s'il en était besoin, que la Chine n'est pas que l'atelier, la ferme ou le laboratoire du monde, elle en est aussi déjà l'un des principaux marchés, un supermarché même assoiffé de tous les produits de grande consommation devenus banalités dans les pays développés. Les 1,3 milliard de Chinois ne sont pas que des travailleurs – de redoutables concurrents, on l'a vu, pour ceux des nations les plus pauvres comme ceux des pays les plus riches. Ils sont aussi, et de plus en plus, des consommateurs, gourmands de tout. Dans une révolution industrielle, le chemin est toujours le même, à quelques détours près – et celui parcouru par l'Empire ne diffère pas de celui suivi, en leur temps, par l'Angleterre, les Etats-Unis ou le Japon.

Industrialisation, urbanisation et enrichissement général y favorisent l'émergence d'une classe moyenne. Ils dopent rapidement la consommation, tout en la transformant. C'est exactement ce qui se passe aujourd'hui là-bas.

Vélo, montre et machine à coudre y ont été, dans les débuts du décollage, les premiers signes de la richesse – ceux que, seuls ou presque, les privilégiés de Beijing, Shanghai ou Canton pouvaient se payer. Une fierté, l'occasion à la fois de profiter d'un confort nouveau et d'affirmer un statut social. Le trousseau s'est depuis largement élargi et démocratisé. Le rêve y a changé de rayons : la grosse berline, BMW ou la Cadillac, a remplacé la petite bicyclette noire standard, le fameux « Pigeon Volant » ; le téléviseur géant à écran plat s'est substitué à la montre de pacotille d'autrefois, le « salon tout cuir » à la machine à coudre de grand-mère. Pour un nombre croissant de Chinois, le rêve devient réalité.

Le passage de la société de survivance d'avant 1980 à la société de consommation s'y traduit donc par l'émergence dans le pays d'un véritable marché de masse. L'explosion dans les villes, au cours des dernières années, des centres commerciaux géants, anonymes, et le succès, à l'instar de Carrefour, des grands mondiaux de la distribution, en sont la meilleure preuve. Comme le reste de l'économie, ce marché est très ouvert aux vents extérieurs. Les milliards de dollars que l'Empire tire de son travail, il les dépense pour s'équiper, s'approvisionner en énergie mais aussi acheter des biens de consommation : une aubaine pour l'industrie mondiale. Si la montée en puissance de la Chine, c'est bien l'irruption, sur la scène mondiale, d'un concurrent, c'est aussi, on le néglige parfois, l'émergence d'un nouveau débouché. Le pays est, c'est vrai, devenu, en 2003, le quatrième exportateur du monde ; il est aussi, depuis cette même année, le troisième acheteur de la planète – derrière les Etats-Unis et l'Allemagne.

Son pouvoir d'achat lui permet, bien sûr, de satisfaire ses besoins, voire ses fantaisies, d'acheter ce que bon lui semble ; il lui procure aussi, *volens nolens*, un pouvoir tout court, un très grand pouvoir même. Par l'ampleur de son « armée de réserve », la Chine pèse, on l'a vu, sur la géographie mondiale des industries. Elle l'influence en fait également, et peut-être davantage, par le gigantisme de son marché. La taille est en effet bien l'une des caractéristiques de ce nouveau débouché. Et, en la matière aussi, comme pour la production, le poids donne de l'influence. Lorsque, au cours du XIX$^e$ siècle, un marché de masse s'est constitué aux Etats-Unis, c'est lui qui, dans de nombreux domaines, a fixé normes et standards pour l'ensemble du monde. Par le choix de ses fournisseurs, le marché américain a favorisé une certaine division mondiale du travail. Certaines régions en ont plus profité que d'autres, certaines industries, certaines entreprises aussi. La Chine dispose aujourd'hui dans de nombreux métiers d'une position assez semblable à celle de l'Amérique de cette époque-là. Elle y est sinon le seul client, en tout cas l'un des principaux – le plus gros et souvent le plus dynamique.

Lorsqu'une entreprise est seule ou presque sur son marché, elle dispose d'un monopole ; elle peut imposer sa loi à ses clients qui, faute d'alternatives, n'en peuvent mais. Il en va de même pour un acheteur. S'il est seul, ou presque, sur son marché (les économistes parlent d'un « monopsone »), il peut fixer ses conditions à ses fournisseurs. C'est, dans de nombreuses industries, la position dans laquelle se trouve la Chine aujourd'hui. En achetant plutôt à ses voisins (le Japon, Taïwan ou la Corée du Sud) qu'à ses lointains partenaires d'Amérique ou d'Europe, elle contribue à une redistribution géographique des activités dans le monde. Son irruption, massive, redessine aussi, au niveau technologique notamment, des industries aussi différentes que l'énergie, l'aéronautique, l'automobile, le tourisme ou le luxe. Elle y introduit les goûts et les couleurs d'une clientèle nouvelle, les contraintes et les choix d'une économie en plein boom. Avec l'Empire du Milieu, il n'y a pas que les salariés, et leurs bas salaires, qui modifient le monde, leurs consommateurs aussi.

## La terre de la grande promesse

« Qu'un Chinois sur cent achète un de nos ordinateurs, un sur mille, un sur dix mille même, un sur... (un blanc), vous voyez ce que cela représente ! » Le propos, en 1984, est de Ralph A. Pfeiffer, le patron d'IBM, à l'époque le numéro un mondial de l'informatique. Rapporté par Joe Studwell dans *The China Dream* (*Le Rêve chinois*), il est, pour ce journaliste britannique, la meilleure traduction du fantasme qui alimente, depuis des dizaines d'années, voire, à le lire, depuis des siècles, les commerçants de toute la planète. Par sa population, toujours considérable, le marché chinois aurait en fait hypnotisé bien des Pfeiffer du monde depuis... plus de deux mille ans déjà ! Une fascination qui a pris de l'ampleur avec les années, avec la progression de son peuplement aussi. Le marché chinois n'aurait pourtant jamais tenu ses promesses.

Dans son épopée sur cette « quête sans fin du plus grand marché vierge du monde », Joe Studwell raconte avec verve comment, depuis trente ans, les patrons des plus grandes multinationales se sont toujours laissé emporter par le miracle chinois, comment, tous, ils y ont perdu sinon leur chemise, en tout cas énormément d'argent. L'analyste ironise, pour conclure, sur cette nouvelle génération de P-DG, de toutes origines, elle aussi séduite aujourd'hui par cette petite musique chinoise qui leur vante un « marché de 1,3 milliard de consommateurs ». Tout le monde devrait savoir, selon lui, que le pays « n'échappera pas, faute de changements fondamentaux, à une grave crise financière dans les cinq années à venir » – c'était en 2002. Qu'une fois de plus donc, le mirage se dégonflera et que le marché chinois démontrera qu'il n'est qu'un éternel « potentiel », une terre de grandes promesses... incapable de les tenir.

Au-delà de telles spéculations, apocalyptiques, très en vogue dans le monde anglo-saxon, et des risques, réels, de quelque accident de parcours, les dernières années s'inscrivent pour l'instant en faux avec le diagnostic de Studwell. Plus que jamais, dans tous les secteurs, de la mécanique lourde aux cosmétiques en passant par l'automobile ou l'agro-alimentaire et le luxe, la Chine attire multinationales et petites entreprises du monde entier. Elles s'y précipitent toutes, c'est vrai, avec, en tête, la formule du patron d'IBM, qu'elles adaptent à leur propre cas. Elles y vendent une marchandise importée ou, de plus en plus, fabriquée sur place. Les investissements directs, massifs, dont bénéficie le pays depuis quelques années (il en est devenu, depuis 2002, le premier destinataire dans le monde) ne sont pas réalisés seulement pour y faire assembler des produits destinés à être réexportés. Ils sont au contraire de plus en plus orientés vers la satisfaction du marché local. En dépit de ce qu'en dit Studwell, les entreprises étrangères sont aussi de plus en plus nombreuses à y gagner de l'argent. Le ministère du Commerce des Etats-Unis estimait, récemment, que les multinationales américaines avaient dégagé en 2002 plus de 6 milliards de profits de leurs activités là-bas (contre un milliard seulement en 1990). Dans la même veine, une enquête de la Chambre américaine de commerce à Beijing réalisée auprès de ses membres indiquait que plus de 65 % d'entre eux affirment y mener une activité rentable.

Si la Chine fait ainsi aimant, attirant vers elle les commerçants du monde entier, c'est que son marché présente trois caractéristiques rarement réunies en un seul pays. C'est tout d'abord, avec son « 1,3 milliard de consommateurs », un marché gigantesque. Il y a, on l'a dit, quelque illusion à se focaliser sur ce chiffre mirifique, à croire surtout en un vaste marché unique et homogène. Les consultants ès marketing qui conseillent les nouveaux venus insistent toujours, au contraire, sur son extraordinaire diversité – et leur offrent volontiers de savantes segmentations. Il est vrai qu'il n'y a rien de commun entre le « petit empereur » des villes égoïste et richement habillé (l'enfant unique, fruit de la politique menée par l'Etat central depuis le début des années 80) et les familles déshéritées des campagnes ; rien non plus entre le patron d'un laboratoire de Nokia, à Shenzhen, et l'ouvrier d'une usine d'Etat de Mandchourie. Malgré cette forte hétérogénéité, le moindre segment a immédiatement une taille respectable. Surtout, la communauté d'histoire, de langue et de monnaie en fait un marché de masse qui, par sa taille, n'a pas d'équivalent dans le monde. Or, dans le commerce comme dans la production, la masse compte. Elle y permet des économies d'échelle. La promotion d'une marque ou la mise en rayon d'un produit coûte moins cher, à l'unité, si elle s'adresse à 100 millions de « prospects », de clients potentiels dans le jargon des hommes du métier, plutôt qu'à 10 !

L'Empire est ensuite particulièrement accueillant à l'égard de l'industrie mondiale. Exportateurs et investisseurs occidentaux se plaignent naturellement des multiples obstacles qu'ils y rencontrent (des droits de douane, la bureaucratie, une concurrence déloyale, le vol des brevets, etc.), il n'en reste pas moins que la « politique de la porte ouverte » de Deng Xiaoping en a fait l'un des marchés les plus accessibles au monde. Et cela d'autant plus que, en matière économique en tout cas, le consommateur chinois ne fait guère preuve d'un nationalisme exacerbé. Dans bien des domaines, au contraire, entre un produit « made in China » et un bien équivalent fabriqué à Taïwan ou ailleurs dans le monde, il choisira le second. L'entrée des produits étrangers y est d'ailleurs de plus en plus facile, l'adhésion, en 2001, du pays à l'Organisation mondiale du commerce, l'obligeant à supprimer les barrières qui subsistent encore. Mais c'est surtout dans l'offensive de charme menée depuis vingt ans déjà, et avec succès, à l'égard des investisseurs étrangers que réside la grande originalité du développement chinois. Dans aucun autre pays au monde le capital étranger n'a été autorisé à prendre d'aussi lourdes participations dans des secteurs jugés aussi stratégiques que l'automobile, l'équipement téléphonique, la grande distribution ou la logistique.

Marché de masse, marché ouvert, la Chine est enfin un marché en forte progression, l'un des plus dynamiques du moment. Là encore, contrairement au chemin suivi par le Japon ou la Corée du Sud en leur temps, l'Empire n'a jamais cherché à accumuler de surplus commerciaux. L'argent qu'il gagne avec ses exportations, il ne le thésaurise pas, il le dépense – pour son pétrole et son blé, ses centrales et ses TGV, mais aussi pour sa consommation courante. Sur les vingt dernières années, la balance commerciale du pays n'a jamais dégagé d'excédents exceptionnels. Le trésor de Beijing (des réserves proches de 500 milliards de dollars à la fin de 2004) provient davantage de l'argent mis par les étrangers dans leurs usines. Comme ses ventes, les achats de la Chine au reste du monde ont, en fait, connu une véritable explosion, tout particulièrement au cours des dernières années. Beijing achetait 100 milliards de dollars de marchandises à la fin des années 90, elle en achète pour près de 500 milliards au milieu des années 2000. Cinq fois plus. Ce qui fait du pays, on l'a dit, le troisième importateur mondial, derrière les Etats-Unis et l'Allemagne.

Massif, ouvert et dynamique, le marché chinois n'a pris en définitive sa véritable dimension que depuis le début des années 2000 – après une vingtaine d'années de maturation. Et il a fait, sans qu'on lui en rende vraiment hommage, œuvre utile pour l'ensemble de l'humanité ! Tel un tigre dans le moteur de l'économie mondiale, il a en effet permis à celle-ci d'éviter la panne, voire l'accident grave. Le monde a connu au cours des cinq dernières années une série de chocs d'une violence rare. Il y a eu l'explosion de la bulle Internet, avec, à la Bourse de New York, un krach d'une ampleur supérieure à celui de 1929. Il y a eu le scandale d'Enron, cette entreprise américaine qui avait trafiqué ses comptes pour séduire les petits actionnaires, et qui avait plongé le monde dans une crise de confiance sans égale à l'égard des fondements mêmes du capitalisme. Il y a eu les attentats-suicides contre les tours du World Trade Center de New York et la généralisation sur l'ensemble de la planète d'un climat d'insécurité. Il y a eu la guerre en Irak et ses conséquences, l'envolée du prix du pétrole notamment. Il en avait fallu moins pour pousser l'économie mondiale, en 1929, dans la Grande Dépression, cette douloureuse et longue période de baisse des prix, des salaires et de la production à l'échelle de la planète. En 1992-1993, des événements moins graves avaient conduit à une mini-récession aussi.

En ce début de millénaire, l'économie mondiale a échappé à la récession, à la dépression plus encore. Mieux même, après la langueur de 2001-2002, elle a retrouvé, avec une croissance de 5 % en 2004, un rythme qu'elle n'avait pas connu depuis... trente ans ! Le savoir-faire des gouvernements, aux Etats-Unis notamment, y a sans doute contribué. Tirant les leçons du passé, Etats et banques centrales ont tenu le volant plus habilement que leurs prédécesseurs. La demande chinoise en a pourtant aussi été un très utile carburant. Les achats de l'Empire ont permis de faire tourner les usines aux Etats-Unis, en Europe et au Japon et d'éviter à l'un ou l'autre de ces trois piliers de l'économie mondiale de s'effondrer et de précipiter dans sa chute les autres pays.

Devenu un grand acheteur du monde, la Chine pèse donc aussi, par ce biais, sur son état de santé. Sa grande forme a permis, ces dernières années, à la planète d'éviter la grippe généralisée. Mais désormais, qu'elle éternue, et le monde s'enrhumera ! Un ralentissement brutal de l'activité là-bas aura désormais partout des effets immédiats. Si son influence s'accroît sur la conjoncture mondiale, la Chine est aussi en train d'acquérir, par son pouvoir d'achat, une nouvelle puissance. Depuis plus de soixante ans, les Etats-Unis étaient le principal client du monde. Cela avait fait d'eux, au cours du demi-siècle écoulé, le leader incontesté dans toutes les grandes négociations commerciales, là où se définissent les règles du jeu du commerce mondial. La Chine va de plus en plus les taquiner sur ce terrain aussi, en s'alliant en particulier avec les autres économies émergentes et en formant, demain, un redoutable club qui a déjà son nom : le « BRIC » – pour Brésil, Russie, Inde et Chine, selon la belle formule imaginée par les gourous de la banque d'affaires Goldman Sachs.

## *Une mer pour deux requins*

« Pendant le match, restez civilisés. » L'injonction occupait, ce jour-là, tous les panneaux du Stade des Travailleurs de Beijing. « Dans une compétition, il y a des vainqueurs et des vaincus, c'est la loi normale du sport. » Depuis plusieurs semaines, les radios d'Etat martelaient le message. Pour prévenir tout débordement, la police, inquiète, avait déployé d'énormes moyens. Tout cela n'aura finalement pas suffi. Le 7 août 2004, à l'issue de la finale de la Coupe asiatique de football, c'est l'émeute. Le Japon l'a emporté sur la Chine 3 à 1. Les fans chinois laissent exploser leur déception et... leur haine. Survoltés, quelques milliers d'entre eux brûlent, à la sortie du stade, le drapeau japonais. D'autres s'attaquent à la voiture d'un diplomate nippon. Tous ensemble, ils entonnent des chants de guerre : « Sortons nos couteaux, clament-ils face à l'affront, et débarrassons-nous de la tête de ces diables de Japonais. » De violentes altercations les opposent à la police. Il faudra plus de deux heures aux forces anti-émeutes, casquées et armées jusqu'aux dents, pour sortir du stade l'équipe gagnante et son petit millier de supporters.

Entre la Chine et le Japon, les deux grands rivaux éternels de la région, l'incident montre, s'il en était besoin, que les relations restent toujours extrêmement tendues. Elles relèvent même depuis longtemps déjà, selon certains, du « pathologique ». L'histoire, l'occupation de l'Empire par les forces japonaises dans les années 30 et 40 et le massacre de Nankin en particulier, a laissé de très profondes traces de part et d'autre. Les dirigeants de Beijing et de Tokyo ne cherchent guère d'ailleurs à les effacer, ni même à les cacher sous les sables. Dans les écoles du Sichuan comme dans celles de Mandchourie, le rappel des atrocités commises par les envahisseurs nippons est insistant, obsédant, voire permanent. Il est même vivement encouragé par la capitale. Personne ne peut s'étonner alors que, comme le révélait un sondage récent, pour 90 % des jeunes Chinois, le pays a un ennemi, il s'appelle le Japon ! Junichiro Koizumi, le Premier ministre japonais, réactive quant à lui chaque année, au grand dam de Beijing, le sentiment antichinois dans la population de l'archipel par un pèlerinage au temple de Yasukuni, où sont enterrés 2,5 millions de soldats japonais – dont quelques criminels de guerre, encore considérés comme des héros divins.

Ce passé, constamment rabâché, exacerbe les tensions nouvelles que la montée en puissance de l'économie chinoise fait naître. Entre les deux voisins, les contentieux se multiplient. L'archipel et le continent veulent maîtriser les routes maritimes : une dispute territoriale autour de deux petits bouts de terre ridicules mais stratégiques les oppose. Les deux pays ont une même soif d'énergie : dans la mer de Chine, un énorme gisement de gaz naturel attise leur commune convoitise, or il se trouve dans une zone revendiquée par Tokyo, Beijing... et pour arranger le tout, Taïpeh. Soucieux l'un et l'autre de leur influence, les deux puissances ont une même volonté d'assurer un leadership régional mais l'une, dix fois plus peuplée, monte alors que l'autre, trente fois plus riche, a le sentiment de s'essouffler. Economiquement, la Chine représentait deux Japon en 1950, elle n'en pèse plus qu'un tiers aujourd'hui mais elle commence à reprendre du poids. Et elle pourrait à nouveau dépasser, selon les meilleurs augures, la maison d'en face d'ici dix à quinze ans. Elle voudrait bien dès aujourd'hui en profiter pour organiser à sa guise l'économie de la région. La fin du pacifisme japonais enfin, avec l'envoi de troupes en Irak et la réécriture de la Constitution, inquiète Beijing alors que son armement de plus en plus sophistiqué amène Tokyo à classer la Chine sur la liste des pays considérés comme une « menace militaire potentielle ».

Entre les deux requins de la région (ensemble 85 % du produit intérieur brut de l'Asie de l'Est), le match parfois rude continue donc. Il y a pourtant eu, avec le tournant du millénaire, une véritable rupture. Malgré cette haine, persistante, entre leurs peuples et ces multiples contentieux, neufs ou anciens, la partie a pris un tour bien différent. Sur le plan économique en tout cas, le match est devenu presque amical. Le Japon avait craint, au départ, de souffrir du décollage de la Chine ; il a découvert que l'envol de son « grand ami » pouvait être pour lui un formidable appel d'air et lui permettre, après une longue période d'hibernation, de repartir. De fait, grâce au boom de la demande chinoise, après plus de dix années de stagnation et deux tentatives avortées de reprise, le soleil se lève en ce début des années 2000 sur l'archipel nippon. Et semble bien déterminé, cette fois-ci, à ne pas se cacher trop vite derrière quelques inutiles nuages.

Comme ailleurs, au Japon aussi, la Chine a donc d'abord inquiété. Ce furent les années 90, celles où l'on parlait du *kudoka* – la période des délocalisations vers l'Empire du Mal. Après la folie spéculative des années 80, l'explosion des bulles boursière et immobilière avait plongé la deuxième puissance économique de la planète dans la déprime. Elle digérait – et se satisfaisait d'une croissance nulle, ou presque. Terrible décennie. A quelques centaines de kilomètres de là, son voisin chinois faisait du 10 % l'an ! Et devenait menaçant. A Tokyo, les grands magasins voyaient se multiplier, non sans inquiétude, ces discounters, inhabituels dans le pays, qui sous l'enseigne, par exemple, du « Tout à 100 yens » (à peine un euro) offraient des prix défiant toute concurrence. Leur secret n'en était pas un : ils vendaient des produits « made in China ». Une invasion qui provoqua quelque panique chez les industriels nippons eux-mêmes. Certains d'entre eux ont bien été tentés d'aller profiter là-bas d'une main-d'œuvre vingt à trente fois moins chère ; le patriotisme national tout autant que la crainte d'un accueil glacial, la peur aussi d'être copiés, voire volés, dissuadèrent cependant la plupart d'entre eux. Et de fait, les grandes stars de l'industrie japonaise ont pris, à cette époque-là, quelque retard sur leurs concurrents américains et européens. Malgré une position très forte dans l'automobile mondiale par exemple, les constructeurs nippons se sont laissé distancer en Chine par l'allemand Volkswagen et l'américain General Motors. Dans la téléphonie mobile, les champions japonais sont loin derrière le finlandais Nokia, le suédois Ericsson et, encore, l'américain Motorola. Bref, en ces années 90, la Chine alimentait la déflation ambiante et, avec elle, la défiance à son égard.

Avec le siècle, la page s'est, de ce point de vue, subitement tournée ! Menace il y a quelques années à peine, la Chine est devenue, pour le Japon... une nouvelle mine d'or. A Tokyo, au ministère de l'Industrie comme dans les conseils d'administration des grandes entreprises, le mot clé, c'est maintenant le *Sumowake* – le partage, harmonieux, du travail. Et effectivement, entre les deux pays, c'est désormais l'harmonie, ou presque. Les villes de l'archipel se couvrent à grande vitesse de maisons de thé chinoises pendant que, dans les centres commerciaux de la République communiste, les Sony, Panasonic et autres Toyota culminent dans le classement des marques les plus appréciées. Sur leurs campus universitaires, ces cités accueillent des hordes de plus en plus denses de jeunes Chinois – plus de 100 000 y faisaient leurs études en 2003, alors, il est vrai, qu'il leur était plus difficile de se rendre aux Etats-Unis !

En quelques années, les flux entre les deux pays se sont en fait brutalement intensifiés. Flux de personnes. Chaque semaine, 10 000 transits sont enregistrés entre l'un et l'autre – un chiffre qui n'avait pas été atteint sur toute l'année 1992. Flux de marchandises aussi. Les grands travaux du continent ont redonné vie sur l'archipel à des activités que les Japonais avaient crues condamnées à tout jamais – la sidérurgie, la mécanique lourde, le matériel pour le bâtiment et les travaux publics, les chantiers navals, etc. Dans ces secteurs, les entreprises japonaises n'arrivent plus à suivre. Elles manquent de bras. Elles ont retrouvé la joie de vivre et... les profits. La demande chinoise a véritablement dopé l'économie japonaise. Elle a aussi ramené les industriels nippons à de meilleurs sentiments.

A leur tour, ceux-ci délocalisent. Convaincus qu'ils possèdent, en de nombreux domaines, une avance technologique de plusieurs dizaines d'années, ils partagent leurs activités entre les deux espaces, leur pays et leur voisin, pour tirer profit d'une complémentarité retrouvée. Le continent offre des salaires bas et un vaste marché, l'archipel apporte ses technologies, son capital et son savoir-faire. Le mariage ne peut qu'être heureux. Sony, le géant de l'électronique, vendra, en 2008, autant en Chine qu'au Japon ; il y produira davantage. Canon fabrique ses copieurs basiques, à vitesse lente, dans ses usines du Guangdong, et réserve son haut de gamme, à vitesse rapide, à ses ateliers nippons – pour ne pas être copié. A nouveau, comme au lendemain de la Seconde Guerre mondiale avec les Etats-Unis, stimulé par un partenaire et concurrent qui est, cette fois-ci, la Chine, le Japon retrouve son tonus. Les géants japonais investissent massivement dans leur nouvel *Hinterland* (arrière-pays). En quelques années à peine, ils y ont retrouvé des positions à la hauteur de leurs ambitions. Le champion du cosmétique, Shiseido, le concurrent du français L'Oréal, est déjà bien installé. Il s'y est introduit derrière un masque... de beauté : il y vend ses produits sous la marque « Auprès ». Et il compte bien pousser son avantage. Ses 300 magasins indépendants seront 500 en 2008 ! A peine arrivé, le constructeur Honda a, quant à lui, réussi ce qu'aucun autre étranger n'avait obtenu jusqu'à présent : il pourra posséder 65 % du capital de sa seconde usine, dans la province du Guangdong, et surtout, celle-ci pourra produire des voitures destinées à l'exportation. Une double première !

Même si donc ils travaillent de plus en plus en Chine (ils sous-traitent pour réexporter ou produisent des biens pour le marché local), les grands groupes industriels japonais, Sharp, Toshiba, Matsushita, etc., s'engagent aussi à nouveau dans des mégaprojets industriels chez eux. Au Japon même, l'investissement, longtemps raplapla, est reparti. Tous ont également redonné un coup d'accélérateur à leurs efforts de « R et D ». Et dans ce domaine, public et privé s'associent plus que jamais pour lancer de grands programmes. L'objectif est de maintenir, voire d'accroître l'avance du pays dans les technologies du futur. *Japan is back*, dit-on à nouveau à Tokyo comme dans la Crystal Valley – la vallée, naissante, du numérique à quelques centaines de kilomètres de la capitale.

Par son marché et ses usines, par son gigantisme et son dynamisme, la Chine a donc aidé, ces dernières années, au réveil du Japon – un réveil qui pourrait être cette fois-ci le bon. Les effets du boom chinois ne se limitent pas cependant à son voisin nippon. C'est toute l'Asie qui s'en est trouvée affectée. Son influence diffère selon les pays ; elle y est plus ou moins heureuse. Certains souffrent de la concurrence de ses salaires (la Thaïlande, l'Indonésie et la Malaisie, par exemple) et ne voient pas sans inquiétude les capitaux étrangers leur préférer ce nouvel eldorado. D'autres profitent surtout de l'ouverture de ses marchés – la Corée du Sud par exemple. Au total, la région a largement profité de la montée en puissance de l'économie chinoise. Celle-ci a notamment facilité, pour plusieurs pays, la sortie de crise après le krach monétaire des années 1997-1998. Elle a immunisé plusieurs d'entre eux contre les effets du ralentissement américain du début des années 2000. Mais les pays de la zone sont aussi devenus plus dépendants de l'Empire, d'une puissance qui de plus en plus se prétend, de fait, au *milieu* de la région.

En se découvrant davantage complémentaires que concurrents, le Japon et la Chine sont, ainsi, de plus en plus imbriqués l'un et l'autre. Comme dans le cas de la France et de l'Allemagne, cette intégration économique favorisera-t-elle un rapprochement politique ? Nul ne le sait. Mais une chose est sûre : en 2003, le Japon a exporté vers la Grande Chine (Chine, Hong Kong et Taïwan) 100 milliards de dollars de marchandises, soit plus que vers les Etats-Unis. « Il faut remonter à 1873 pour trouver une telle situation, note un expert américain, Edward Gresser, du Progressive Policy Institute, le Japon exportant alors vers la Chine pour 4,3 millions de yens contre 4,2 aux Etats-Unis. A partir de 1874, les Etats-Unis seront devant la Chine pendant cent trente ans » Un même basculement est amorcé dans la plupart des pays membres de l'Asean – l'Association des nations d'Asie du Sud-Est : partout la Chine remplace progressivement les Etats-Unis comme premier partenaire économique. Sous son influence, déterminée, l'Asie orientale accélère ainsi son intégration économique. Les neuf pays de l'Asie orientale font déjà plus de 50 % de leur commerce entre eux. Leur poids dans le commerce mondial a triplé au cours des vingt dernières années. Ils sont liés également par un accord monétaire (dit de Chiang Mai), qui dote la communauté régionale des moyens d'enrayer un éventuel écroulement de leurs devises. Plus ponctuellement, Edward Gresser voit déjà dans l'ensemble constitué par la Chine, le Japon, la Corée du Sud, Hong Kong et Singapour « une Union asiatique informelle, une économie intégrée ayant grosso modo la même taille que l'Union européenne (à quinze) mais sans son cadre légal et sans la coordination de ses politiques ».

En fait, la montée en puissance de la Chine ouvre, comme annoncé souvent mais jamais confirmé jusqu'à présent, le siècle du Pacifique. Elle annonce l'émergence, en Asie, d'un nouveau grand espace économique actif, sino-centré et de plus en plus autonome à l'égard du reste du monde. La dynamique chinoise, sa demande et son offre, profite et profitera d'abord et avant tout à ses voisins. On le voit aujourd'hui à Tokyo. On le verra de plus en plus dans tous les pays de la région. Malgré sa dématérialisation, l'économie n'a en effet pas perdu le sens des distances. La proximité demeure une dimension essentielle. On fait toujours davantage de commerce avec ses voisins les plus proches qu'avec ses amis lointains. Si la Chine et l'Europe forment bien les deux extrémités d'un même bloc de terre, le continent eurasien, c'est peut-être pourtant en vertu du rôle éminent joué par les mers mis en évidence par l'historien Fernand Braudel, entre les deux rives d'un même océan, le Pacifique, entre l'Asie et l'Amérique donc, que s'organiseront les flux les plus denses du XXI$^e$ siècle.

## *Un beau jour, l'aigle noir*

Boeing-Airbus, un autre match. Dans cette compétition qui oppose, depuis des années aussi, les deux grands constructeurs d'avions du monde, l'américain et l'européen, les supporters des deux camps pourraient déchanter les uns et les autres – leurs équipes perdre l'une et l'autre en même temps, aux dépens d'un troisième larron, chinois celui-là. Comment cela ? Pour ces deux fabricants de jets, s'il y a bien un point sur lequel ils convergent, c'est sur le fait que la Chine sera, pendant les vingt prochaines années au moins, leur principal terrain de jeux. Sur le vieux comme sur le nouveau continent, leurs marchés de prédilection, le trafic aérien augmente lentement, les compagnies sont équipées et ne renouvelleront leur flotte que peu à peu.

Elles auront beau tout inventer, elles n'y retrouveront plus les carnets de commandes d'autrefois.

En Asie au contraire, en Chine tout particulièrement, l'avion, lui, ne fait que décoller. Il est encore un oiseau rare. Mais les distances, très longues, entre les grands centres, dans la région comme sur le continent, en font dès aujourd'hui un oiseau précieux. Il est promis à un bel avenir. D'ores et déjà, le trafic de voyageurs y progresse de 20 % à 30 % l'an. De manière toute symbolique, le nombre de vols qui passent au-dessus de l'Atlantique stagne alors que celui des vols qui traversent le Pacifique est en pleine expansion. Partout dans la région, de nouveaux aéroports, ultramodernes, sont en construction – rien qu'en Chine, on doit en inaugurer quarante au moins dans les trois ans à venir. Les transporteurs, pas toujours bien équipés, vont donc continuer, voire accélérer leur effort d'investissement. Les compagnies chinoises devraient, à elles seules, acheter, sur les vingt prochaines années, quelque 2 000 jets – plus de 15 % du marché mondial. Dans la catégorie des « 150 places », celle où s'opposent, en un match toujours tendu, le Boeing 757 et l'A320, elles se porteront acquéreurs d'un avion sur deux !

La Chine constitue donc, dans ce secteur comme dans d'autres, le « marché du siècle ». Il s'agit, on l'a dit, d'un marché massif, le plus important du moment, d'un marché dynamique et... *last but not least*, d'un marché solvable, le seul en réalité sur la planète à réunir aujourd'hui toutes ces caractéristiques. Pas question, ni pour Boeing ni pour Airbus, d'abandonner une telle aire de jeux. Et pourtant, la tentation est forte ! Les deux constructeurs savent que ce terrain est miné, qu'il est un piège dans lequel il ne leur reste, en réalité, qu'à choisir, ou presque, les modalités de leur propre... mort. Comme tout acheteur, la Chine fait jouer la concurrence entre les deux compétiteurs, mais elle le fait dans des conditions qui lui sont exceptionnellement favorables.

Sa force est liée au poids de ses achats mais aussi à la centralisation des décisions qui continue de prévaloir à Beijing. Dans cet hypercapitalisme chinois, il y a bien plusieurs grandes compagnies aériennes – celles-ci ont récemment été réorganisées autour de trois pôles (Air China, China Southern et China Eastern) –, plusieurs constructeurs aéronautiques aussi. Les géants occidentaux de l'aéronautique savent cependant qu'un avion s'y vend là-bas à la fois à l'entreprise et à son actionnaire, l'Etat, qui a toujours le dernier mot. En centralisant les commandes, Beijing accroît sa puissance de négociation (son *bargaining power*, comme disent les Américains) face aux deux constructeurs occidentaux. Elle peut en tirer bien sûr quelques ristournes – ce qu'elle ne manque pas de faire. Mais là n'est pas l'essentiel. Sa force lui permet, au-delà, de proposer aux industriels en compétition un « deal » redoutable : « notre marché contre vos technologies ». Nous achetons vos avions, mais vous nous dites, dans le même temps, comment on les construit, voire vous nous aidez à les fabriquer.

La proposition n'est certes ni malhonnête, ni très originale. Ce type d'accord n'est pas interdit par les règles du jeu du commerce international. Rien dans les textes de l'OMC ne l'empêche. Tous les pays ayant décollé au cours du siècle passé ont cherché à profiter de leur marché pour obtenir, de la part de leurs fournisseurs, un transfert, même partiel, de technologies. La différence, c'est que la Chine dispose aujourd'hui, avec son marché, d'un effet de levier que n'ont jamais eu ses prédécesseurs. Quand le Japon ou la Corée du Sud faisaient, en leur temps, un même chantage, ils n'avaient pas, auprès de leurs fournisseurs, la même position de force. Les industriels en compétition pouvaient les délaisser et trouver ailleurs, en Europe par exemple, d'autres clients. Aujourd'hui, ni Boeing ni Airbus ne peuvent se permettre de quitter le terrain chinois. Le gouvernement fait naturellement monter les enchères ; elles portent désormais essentiellement sur les transferts de technologie qui doivent accompagner la commande.

Le « deal » est un accord *win-win* (gagnant-gagnant), proclament naturellement, en mandarin dans le texte, les maîtres de l'Empire. En réalité, pour Boeing et Airbus, il s'agit plutôt d'un accord perdant-perdant. Le moins-disant des deux, celui qui aura refusé de transférer son savoir-faire, aura perdu le « marché du siècle ». Le mieux-disant, celui qui aura généreusement expliqué aux industriels chinois comment il construit ses jets, l'aura certes emporté mais aura, dans le même temps, favorisé l'émergence d'un concurrent local. Celui-ci ne restera pas longtemps... local. Profitant de la taille du marché chinois, de la faiblesse de ses coûts et de la qualité de sa recherche, le nouvel aigle noir viendra bientôt menacer le survivant, le « mieux-disant » sur ses propres terres, le marché mondial. Beijing, en arbitre des hostilités, prépare donc en réalité la naissance d'un nouveau joueur qui, tôt ou tard, réglera leurs comptes aux deux vieilles stars. Mort subite ou mort lente, c'est, à peine caricaturé, le choix qui s'offre, en bout de vol, pour Boeing et Airbus ! Conscients du risque, les deux constructeurs sont à la recherche d'une parade pour éviter le piège. Ils se diversifient (Boeing relance ses activités militaires), élargissent leur gamme de produits (Airbus développe un superjumbo, l'A380) et renforcent leurs efforts d'innovation. Ils défendent aussi, bec et ongles, les aides que leurs Etats respectifs leur accordent ; ils pourraient en avoir bien besoin. Une chose est sûre en tout cas : le duopole qui domine le monde aéronautique depuis un demi-siècle vit ses derniers jours. Demain, un nouveau joueur, chinois, un quelconque Avic (le nom de l'actuel numéro un local) viendra le faire exploser.

L'avion n'est qu'un exemple. On refait le match. On peut le refaire autour des centrales nucléaires, des trains à grande vitesse ou des équipements téléphoniques. Dans chacun de ces cas, on retrouve des circonstances proches de celles qui prévalent dans l'aéronautique. Quelques rares concurrents occidentaux se bagarrent sur un marché dont le segment le plus dynamique, sinon le seul, est à Beijing. Chaque fois, le gigantisme de sa demande et la centralisation de ses achats donnent à l'Empire du Milieu une puissance de négociation exceptionnelle. Ils lui permettent d'obtenir quelques rabais mais surtout d'acquérir, rapidement, les technologies les plus sophistiquées. Dans ces industries, les choix techniques, commerciaux et politiques de Beijing s'imposeront comme les choix du monde. Les règles du jeu du commerce mondial interdisent les monopoles, pas les monopsones – les situations d'acheteur quasi exclusif. L'Empire compte en profiter. S'il n'arrive pas à obtenir par ce biais les technologies qu'il convoite, il pourra imposer les siennes en usant d'une autre arme : en instaurant sur son marché ses propres standards.

*La guerre des standards*

« Intel inside », on le comprend : une puce Intel est à l'intérieur, c'est, dans tout gadget électronique, un gage de sérieux, de modernité et de qualité. Dans le monde, des centaines de millions de machines déjà (ordinateurs, agendas électroniques, téléphones, etc.) sont estampillées de ce logo, celui du numéro un des semi-conducteurs, le californien Intel. En Chine, l'entreprise a pourtant frôlé, au printemps 2004, la catastrophe. Elle a bien cru qu'elle allait se voir signifier par Beijing un « Intel outside » – Intel dehors ! Pour le fabricant de puces, le combat était essentiel, il fut rude. Le constructeur souffle ; il a gagné une bataille, pas encore la guerre. De quoi s'agit-il ?

L'avenir, dit-on, est dans l'Internet sans fil. Quoi de plus beau, à vrai dire ? Pouvoir tout faire avec son petit téléphone portable, à tout moment, et depuis n'importe où : surfer sur les sites les plus utiles ou les plus futiles, consulter les horaires de train ou ceux de la prochaine séance de cinéma, lire les informations ou ses messages, en envoyer aussi... Le rêve, quoi ! Partout, l'industrie mondiale y travaille : il y a là, dans le tuyau, les marchés de demain. En fait, le Net sans fil est déjà une réalité – mais il n'est pas encore totalement installé. Il reste encore mal assuré. Comme pour chaque innovation, il y a, avant que celle-ci ne se généralise, un certain nombre de choix à faire, de technologies, de normes et de standards. Les enjeux à chaque fois sont de taille. La bataille des normes fut virulente, certains s'en souviennent encore, pour les appareils photo polaroïd, les magnétoscopes ou la télévision à haute définition. Ces choix prennent, dans les réseaux comme le Web, une importance plus grande encore : du petit téléphone mobile jusqu'aux gros ordinateurs et méga-centraux de télécommunications, toutes les pièces de la chaîne doivent absolument être compatibles entre elles.

Pour l'Internet sans fil, lancé avant même que Beijing ne s'en mêle, une technologie commençait ainsi à s'imposer dans le monde, celle du Wi-Fi. Figurant parmi ses principaux promoteurs, le géant Intel allait être le fournisseur presque exclusif de la puce qui devait permettre la connexion. Nouvelle venue dans l'affaire, la Chine a pourtant rapidement fait savoir qu'elle ne voyait pas, chez elle en tout cas, les choses de cette manière. Elle ne souhaitait pas dépendre trop exclusivement d'une technologie étrangère. Elle ne voulait pas payer, pendant des années, les royalties d'une telle dépendance. Elle espérait profiter de la taille de son marché pour contester ce monopole mondial de fait. Elle comptait enfin sur ses chercheurs pour imaginer l'alternative à la norme Wi-Fi. Elle allait rapidement trouver la faille : la technologie Wi-Fi était insuffisante en matière de sécurité, fit-on dire à Beijing. Elle lui opposa sa propre norme, la technologie Wapi. Pendant des mois, tout au long de l'hiver 2003-2004, le pays a laissé planer le doute sur son intention d'imposer cette norme unique au marché chinois.

Branle-bas de combat dans la Silicon Valley, au siège de l'entreprise – en Californie. La Chine est pour Intel, comme pour tous les industriels qui tournent autour du Net, un marché essentiel. Elle consomme 14 % des puces dans le monde en 2003 ; elle en absorbera 23 % au moins en 2008. C'est déjà pour le constructeur américain son second débouché, derrière les Etats-Unis. Et il pourrait, très vite, le dépasser. Le nombre des internautes y est en pleine expansion. Ils n'étaient encore « que » 90 millions en 2004 – pour 190 millions outre-Atlantique. D'ici à la fin de la décennie, il y aura plus de connectés chinois que nord-américains, plus d'abonnés à large bande aussi que dans n'importe quel autre pays de la planète. Bref, la Chine va devenir la deuxième grande puissance de l'âge du Net – voire la première. Il ne pouvait être question, pour Intel et ses confrères occidentaux, de laisser ce marché se fermer à leurs logos. Le lobbying auprès de Washington a payé. A l'été 2004, le gouvernement chinois a cédé et accepté un compromis avec l'Amérique, renonçant à imposer sa seule norme en son Empire. Au-delà, la crainte cachée d'Intel et des autres, c'est qu'une fois installée sur le premier marché mondial, la norme chinoise ne s'impose à la planète tout entière.

Là encore, la puce n'est qu'un exemple. Pour le téléphone mobile, le DVD ou la télévision, pour d'autres produits encore, la Chine est devenue le premier marché mondial, le plus dynamique aussi. Chercheurs et industriels y travaillent à la conception des générations à venir et sont tentés, voire poussés par Beijing, de lancer leurs propres standards. Ils ont ainsi déjà leur petite idée pour les mobiles de troisième génération comme pour le DVD du futur – ils l'appellent déjà l'EVD. « Sur le plan technologique, les Chinois ne veulent plus être des suiveurs, ils ambitionnent de devenir des faiseurs », relève Adam Segal, un expert américain du Council on Foreign Affairs de New York. L'une de leurs stratégies, c'est de tenter d'imposer leurs standards au monde, d'établir chez eux des normes qui, du fait de l'ampleur et de la vitalité du marché chinois, finiront par s'imposer à tous. Dans le high-tech, un nombre croissant d'entreprises occidentales cèdent d'ores et déjà aux sirènes chinoises : le marché y étant désormais aussi l'un des plus rentables de la planète, elles sont enclines à satisfaire les normes locales – et à s'en faire les propagandistes au niveau mondial.

Intel, le fournisseur de puces de la planète, a tremblé ; Microsoft, celui des logiciels, ne connaît pas encore son sort. Son produit phare, Windows, ce système d'exploitation qui fait tourner la majorité des ordinateurs, est lui aussi menacé. Les Chinois travaillent avec les Japonais et les Sud-Coréens à la conception d'un logiciel mieux adapté, disent-ils, « aux besoins des utilisateurs asiatiques ». Pour réaliser aussi des économies et avoir un meilleur contrôle du système, les trois pays ont signé, en novembre 2003, un accord afin de développer un logiciel libre s'inspirant de Linux, pas de Windows. Avec ses partenaires, le chinois Redflag Software a présenté récemment Asianux, la première version d'un Linux asiatique. Là encore, que Beijing ordonne à ses sujets, les entreprises et administrations du pays (40 % du marché national), de se convertir au logiciel libre et c'est une nouvelle norme qui s'y installe. En Chine d'abord ; en Asie ensuite ; dans le reste du monde peut-être demain.

Ces batailles autour de la puce ou de Linux, pour l'instant, la Chine ne les a jamais ni vraiment ni totalement gagnées. Mais avec le développement très rapide de son appareil scientifique, cela pourrait changer. Il permet à Beijing d'éviter la dépendance à l'égard d'un standard unique. Il constitue en tout cas une autre illustration de la force que la Chine retire de l'ampleur de sa demande. « Ses marchés massifs et en croissance spectaculaire sont pour elle un levier considérable dans la guerre des standards » qui se joue aujourd'hui dans les technologies de l'information, note Igal Brightman, du cabinet de conseil Deloitte dans un travail récent. Pour cet expert dans les nouvelles technologies de l'information et de la communication, il n'y a pas de doute : « On ne le réalise pas encore mais il faut en prendre conscience : la Chine est en train de devenir un acteur clé dans la définition des grands standards technologiques mondiaux, ces standards qui modèlent les termes dans lesquels la concurrence internationale se jouera dans les années à venir. » C'est vrai dans le high-tech, cela l'est aussi dans une activité, plus traditionnelle, celle de l'automobile. Nulle part ailleurs en effet, on va le voir, l'influence de la Chine n'est aussi forte que dans cette industrie.

*Leur 2CV, une jument verte*

C'est un grand moment pour la famille Li, un « heureux événement », dit-on. Li Chang, le père, est sur son trente et un. Il prend ce matin possession de sa Fukang, une petite Citroën, rouge et rutilante. C'est sa première voiture, la première dans la famille même. Li a longuement hésité. Il n'avait que l'embarras du choix. La centaine de constructeurs que compte le pays a encore présenté quarante-cinq nouveaux modèles au cours des six derniers mois de l'année (2004) ! Il a fait des économies, des sacrifices même. Son bijou, c'est plus d'une année de salaire. Un petit crédit, pas trop cher, et il a décidé de faire... son « grand bond en avant » à lui. Alors, aujourd'hui, quelle fierté, quel bonheur aussi ! Li gardera son vélo – on ne sait jamais, une panne peut arriver. Mais désormais, il se rendra à son travail en voiture. Chaque semaine, il passera à la station-service qui s'est installée juste en bas de chez lui – pour y faire briller les chromes surtout. Le week-end prochain, Li, sa femme et son fils accompagneront Fukang à la campagne. Il leur presse d'aller présenter leur nouvel enfant aux parents et grands-parents.

A l'instar de Li Chang, des millions de Chinois découvrent l'automobile. Privilège réservé pendant longtemps aux seuls apparatchiks du Parti, la voiture individuelle amorce, depuis le début des années 2000, un démarrage sur les chapeaux de roue. Il s'en vendait quelques milliers par an à peine à la fin des années 90, presque 3 millions en 2004 déjà ! Beijing, la capitale de l'Empire, était encore, il y a une dizaine d'années, un gigantesque vélodrome dans lequel se faufilaient, dans la plus belle anarchie, des centaines de milliers de cyclistes – et quelques pousse-pousse. L'anarchie perdure, mais elle y est désormais le fait d'un million de machines à moteur – et de nombreux taxis ! La carte postale du pays, c'était la bicyclette (un Chinois sur deux en possède une). C'est fini, la voiture la bouscule – au propre comme au figuré. Dans les villes comme sur les routes de campagne, les accrochages sont incessants, et souvent mortels, entre ces deux moyens de locomotion notamment.

Si les « quatre-roues », quand ce n'est pas le 4 × 4, n'ont pas encore vraiment remplacé les « deux-roues », la voiture individuelle n'en fait pas moins déjà l'objet d'un véritable culte national. C'est la nouvelle déesse. On l'admire – dans la rue, le moindre nouveau modèle est l'objet de tous les regards. On la dorlote – on lui cherche un abri, on la soigne, on la lave régulièrement et on l'astique en permanence. On la personnalise – par des gadgets supplémentaires ou une couleur un peu plus criarde que les autres. On la conduit avec prétention... et approximation, le volant procurant ici aussi un sentiment de supériorité : piétons, cyclistes et autres bipèdes, attention, me voilà ! Ma force fait ma priorité, d'où que je vienne, de droite, de gauche ou de nulle part. Le moindre accroc sur la carrosserie, la plus infime rayure sur la peinture et c'est le combat de rue. Plus sereinement, on communie autour d'elle dans des dizaines de magazines qui lui sont consacrés, en visitant les show-rooms des constructeurs ou à l'occasion d'un quelconque pèlerinage, le Salon de l'auto de Beijing, au printemps, étant, de loin, le plus couru. La France de l'après-guerre, en quelque sorte.

En fait, à l'instar de l'Amérique de l'entre-deux-guerres ou de l'Europe des années 50, la Chine rejoint à son tour la civilisation de l'automobile. Comme toujours, les débuts sont empreints d'une certaine ivresse, de quelque naïveté aussi. La première voiture, on l'adore – on s'en souvient longtemps. Elle est source de liberté, un bien rare mais de plus en plus populaire dans la République du même nom. Elle est aussi un signe de statut social. Ce n'est qu'avec le temps, beaucoup de temps parfois, qu'elle finit par se réduire à sa fonction principale : un moyen de transport ! Sur la route empruntée par la Chine, il n'y a donc rien de bien original. Partout depuis le début du XX$^e$ siècle, ce fut le même parcours. Quand dans une ville, une région ou un pays, le revenu annuel par habitant atteint les 3 000 à 4 000 dollars, les ventes de voitures individuelles explosent. Une loi économique, universelle ou presque à laquelle les villes chinoises de la côte est n'échappent pas.

Pour les grands constructeurs mondiaux, General Motors, Toyota, Renault-Nissan, etc., cette entrée de la Chine dans la civilisation de l'automobile est sans doute l'événement le plus important depuis... l'invention du moteur à combustion. Elle va en effet les obliger, tous ensemble, à réinventer complètement leur industrie et à imaginer, très rapidement, de nouveaux moteurs. Comme dans l'aéronautique ou les télécommunications, les fabricants occidentaux vont de plus en plus dépendre de la demande chinoise. A priori, c'est une bonne nouvelle. Le marché s'annonce volumineux, dynamique et ouvert. Mais c'est une nouvelle qui en annonce d'autres. La voiture pour tous, le modèle occidental, va se heurter, inévitablement, à un problème clé, celui de la pollution. Le gigantisme chinois va de ce fait précipiter au niveau mondial le débat sur la voiture propre, conduire les multinationales à accélérer leurs recherches dans ce domaine et les obliger à prendre, au plus vite, le virage écologique.

« Qu'un Chinois sur cent, un sur mille, un sur dix mille, voire un sur cent mille achète l'une de mes voitures et... » Cette petite musique, inspirée de la formule du Pdg d'IBM, tous les patrons automobiles de la planète la fredonnent volontiers le matin au réveil – dans l'avion qui les emmène vers leur nouvel eldorado. Tous, ils défilent à Beijing. Comme dans d'autres industries, et quels que soient les aléas du court terme, ils sont convaincus que c'est là que se trouvent leurs marchés de demain. Aux Etats-Unis, en Europe et au Japon, leurs premiers clients, les plus anciens et toujours les plus nombreux (80 % encore du marché mondial), sont équipés, suréquipés même. Chaque famille y a déjà une, deux, voire trois voitures. Même en leur proposant des modèles plus petits, plus luxueux ou plus sophistiqués, il est difficile de leur en vendre davantage. Les constructeurs ne peuvent plus compter que sur le renouvellement du parc. Leurs nouveaux débouchés sont ailleurs. Et aujourd'hui, ils les voient en Chine. A juste titre.

En survolant, au cours du voyage, le désert de Gobi, certains d'entre eux voient volontiers dans le paysage lunaire qui s'offre à eux la meilleure image de leur nouveau marché : un vaste espace vierge et, presque, sans limites. Dans ce désert, la voiture se fait rare ! Dans le pays, malgré l'enthousiasme des dernières années, elle est encore l'exception. Il y a, aux Etats-Unis, une voiture pour chaque habitant ; il y en a une pour deux en France ; il y en a une pour 200 à peine là-bas ! Le potentiel est donc, a priori, gigantesque. Si la Chine avait aujourd'hui la même densité automobile que les pays riches, elle compterait quelque 600 millions de voitures – de quoi embouteiller une autoroute qui relierait la Terre à la Lune, une autoroute à sept voies ! Le parc mondial s'en trouverait multiplié par deux du jour au lendemain. On n'en est pas là, on en est même loin. Pour l'instant, il n'y a, dans l'Empire du Milieu, que 20 millions de voitures (pour 30 millions de véhicules immatriculés en France), mais le parc se remplit à vive allure.

C'est que la demande est forte, très forte même. Des « M. Li », de jeunes urbains disposant d'un fort pouvoir d'achat, il y en a, avec l'émergence d'une vaste classe moyenne, des centaines de milliers, des millions même. Après la folie de 2002 et 2003, le marché chinois a ainsi déjà dépassé, avec 2,8 millions de voitures en 2004, le marché allemand. Il est devenu le troisième au monde – derrière les marchés américain et japonais. Le grand jeu dans la profession, c'est de parier sur l'année où il dépassera le marché japonais – en 2007, 2009 ou 2012. Et plus encore sur celle où il détrônera l'américain lui-même ! En 2020 déjà, selon certains. Les concessionnaires locaux devraient en tout cas y vendre chaque année 20 % de voitures en plus. D'ici à une dizaine d'années, selon les meilleurs experts, le parc national aura au moins quintuplé – en 2015, affirment-ils, la Chine comptera 100 millions de voitures.

En approchant de Beijing, de leur hublot, les patrons occidentaux ne manquent pas de s'émerveiller, un peu plus tard, devant le spectacle d'une autre merveille du monde, la « Grande Muraille de Chine ». Vue d'avion, c'est magique. Après le désert de Gobi, la muraille est l'autre métaphore dont ils usent volontiers – à tort pourtant ici. Les multiples tracasseries et contraintes (droits de douane, licences, partenariats imposés, copie de modèles, etc.) dont ils souffrent lorsqu'ils ambitionnent d'y vendre leurs voitures sont autant de barrières que le pays met, à leurs yeux, à leur développement. Un mur empêcherait ainsi leurs bolides de pénétrer ce désert prometteur. Rien n'est plus faux. Jamais en réalité depuis les débuts de l'automobile, un pays en développement n'a ouvert aussi largement son marché aux constructeurs étrangers. Ils sont même au cœur de la politique adoptée par Beijing.

Sur la route du capitalisme moderne, l'automobile est un passage obligé. Impressionnés par les parcours japonais et coréen, attentifs à ceux suivis plus tôt par les autres puissances industrielles, les dirigeants chinois ont de fait très rapidement décidé, au début des années 90, de doter leur pays d'une industrie automobile. Avaient-ils lu, cachés entre les pages de leur *Petit Livre rouge*, les travaux du gourou du management, l'Américain Peter Drucker, pour qui l'automobile est « l'industrie des industries » ? Peu importe. Ils s'en sont vite convaincus. Au-delà du confort et de la liberté qu'elle apporte, ils ont compris qu'elle est une précieuse source de croissance et d'emplois. Chaque poste de travail, sur les chaînes de montage, en génère sept au moins à côté, d'après des études du gouvernement ! Pas négligeable dans un pays qui doit créer chaque année entre 10 et 15 millions d'emplois pour éviter un gonflement trop rapide du chômage.

Très vite aussi, les mandarins locaux ont compris qu'ils ne pourraient la construire seule, même avec les meilleurs espions du monde. Ils ont réalisé qu'il leur faudrait composer avec le diable – avec les grandes multinationales occidentales. Pour apprendre le métier, favoriser des transferts de technologie et soutenir, par la suite, la montée en puissance de groupes nationaux autonomes, ils leur ont donc déroulé le tapis rouge et ont invité les géants de Detroit, Stuttgart et Tokyo à investir chez eux, toujours naturellement dans le cadre de partenariats avec des entreprises locales – des « JV », dit-on là-bas, en mandarin, pour « joint-ventures ». Au départ, quelques pionniers aventureux, Volkswagen et Citroën notamment, s'y sont risqués, avec plus ou moins de bonheur. Aujourd'hui, alors que le marché a décollé, ils s'y précipitent tous avec un même entrain. Nissan, Peugeot, Ford et les autres sont engagés dans une course folle à l'investissement où la mise se chiffre, à chaque fois, en milliards de dollars ! Quelques marques locales (Geely, Chery, etc.) commencent à émerger. Deux voitures sur trois restent néanmoins fabriquées par des « JV », avec des constructeurs étrangers donc.

« C'est là-bas que va se décider, dans les années à venir, le leadership de notre industrie au niveau mondial. » Avant d'atterrir sur l'aéroport de Beijing et de s'engouffrer dans les embouteillages de la capitale, tous les Pdg de la planète auto méditent volontiers cette réflexion du premier d'entre eux, Richard Wagoner, le patron de General Motors. Ils sont tous aussi conscients que la Chine va, tôt ou tard, les obliger à repenser leur métier. L'épaisse brume noirâtre qu'ils ont aperçue au-dessus de la capitale, juste avant d'atterrir, sonne pour eux comme un avertissement. La voiture, c'est peut-être du bonheur pour tous mais ce sont aussi de nouveaux problèmes pour Beijing. Elle accroît la dépendance pétrolière du pays. Dans la mesure où elle mange sur ses terres agricoles, elle affecte aussi un peu sa sécurité alimentaire. Mais surtout, elle dégrade davantage encore un environnement déjà en piteux état.

« En venant ici, je réduis de cinq ans mon espérance de vie. » Lorsqu'il quitte la mairie de Shanghai pour prendre, à Beijing, le poste de Premier ministre, au milieu des années 90, Zhu Rongji ne fait pas allusion, dans ce propos, à la difficulté de son nouveau métier ou à un quelconque climat mafieux qui régnerait autour de la Cité Interdite. C'est la qualité de l'air, dans la capitale du Nord, qui le préoccupe. Et effectivement, triste record, Beijing est déjà avec son million de voitures individuelles et son chauffage au charbon, la ville la plus polluée du monde, ex aequo avec Calcutta. Les autres grandes cités de l'Empire ne sont guère mieux loties. D'après la Banque mondiale, seize des vingt mégalopoles les plus polluées de la planète sont aujourd'hui chinoises ! La qualité de l'air dans les grandes cités n'est qu'un aspect du problème – l'eau et la terre sont aussi menacées. Comme dans l'Angleterre du XIX$^e$ siècle, l'industrialisation à marche forcée s'est faite aux dépens de ces précieux éléments naturels. Londres avait, à l'époque de sa révolution industrielle, sa « soupe de pois », Beijing a ses tempêtes de sable rouge. *La rivière vire au noir* (*The River Runs Black*) écrit, plus prosaïquement Elizabeth Economy, la spécialiste pour l'Asie du Council on Foreign Affairs de New York. Dans un livre ainsi titré, elle décrit, de manière saisissante, le désastre écologique en cours. Elle parle d'une dégradation « horrible » de la qualité de l'air et de l'eau et s'inquiète, plus généralement, de la remise en cause d'un certain nombre de grands équilibres naturels.

Pas plus que Zhu Rongji, les maîtres actuels de l'Empire ne souhaitent écourter leur propre séjour sur Terre. Ils ont compris que l'économie ne pouvait se développer éternellement au détriment de l'écologie ; que, tôt ou tard, celle-ci finirait par avoir sa revanche.

A Beijing, les Rouges ne sont pas encore passés au Vert, mais lentement le mariage des couleurs se précise. La défense de l'environnement est pour la nouvelle équipe au pouvoir, Hu Jintao, le président de la République, et Wen Jiabao, son Premier ministre, l'une des grandes priorités affichées. Quand ils parlent, comme ils le font de plus en plus souvent, d'une croissance « plus équilibrée », c'est notamment aux équilibres écologiques qu'ils font référence. « Eviter la surexploitation des ressources et la dégradation de l'environnement » est désormais l'une de leurs antiennes. La pollution coûterait cher au pays – de 8 % à 12 % de son PIB, d'après des estimations de la Banque mondiale. En 1998, l'Agence centrale de protection de l'environnement, un petit bureau sans pouvoir, avait été promue ministère à part entière, ses effectifs et son pouvoir renforcés. En 2001, un plan quinquennal avait fixé d'ambitieux objectifs – avec un doublement des moyens, ceux-ci devant être portés à 1,3 % du PIB sur la période 2001-2005 (contre 0,8 % auparavant). Depuis, un cadre légal a été défini. De vastes campagnes nationales de propagande en faveur de l'air et de l'eau sont engagées. Une politique très active d'incitation au remplacement du charbon par le gaz naturel est menée.

Pour l'instant, l'Empire n'en reste pas moins l'un des plus grands pollueurs de la planète. Un Chinois émet certes vingt fois moins de gaz à effet de serre qu'un Américain et dix fois moins qu'un Européen. Tous ensemble, ils en constituent néanmoins le second émetteur du monde, derrière les Etats-Unis. N'étant pas partie prenante à l'accord de Kyoto, par lequel la plupart des pays se sont engagés à réduire leurs émissions de gaz polluants, Beijing pourrait continuer comme avant. Si rien ne change pourtant sur ce front, la poursuite du développement chinois au rythme des vingt-cinq dernières années semble quasi impossible. Cela se traduirait, d'ici à 2008, par un doublement des émissions de gaz à effet de serre et par une redoutable accélération du réchauffement de la planète, une accélération insupportable aux yeux de nombreux experts.

Bref, le défi environnemental est tel que la Chine pourrait bien prendre, rapidement, la tête d'un mouvement mondial en faveur de l'utilisation des énergies propres. Signe, entre autres, de cette verte et nouvelle volonté, l'Empire s'est engagé, à la surprise générale, devant la communauté internationale réunie à Bonn en juin 2004, à porter en 2010 déjà à 10 % la part de son approvisionnement énergétique en provenance de ressources renouvelables – contre 1 % en 2004. Un objectif qui placerait le pays, s'il était atteint, parmi les plus respectueux de notre Terre ! La voiture individuelle, et avec elle les grands constructeurs mondiaux, pourrait bien être parmi les premières cibles de ce nouveau messianisme. D'ores et déjà, à Beijing, le modèle occidental de développement centré sur l'automobile fait débat. Il divise le Parti comme l'administration. Il oppose la capitale et ses provinces. Il trouve son reflet dans les contradictions de la politique nationale. Un jour, c'est tout pour la voiture ; le lendemain, c'est tout contre. Aux uns et aux autres de circuler sur cette route encore mal balisée.

Sur cette route justement, un virage inquiète les grands constructeurs occidentaux. Malgré un lobby anti-auto toujours plus influent à Beijing, la Chine ne renoncera pas de sitôt à la voiture individuelle, le marché restera celui du siècle. Mais elle pourrait leur imposer des standards nouveaux et les obliger à se reconvertir, bien plus vite qu'ils ne l'avaient prévu, à la voiture propre. Le passage brutal du moteur à combustion à celui à hydrogène y serait possible ; cela semble pourtant peu probable. Ce qui empêche une telle révolution dans les vieilles nations automobiles, c'est qu'il faudrait remplacer toutes les pompes à essence par de nouvelles stations-service, une opération très coûteuse. Rien de tel dans l'Empire du Milieu où doit de toute façon être créé, de toutes pièces, un réseau – à essence ou à hydrogène, peu importe. Stop à la pollution, fini le moteur à combustion, la Chine roulera à l'hydrogène. Imagine-t-on la réaction de Detroit, Tokyo et Belfort si, du jour au lendemain et pour la bonne cause, la protection de la couche d'ozone, la Chine décidait ainsi de se convertir brutalement à l'hydrogène !

Foin sans doute de ce scénario catastrophe : les Chinois d'aujourd'hui n'ont plus la fibre révolutionnaire – si tant est qu'ils l'aient jamais eue. Les constructeurs occidentaux auraient cependant tort de se réjouir trop vite de cet embourgeoisement. La Chine va, c'est inéluctable, imposer des contraintes de plus en plus fortes sur les modèles autorisés à emprunter ses routes et autoroutes. La nouvelle réglementation, qui doit entrer en application à l'été 2005, en est un signal, parmi d'autres. Avec celle-ci, Beijing veut mettre le holà à l'explosion des 4 × 4, de très gros pollueurs, et favoriser les véhicules hybrides, ceux qui roulent à l'essence et à l'électricité. Elle introduit aussi de nouvelles normes, définies autour de la consommation d'essence aux cent kilomètres, d'ores et déjà plus sévères que celles en vigueur aux Etats-Unis et destinées à être resserrées encore en 2008. Parallèlement, l'Etat central finance tous azimuts et massivement la recherche. Le tout-électrique, l'hybride, l'hydrogène : toutes les pistes sont bonnes pour tenter d'échapper à l'asphyxie. Aux Jeux olympiques de 2008, des « JO verts » selon la volonté du Parti, sportifs et spectateurs se déplaceront déjà dans Beijing en profitant du réseau de bus à hydrogène inventés par les chercheurs de la célèbre Université de Tsinghua. Ce n'est pas un hasard si finalement le premier Salon mondial de la voiture propre s'est tenu, à l'automne 2004, à Shanghai, juste après le premier Grand Prix de formule 1.

Anticipant ce virage, les constructeurs occidentaux les plus malins en ont déjà tiré quelques leçons. Le numéro un mondial, l'américain General Motors, présentait récemment en grande pompe sur la Muraille de Chine deux voitures à hydrogène, deux prototypes qui ont ravi les dirigeants chinois. Pour sa part, le numéro deux, le japonais Toyota, assemble et vend déjà dans l'Empire sa voiture verte, la petite Prius, un modèle mixte pouvant rouler à l'électricité ou à l'essence. Le français Citroën va commercialiser, quant à lui, une version hybride (essence et gaz naturel) de sa berline locale, l'Elysée. Les autres fabricants n'ont qu'à suivre ; ils ont même intérêt à le faire, et au plus vite. Compte tenu de l'ampleur et du dynamisme du marché chinois, les normes environnementales que fixera Beijing, plus sévères qu'ailleurs, vont s'imposer au reste de la planète. Impossible d'y échapper. L'industrie automobile mondiale savait qu'elle devrait, tôt ou tard, changer de modèles, que sa conversion à la « voiture propre » était inéluctable. La demande chinoise donne ici, comme dans d'autres métiers, un coup d'accélérateur à la recherche et à l'innovation. La préoccupation écologique imposée à Beijing par sa révolution industrielle précipite la mutation de l'automobile mondiale. Elle provoque aussi celle de nombreuses autres industries. Il n'y a cependant pas que la vague verte qui, plus violente en Chine qu'ailleurs, va bouleverser des industries entières. Les goûts et les couleurs des Chinois aussi.

*Luxe et volupté à volonté*

Il a, dans la manière de parler, le même chuintement que son père. Mais alors que Valéry Giscard d'Estaing, l'ancien président français, s'est initié au mandarin pour pouvoir mieux assurer avec talent sa fonction de président du Comité France-Chine, au Medef, Henri, son fils, préfère, lui, faire des affaires – en anglais. Comme tout le monde. Et cela ne lui réussit pas si mal. Le Club Med dont il est le P-DG a ouvert, au printemps 2004, son premier bureau de vente en Chine, à Shanghai comme il se doit. En quelques semaines, celui-ci est devenu la première porte d'entrée pour son village des Maldives, alors l'un des plus chic du groupe – l'un des plus chers aussi.

Il y a le Club Med, il y a aussi le club Calloway, ce... club de golf haut de gamme qu'il faut savoir tenir avec ostentation sur les greens les plus huppés de la planète pour signifier sa réussite sociale. En Chine, même si l'on prétend y avoir inventé ce sport, avant les Ecossais, les premiers « 18 trous » datent en réalité d'une vingtaine d'années à peine. Et aujourd'hui, c'est la grande folie. Abandonnant karaoké et banquets, là où autrefois ils entretenaient leurs relations (les *guanxi*, indispensables au business), les nouveaux riches se retrouvent sur l'un des deux cents parcours qui couvrent le continent. Il y aurait, dit-on, dans le pays, un bon millier de golfs en projet ! Le Parti a mis le holà face à ce sport qui symbolise trop, encore, à son goût, une consommation bourgeoise. Il n'empêche : Calloway a trouvé des amateurs.

Les clubs Med et Calloway, ce sont une autre conséquence de la montée en puissance de la Chine. Si la demande, massive, de ses nouveaux consommateurs affecte, en premier lieu, les marchés mondiaux du pétrole, de la machine-outil ou de l'automobile, elle est aussi en train de bouleverser tout aussi radicalement la géographie d'autres industries – le tourisme, l'hôtellerie, le transport aérien, le cinéma, l'édition (l'*entertainment*, comme disent les Américains) ou le luxe par exemple. Comme ailleurs, le développement économique s'y traduit par l'émergence d'une petite classe de nouveaux riches. Mais dans cet empire, cette « petite » classe prend tout de suite de grandes dimensions. Il n'y a peut-être que 4 % de la population chinoise qui a aujourd'hui un revenu annuel supérieur à 20 000 dollars – cela fait tout de même près de 60 millions de personnes, une bonne France en quelque sorte ! Par leurs goûts et leurs préférences, différents de ceux des Français, des Japonais ou des Coréens, ces nouveaux consommateurs changent aussi la face du monde – ou du moins la manière de travailler pour de nombreux secteurs.

Un exemple : le tourisme. Cette « industrie », l'une des plus dynamiques et des plus créatrices d'emplois du moment, se prépare à vivre une véritable « révolution culturelle ». Sans que tous s'en aperçoivent, celle-ci est déjà en marche. Les Parisiens n'ont rien vu, et pourtant, dans la capitale, le décor se transforme subrepticement – comme ailleurs. Les hôtels du groupe français Accor (Ibis, Sofitel et Novotel) offrent thé et télé chinoise à leurs clients, ainsi que riz et soupe au petit déjeuner. Les chambres à deux lits se généralisent – dans les groupes, les voyageurs chinois ne se connaissent pas obligatoirement. Rue du Faubourg-Saint-Honoré et avenue Montaigne, dans le huitième arrondissement, les boutiques de luxe remplacent progressivement leurs collaborateurs japonais par un personnel parlant mandarin. Et si, contrairement à leurs magasins de Hong Kong, ils n'en sont pas encore à accepter les paiements en renminbis, ils s'organisent pour pouvoir au moins encaisser en liquide des montants inhabituels.

En fait, c'est là aussi à une véritable déferlante que le monde se prépare – un peu sur le modèle de celle provoquée par l'arrivée des touristes japonais dans les années 80, mais à une tout autre échelle. Ne disposant ni du droit, ni des moyens de sortir de leur pays, les Chinois se faisaient jusqu'à présent plutôt rares dans les hauts lieux du tourisme mondial. C'est fini. Ceux qui ne l'auront pas compris risquent d'en souffrir. Depuis le début des années 80, les frontières du pays s'ouvrent et le pouvoir d'achat des Chinois progresse. Même s'ils subissent encore bien des tracasseries (il leur faut un visa et ne peuvent sortir qu'une somme d'argent limitée), ils ont néanmoins maintenant la possibilité de visiter une cinquantaine de pays. Leurs horizons devraient continuer à s'élargir. D'ores et déjà, la marée s'annonce. Le Japon avait mis trente ans pour envoyer une vingtaine de millions de touristes hors de ses frontières, la Chine n'en aura mis que cinq. Et cela continue. L'Organisation mondiale du tourisme (OMT) prévoit qu'en 2020, plus de 100 millions de touristes voyageront chaque année hors de leur Empire – le plus grand marché du monde.

Pour profiter de cette aubaine, l'industrie va devoir, elle aussi, s'adapter. Rien à voir en effet, cette fois-ci encore, avec les grandes vagues touristiques précédentes. Les Chinois sont d'impénitents joueurs : Las Vegas a sans doute, dans cette compétition, plus d'avantages que Versailles. La Mecque américaine du jeu, déjà principale destination des Chinois aux Etats-Unis, a ouvert un bureau de promotion à Beijing. Les Chinois sont aussi des fanatiques du « shopping » : les grands magasins en profiteront davantage que les musées. Voyageant en groupe, ces nouveaux touristes disposent enfin de budgets plus modestes et qu'ils utilisent différemment – mettant davantage de leur argent dans les petits cadeaux que dans leur logement ou leur voyage. 350 000 Chinois ont visité la France en 2003, un million, trois fois plus, sont attendus en 2006 ! Le tourisme mondial trouve dans la Chine un nouveau débouché, extraordinaire qui va le transformer radicalement. Comme ailleurs, il découvre aussi... un nouveau concurrent.

Première destination touristique mondiale, la France se croyait indétrônable. Douce France, comment pouvait-on ne pas succomber à son charme ? Elle accueillait, en 2004, plus de 70 millions de visiteurs – deux fois plus que la Chine. C'est là encore une médaille qui va lui échapper. Dès 2010, d'après l'Organisation mondiale du tourisme, l'Empire du Milieu recevra plus d'hôtes que le Royaume de France. Les professionnels prévoient un triplement des dépenses effectuées par les touristes en Chine entre 2003 et 2008 ! Pour attirer le voyageur, le pays a certes encore quelques handicaps : des infrastructures pas toujours à la hauteur, des villes très polluées, un contrôle étatique désagréable, une langue difficile, le maintien aussi de restrictions géographiques (sur le Tibet ou quelques autres zones militaires), une concurrence régionale bien assise, etc. Il devrait progressivement, à coup sûr, en surmonter une partie.

Il y a donc les riches – ces dizaines de millions de Chinois qui prennent désormais leurs vacances hors de l'Empire ; il y a aussi les « super-riches », ces nouveaux milliardaires qui circulent dans les rues de Beijing en Ferrari ou en Jaguar, qui se promènent à Chengdu habillés par Givenchy ou Armani, qui portent des montres Rolex ou Cartier, des vraies, et que l'on retrouve, à Shanghai, dans les couloirs du « Three on The Bund », un vieux bâtiment du début du XXe siècle reconverti en temple du luxe, entre un spa somptueux (signé Evian) et un restaurant aux tarifs londoniens (celui de Jean-George). Là encore, les self-made-men des provinces du Nord, les banquiers de la côte est et les ex-apparatchiks devenus patrons de grands groupes, bref les « happy few » du classement des grandes fortunes chinoises que réalise chaque année le magazine américain *Forbes*, ne sont pas nombreux. Il y a pourtant d'ores et déjà, d'après la banque d'affaires Morgan Stanley, plus de 13 millions de Chinois qui peuvent s'offrir des produits du luxe mondial – ils seront 100 millions dans vingt ou vingt-cinq ans. De quoi alimenter les rêves les plus fous des Givenchy, Gucci, Cartier et autres Céline. Signe de cette émergence : les magasins ouverts par ces grandes signatures à Hong Kong, où les taxes sont moins élevées qu'à l'intérieur de la République, prennent lors des jours de congé du continent des allures de véritables « souks ». Les Chinois y ont remplacé les Japonais.

De fait, toutes les grandes maisons du monde, Louis Vuitton, Burberry's, Prada, Ermenegildo Zegna, etc., se retrouvent là-bas. Les principaux noms du Comité Colbert, ce petit club des grands du luxe français, ont déjà planté leurs drapeaux dans différentes villes du continent. Elles n'y réalisent encore que 5 % de leurs ventes, mais parient toutes sur une envolée de leur chiffre d'affaires. Seuls les pionniers avouent réaliser quelques bénéfices ; les autres parlent d'un investissement à long terme. Il n'empêche : le marché progresse de 20 % à 30 % l'an. Difficile de trouver mieux. Impossible, en dépit des risques de la contrefaçon, de ne pas y être. Comme dans le tourisme, la demande chinoise oblige aussi le luxe mondial à de profondes adaptations. Fan de marques, le client chinois est plus jeune, plus diplômé, plus regardant sur les prix que son collègue nippon ou coréen. Surtout, contrairement au reste du monde, le luxe y est pour l'instant... un marché d'hommes. Il ne faudrait cependant pas s'y tromper. « Le grand chambardement dans la géographie du luxe vient aujourd'hui de la Chine, un marché immense qui prendra la seconde ou troisième place dans le monde dans les dix ans à venir » : aucun professionnel du luxe ne conteste l'analyse du pourtant si souvent contesté Domenico de Sole, l'ex-patron de Gucci.

## Conclusion

Le décollage économique de la Chine, ce ne sont donc pas seulement 1,3 milliard de producteurs supplémentaires sur le marché mondial du travail, ce sont aussi autant de nouveaux consommateurs pour l'industrie du monde. Ce géant n'est pas qu'un nouveau concurrent, il est aussi un nouveau débouché. A ce titre, il a été depuis le début des années 2000 un formidable soutien à la conjoncture économique mondiale ; il a permis à la planète d'éviter un remake de la Grande Dépression, de retomber dans une crise longue et douloureuse comme le fut celle des années 30. Si, à travers la question du « nouvel atelier du monde », les effets sur l'économie mondiale de la montée en puissance de l'Empire comme producteur sont généralement analysés avec beaucoup de détails, ceux de son émergence comme l'un des principaux acheteurs le sont beaucoup moins. La demande chinoise a pourtant, dans ses différentes dimensions, un effet tout aussi déstabilisateur.

Par son pouvoir d'achat, l'Empire dispose d'un pouvoir qui lui permet d'imposer ses choix – technologiques notamment. Son influence ne se limite pas à ces quelques secteurs dans lesquels il se trouve dans une position d'acheteur sinon exclusif, en tout cas largement dominant (l'énergie nucléaire, le transport aérien et ferroviaire, etc.). Ce sont en réalité toutes les industries mondiales, de l'automobile au tourisme, en passant par la finance et le luxe, qui sont directement ébranlées. Il leur faut repenser leurs produits et leurs productions. La révolution chinoise ne contribue pas seulement à une nouvelle géographie de l'offre mondiale – avec son lot de délocalisations. Elle en transforme aussi la demande – avec, à nouveau, des conséquences en cascade sur cette même offre. On n'a pas fini d'en suivre les effets : la Chine change tout.

CONCLUSION GÉNÉRALE

# LE CHOC DES MONDES

Gare de l'Est, à Paris. Les adieux sont émouvants ; les aïeux s'apprêtent à monter dans leur train. L'« Eternity Express », ils en avaient rêvé, parfois avec appréhension. Aujourd'hui, le convoi est là, devant eux, prêt à partir. Avec d'autres « jeunes » de leur génération, ces vaillants septuagénaires s'embarquent pour une nouvelle destination. Sur les quais, entre leurs enfants qu'ils abandonnent et leurs nouveaux compagnons de vie, ils ne savent plus où donner de la tête. Là-bas, de luxueux petits villages entièrement conçus à leur intention les attendent. Le leur, c'est « Clifford Estates ». Les plaquettes d'information qu'ils ont retirées auprès de leurs caisses de retraite expliquent qu'ils auront en permanence à leur disposition gardien, chauffeur, professeur de langue ou de sport, coiffeur, cuisinier, aide-soignant ou médecin. Et tout cela pour presque rien. Le paradis, en quelque sorte !

Là-bas, dans le dernier roman de Jean-Michel Truong, *Eternity Express*, c'est évidemment la Chine. Dans un bel exercice de science-fiction, l'auteur raconte le long périple qui conduit, en ce milieu de XXIe siècle, un groupe de baby-boomers français proches du quatrième âge vers leur nouvelle demeure, l'Eternité. Les conversations vont bon train. Chacun distille quelques bribes de son propre passé. Tous, ils évoquent ensemble cet avenir radieux qui les attend, au bout du voyage. Finie bientôt la peur des agressions de la vie quotidienne : là-bas, des anges gardiens veilleront jour et nuit sur leur sécurité. Terminée, la corvée des tâches ménagères : un personnel nombreux et attentif sera, c'est promis, constamment à leur disposition, pour leurs repas, le repassage et tout le reste. Oubliée aussi la crainte du petit malaise : infirmières et médecins se relaieront en permanence pour assurer auprès d'eux une rassurante présence. Là-bas, ils vont enfin pouvoir se consacrer à leurs hobbys préférés – le tennis, la peinture ou le bridge ; d'aimables conseillers les aideront à améliorer leurs performances.

Ce rêve, littéraire, a, pour nos pays industrialisés, un petit goût de... cauchemar. On craignait, on l'a vu, que la Chine ne devienne l'atelier du monde, sa ferme et son laboratoire – que toute l'industrie, l'agriculture et la recherche de la planète ne s'y concentrent. On découvre, à travers ce roman, qu'elle pourrait être aussi... sa maison de retraite ! Le même atout y jouerait ce rôle d'aimant : son énorme « armée de réserve », cette main-d'œuvre nombreuse et prête à travailler pour presque rien. Celle-ci lui permettrait d'offrir à la population vieillissante des pays riches des services à la personne à un très faible coût. Elle cultiverait, sur ce terrain-là aussi, un redoutable avantage comparatif. Certains pays pauvres, plus proches de la France, comme ceux du Maghreb, s'y sont d'ailleurs d'ores et déjà initiés. Avec la Chine, l'opération prendrait cependant, comme dans l'industrie ou la recherche, une tout autre dimension. Tous les experts et hommes politiques, et ils sont nombreux, qui voyaient dans ces activités de services que l'on croyait « non délocalisables » le gisement des emplois de demain pour les pays développés se trouveraient ainsi bientôt démentis par les faits. En l'occurrence, ce ne serait pas, demain, les emplois qui se délocaliseraient, mais leurs clients !

Avec *Eternity Express*, une fois n'est pas coutume, la fiction dépasse la réalité, et la dépassera sans doute pour longtemps encore. Ce n'est pas demain que les Français, les Allemands ou les Américains se précipiteront par millions dans la province de Haïnan et ses îles paradisiaques, au sud du pays, là où les dignitaires du régime communiste aiment à se ressourcer, pour aller y profiter, eux aussi, de leur dernier quart de vie ! Avec le développement économique, la circulation des biens, des capitaux, des services et des personnes s'est certes intensifiée sur la planète. L'histoire montre pourtant que les hommes et les femmes sont paradoxalement les moins mobiles de tous ces « voyageurs ». Le trafic des marchandises dans le monde a ainsi littéralement explosé au cours des deux derniers siècles ; les montants d'argent échangés chaque jour sur le marché des changes aussi ; les grands mouvements migratoires ne sont restés en revanche, pour l'instant, qu'occasionnels ; ils ont même eu tendance, avec le temps, à se ralentir. On ne quitte pas sa terre et son terroir aussi facilement. Ces convois de trains remplis de tempes grises et riches quittant la gare de l'Est, à Paris, pour l'« Est lointain », la Chine, resteront donc pour longtemps pure imagination.

Rêve ou cauchemar, l'utopie de Truong confirme cependant, à sa manière, l'ampleur des effets du réveil chinois sur l'économie mondiale. Depuis les débuts de la révolution industrielle en Angleterre, deux moteurs ont toujours alimenté la dynamique du capitalisme mondial : les innovations d'un côté, l'intégration de nouveaux espaces de l'autre. Le Net et le génie génétique font tourner aujourd'hui le premier de ces moteurs, la Chine (et demain l'Inde) le second. Le gigantisme de ce pays conduit à penser que la phase qui s'ouvre sera cependant, à bien des égards, différente des précédentes, que le choc sera, pour le monde, pour l'économie française notamment, plus violent et plus durable.

Avec un cinquième de la population mondiale, l'Empire du Milieu a toutes les raisons de poursuivre sur la voie de son retour – de redevenir l'une des principales économies du monde, ce qu'elle fut pendant longtemps. Cette montée en puissance ne sera pas un long fleuve tranquille. Il y aura chez elle des crises et des krachs, des retours en arrière peut-être. Cette irruption d'un nouveau géant n'en constitue pas moins pour les quinze ou vingt prochaines années un facteur général de déstabilisation de l'économie mondiale, le principal en réalité. Ce n'est pas là pure abstraction – c'est ce que, à travers de multiples exemples, on a voulu montrer dans cet essai. Tout, dans notre vie quotidienne, s'en trouve affecté. Ce qui ne l'a pas encore été le sera, demain, d'une manière ou d'une autre – depuis le prix du litre d'essence à la pompe jusqu'au temps qu'il fait, en passant par le niveau de nos salaires, le montant de notre loyer ou la qualité de notre nourriture.

A l'origine, première, de cette déstabilisation générale, il y a un profond bouleversement des termes de l'échange à l'échelle de la planète. Rien de bien nouveau peut-être si ce n'est qu'avec la Chine, leur déformation est beaucoup plus brutale et durable qu'elle ne le fut dans le passé, lors de l'émergence d'autres puissances industrielles, toujours plus petites. L'Empire du Milieu a soif d'énergie et de matières premières : sa demande, énorme, pousse à la hausse le prix de ces biens sur le marché mondial. Elle dispose d'une main-d'œuvre très abondante et bon marché : son offre pèse, directement ou indirectement, mais à la baisse cette fois-ci, sur le prix du travail (le niveau des salaires donc) partout dans le monde. La nouvelle hiérarchie des prix qui tend à s'imposer ainsi est certes transitoire. Cela explique que, du jour au lendemain, on soit passé dans les milieux financiers, à plusieurs reprises ces dernières années, d'une peur de l'inflation à celle, totalement opposée, d'un retour de la déflation. L'innovation, l'investissement et l'imagination vont aider à atténuer les tensions sur le marché mondial de l'énergie ; la formation, la revendication et l'imagination encore vont alléger celles du marché du travail. Compte tenu néanmoins de la taille de l'Empire, la transition s'y annonce comme une période longue. Dans le monde, les pressions à la hausse sur le prix du brut et à la baisse sur celui du travail vont se faire ressentir pendant de nombreuses années. Les ajustements n'y seront, cette fois-ci, que très progressifs. C'est là une aubaine pour les pays qui possèdent d'importantes ressources naturelles – des matières premières et de l'énergie. C'est un grand malheur pour ceux qui comptaient sur leur seule main-d'œuvre bon marché pour asseoir leur développement. C'est en tout cas un facteur de profonde transformation dans la géographie de l'économie mondiale – au profit du Pacifique, aux dépens de l'Atlantique par exemple. Involontairement, par son essor, la Chine favorise le développement de certains pays et en défavorise d'autres – le Brésil en profite, le Mexique en souffre ; le Kazakhstan en tire bénéfice, pas la Pologne. Elle contribue plus généralement à modifier l'ensemble des rapports de forces économiques sur la planète.

A l'instar des autres grands pays industriels, la France se trouve prise, quant à elle, dans ce qui ressemble à un jeu de « ciseaux chinois ». La nouvelle structure mondiale des prix relatifs portée par l'émergence de ce nouveau géant lui est, dans l'immédiat, défavorable. La situation du pays est, à titre d'exemple, un peu comparable à celle d'une entreprise comme Michelin, le leader mondial du pneumatique. Bibendum souffre, on l'a vu, parce qu'il doit payer de plus en plus cher le caoutchouc qu'il utilise dans ses usines et que dans le même temps, à cause de la concurrence, il doit vendre ses pneus de moins en moins cher. La France, c'est un Michelin à la puissance $x$. Elle achète son énergie et ses matières premières à l'extérieur : celles-ci lui coûtent de plus en plus cher. Pour se les payer, elle vend son travail ; celui-ci lui rapporte de moins en moins. A l'instar de l'industriel clermontois, elle se trouve elle aussi prise dans un étau : le coût de ses approvisionnements augmente alors que les recettes qu'elle tire de son travail diminuent. Cette situation ne lui est pas totalement inconnue ; elle en a déjà vécu de semblables dans le passé. Elle avait su s'en sortir, à son avantage. Son expérience, comme celle d'autres pays industriels, peut l'aider à tirer bénéfice de ce nouveau facteur général de déstabilisation. Quatre pistes peuvent être évoquées.

La première, c'est, préalable à toute action, la nécessité d'une claire prise de conscience du choc chinois – de l'ampleur de ses effets surtout. Plus aucune activité ne peut aujourd'hui être engagée, en France pas plus qu'ailleurs, sans que soit prise en compte la variable « Chine ». Celle-ci s'insinue désormais partout – dans les moindres recoins, en fait, de la vie de nos sociétés interdépendantes. Le moindre battement d'aile, le moindre événement là-bas y a des effets chez nous. L'épidémie du Sras a ainsi plongé ici aéroports, hôtels et grands salons professionnels dans la crise. Elle a aussi mobilisé labos et organismes de recherche autour de nouveaux objectifs. Autre exemple : si, en 1995, le relèvement des taux d'intérêt décidé par la Banque de Chine était passé totalement inaperçu, à l'automne 2004, un même geste, pourtant marginal, a provoqué une vaste perturbation sur l'ensemble de la planète finance. Destiné à devenir rapidement, à côté des Etats-Unis, la deuxième puissance économique de la planète, l'Empire du Milieu va voir son influence s'accroître bien au-delà de l'économie ; dans tous les domaines, en fait – politique, militaire, stratégique, culturel ou scientifique. Il est et sera un acteur de plus en plus présent dans les affaires du monde – assurant son leadership dans le processus d'intégration en Asie orientale, défendant sa sécurité énergétique ou alimentaire par tous les moyens, ou animant avec autorité et fermeté le club des pays « émergents » dans la défense de leurs intérêts face aux vieux pays riches. L'impact du retour chinois dans l'économie mondiale ne saurait cependant être cantonné au seul champ de la « grande » politique. Bien au-delà, il ne sera en effet plus possible, le siècle progressant, de définir à l'échelle d'un pays le programme des écoles, une politique de la recherche, la durée hebdomadaire du travail ou un produit nouveau sans en tenir compte.

Y aura-t-il d'ailleurs encore quelque pertinence à concevoir de tels projets à l'échelle d'un seul pays – fût-ce d'un « grand » pays comme la France ? C'est la seconde piste que le défi chinois oblige à ouvrir. On a pu croire, à un moment, que, devenue immatérielle, l'économie allait s'abstraire de l'histoire, de la géographie ou de la physique. Il n'en est rien. Le passé continue et continuera encore longtemps à la structurer, les distances et le poids des pays aussi. S'il est, en économie, une loi que personne ne peut contester et que rien ne vient jamais démentir, c'est bien celle des grands nombres. Aujourd'hui comme hier, la taille fait la force. Si les Etats-Unis sont depuis un demi-siècle l'hyperpuissance que l'on sait, c'est grâce à leur marché national – le plus important et le plus homogène de la planète ; à leur appareil de production, massif, qui leur permet d'importantes économies d'échelle ; à l'ampleur aussi des fonds qu'ils sont capables d'engager dans leurs universités et leurs laboratoires. Tout cela leur confère les moyens de défendre au mieux leurs propres intérêts – grâce aussi au dollar, la devise mondiale en réalité.

Aujourd'hui, la Chine se dote de ces mêmes atouts. Sa monnaie, le yuan, n'a certes pas encore la prétention de taquiner le billet vert. L'ampleur de son marché domestique, la taille de son outil de production et les moyens qu'elle mobilise au service de l'éducation et de la recherche en font pourtant pour demain l'autre grande puissance économique de la planète. Face à de tels géants, des pays comme la France ne peuvent espérer faire entendre leur voix que dans un cadre plus large – l'Europe naturellement, mais une Europe véritablement unifiée. Or malgré la longue marche entamée en 1992 sous la direction de Jacques Delors, alors président de la Commission européenne, le marché européen n'est pas encore, en ce début de XXI$^e$ siècle, un vrai marché unique. Dans de nombreux secteurs (les télécommunications, la distribution, la banque de détail, la Bourse, le travail, etc.), il reste très cloisonné. Ses entreprises n'en tirent que de marginales économies d'échelle. Si, par exemple, les sommes consacrées à la recherche y sont, pour l'ensemble des pays de la région, importantes, l'absence de coordination conduit à de redoutables gâchis.

Bref, si l'Europe veut avoir sa place face aux deux géants que sont les Etats-Unis et la Chine, si elle veut pouvoir défendre ses intérêts, que ce soit sur le front commercial, énergétique, environnemental ou social, il lui faut accélérer son unification. Sur le plan monétaire, l'Union s'est dotée, avec l'euro, d'une monnaie unique. Bel exemple d'intégration réussie, dit-on souvent. Le mouvement s'est pourtant arrêté en cours de route. Il n'a réuni, pour l'instant, que douze pays sur les vingt-cinq Etats membres de l'Union. Il n'a pas débouché sur l'adoption d'une politique unique de change, encore moins de politiques conjoncturelles communes. Il n'a guère favorisé la constitution d'un marché financier unifié susceptible de concurrencer le marché américain. En conséquence de quoi, malgré l'euro, l'Union est depuis quelques années la victime « collatérale » d'une guerre dans laquelle elle n'est pourtant pas directement partie prenante, celle qui oppose Washington et Beijing, le dollar et le yuan donc. Les deux camps adverses réussissent, dans cette affaire, l'exploit de faire supporter le coût de leurs désaccords à une tierce partie, en l'occurrence les pays européens.

L'intégration plus poussée de l'Europe ne saurait cependant suffire. Face aux « destructions » brutales occasionnées par l'irruption de l'Empire, les vieilles nations industrielles comme la France vont devoir rechercher tous les moyens susceptibles d'accélérer chez elles les « créations » nécessaires (de produits, de technologies et d'emplois), de rendre aussi leur organisation économique et sociale plus flexible, d'accroître leur capacité d'adaptation face à des chocs destinés à être plus irréguliers et plus violents que par le passé. Elles vont devoir pour cela intensifier, dans de fortes proportions, leurs efforts en matière de formation, de recherche et d'innovation. Le Japon s'était inquiété, dans les années 90, de l'émergence, à ses portes, d'une puissance concurrente. Il a compris, depuis, qu'il pouvait y avoir entre elle et lui une profonde complémentarité, qu'une spécialisation avantageuse pour les deux pays était possible. L'archipel a renforcé son avantage dans les technologies les plus nouvelles tout en partageant celles, plus banales déjà, dont il disposait avec son voisin chinois – au grand avantage des uns et des autres, pour l'instant. Il y a, dans l'expérience japonaise actuelle matière à réflexion pour la vieille Europe, pour la France tout particulièrement.

Dans cette recherche de complémentarités, le Japon a compris qu'il lui fallait aussi tirer le meilleur parti de ce débouché nouveau qu'est le marché chinois. A l'évidence, la France n'en est pas encore totalement convaincue. Au sein du CAC 40, le club des très grandes entreprises françaises, la vague chinoise a certes déjà réveillé les esprits animaux. Total, Saint-Gobain, Carrefour, Veolia, Suez, PSA-Citroën, LVMH, Danone, etc., y sont depuis longtemps très actifs – et occupent de fortes positions. Comme Alstom, Areva, EDF, ces fournisseurs de biens d'équipement dont le pays a besoin. Mais au-delà, l'industrie française, au sens large, est très en retard sur ses concurrents. Elle y vend, au total, quatre fois moins de marchandises que sa voisine allemande. Elle n'est que le treizième investisseur étranger, avec 1 % à peine des capitaux investis !

Le « tremblement de terre » provoqué par le réveil de la Chine, celui annoncé il y a longtemps déjà par Napoléon, va obliger en définitive les vieilles nations industrielles à d'inévitables mutations. S'agissant de la France, si elle ne veut pas être précipitée dans l'une des failles creusées par ce séisme, il lui faudra agir, rapidement, dans plusieurs directions à la fois. En prenant conscience de ce monde nouveau que la montée en puissance de la Chine fait émerger. En profitant au maximum, dans tous les secteurs – du nucléaire au tourisme –, des débouchés ouverts par ce marché émergent de 1,3 milliard d'habitants. En renforçant sa capacité d'adaptation à un monde destiné à être de plus en plus instable – ce qui passe, notamment, par un effort accru en matière d'éducation et d'innovation. En accélérant enfin son intégration au sein d'une Europe véritablement unifiée.

Les mutations imposées au monde par l'émergence de ce nouveau géant économique sont parfois douloureuses. Elles génèrent partout, naturellement, de fortes résistances. Le débat actuel, vif dans la plupart des pays, aux Etats-Unis comme au Mexique, en Tunisie ou en France, sur les délocalisations en est l'expression la plus flagrante. Les spécialistes de la Chine s'interrogent souvent sur les risques qui pèsent sur la pérennité de la croissance chinoise. Ils les situent généralement dans le pays lui-même – ce sont les tensions politiques, les inégalités sociales ou géographiques, la fragilité du système financier ou les désastres écologiques qui feront tout exploser... La principale menace, la plus immédiate, se situe pourtant peut-être aujourd'hui ailleurs – hors des frontières de l'Empire, dans tous les pays qui se trouvent profondément affectés par le retour de la Chine dans le club des grandes puissances économiques. Aux Etats-Unis, dans la vieille Europe mais aussi au Mexique et en Tunisie, les déstabilisations dont celui-ci est porteur inquiètent. Sixième puissance économique de la planète, la Chine pourrait dépasser, par son produit intérieur brut, l'Allemagne en 2010, le Japon en 2030 et les Etats-Unis en 2050 – en devenir, de fait, rapidement la première. Une telle perspective fait peur. Elle favorise, un peu partout, une forte demande de protection. On annonçait un « choc des civilisations » ; celle-ci pourrait provoquer « un choc des mondes », pour reprendre à nouveau le titre de l'un des livres d'Alain Peyrefitte. Refoulé depuis quelques décennies, le protectionnisme retrouve de fait, dans les pays développés en particulier, des avocats et des troupes nombreuses. Or, Beijing ayant joué plus que tout autre l'ouverture aux échanges pour asseoir son développement, la reconstitution de barrières commerciales dans les pays riches comme dans certains pays en voie d'industrialisation remettrait en cause toute sa stratégie. Le retour de la Chine dans le club des grands passe, dans ces conditions, par un pilotage particulier.

L'entrée, au cours du XX$^e$ siècle, dans ce magasin de porcelaine qu'est l'économie mondiale, de quelques souris (le Japon, la Corée, etc.) avait pu se faire sans trop de dégâts, celle d'un éléphant risque aujourd'hui d'en provoquer de gros. Pour lui faire sa place, une réorganisation du magasin s'impose. Pour qu'il y trouve sa place, quelques séances de domptage lui sont nécessaires. Toute précipitation serait dangereuse. Les uns et les autres, les vieux pays riches comme l'Empire renaissant, ont besoin d'un apprentissage. Si l'éléphant veut éviter que la porte ne se referme brutalement, si les gestionnaires du magasin veulent tirer le meilleur parti de ce nouveau client, il y va de l'intérêt des uns et des autres que, tous ensemble, ils organisent cette réintégration du pays dans l'économie mondiale, qu'ils en gèrent surtout le rythme. Plutôt que d'attendre l'engagement d'une telle coopération de la part de l'un des deux grands rivaux que sont les Etats-Unis et la Chine, l'Europe pourrait et devrait en être l'initiatrice. Seule, en tout cas, une telle approche, coopérative et multilatérale, au niveau mondial, permettra d'éviter que ce facteur de déstabilisation qu'est l'irruption de la Chine dans l'économie mondiale ne débouche, par un malheureux accident ou un redoutable engrenage, sur une catastrophe.

# BIBLIOGRAPHIE

*Eléments bibliographiques*

Bernstein Richard, Munro Ross H., *Chine-Etats-Unis : danger*, Bleu de Chine, 1998, 269 pages.

Boublil Alain, *Le Siècle des Chinois*, Editions du Rocher, 1997, 498 pages.

Chang Gordon G., *The Coming Collapse of China*, Random House, New York, 2001, 344 pages.

D'Huriel Tristan, *La Chine vue par les écrivains français*, Bartillat, 2004, 350 pages.

Gentelle Pierre, *Chine, un continent... et au-delà ?*, La Documentation française, 2001, 175 pages.

Godement François, *Dragons de feu, dragons de papier. La crise asiatique*, Flammarion, 1998, 382 pages.

Gravereau Jacques, *L'Asie majeure, la révolution silencieuse de l'Asie orientale*, Grasset, 2001, 325 pages.

Jullien François, *L'Ombre au tableau, du mal ou du négatif*, Seuil, 2004, 185 pages.

Lardy Nicholas R., *Integrating China into the Global Economy*, Brookings Institution Press, Washington DC, 2002, 244 pages.

Lemoine Françoise, *L'Economie chinoise*, La Découverte, 2003, 124 pages.

Lun Zhang, *La Vie intellectuelle en Chine depuis la mort de Mao*, Fayard, 2003, 286 pages.

Paquet Philippe, *L'ABC-édaire de la Chine*, illustré par Cabu, Philippe Picquier, 2004, 194 pages.

Peyrefitte Alain, *Quand la Chine s'éveillera... le monde tremblera*, Fayard, 1973, 475 pages.

— *L'Empire immobile ou le choc des mondes*, Fayard, 1989, 560 pages.

Picquart Pierre, *L'Empire chinois*, Favre, 2004, 220 pages.

Reporters sans frontières, *Chine, le livre noir*, La Découverte, 2004, 198 pages.

Story Jonathan, *China, the Race to Market*, FT Prentice Hall, 2003, 277 pages.

Studwell Joe, *The China Dream. The Elusive Quest for the Greatest Untapped Market on Earth*, Profile Books, Londres, 2003, 380 pages.

Truong Jean-Michel, *Eternity Express*, roman, Albin Michel, 300 pages.

Woetzel Jonathan R., *Capitalist China. Strategies for a Revolutionized Economy*, John Wiley and Sons, Singapour, 2003, 240 pages.

Yan Chen, *L'Eveil de la Chine*, L'Aube, 2002, 318 pages.

*Revues*

« La Chine m'inquiète », *Revue des Deux-Mondes*, octobre-novembre 2003.

« Vingt-cinq ans de réformes en Chine : révolution économique, conservatisme politique », *Esprit*, février 2004.

*Le monde chinois*, revue trimestrielle publiée depuis le printemps 2004, Choiseul.

# Table

| | |
|---|---|
| *Introduction* | 7 |
| | |
| Chapitre 1 : La mue du serpent | 23 |
| *Shenzhen, un Manchester chinois* | 30 |
| *La grue plutôt que le dragon* | 36 |
| *Les risques d'une course folle* | 41 |
| *Zola, version mandarin* | 44 |
| *Krach, boom, hue !* | 48 |
| *L'ours ou le taureau* | 53 |
| *La longue marche en avant* | 56 |
| *Conclusion* | 60 |
| | |
| Chapitre 2 : Un vol d'oies sauvages | 61 |
| *Le modèle asiatique de développement* | 65 |
| *Les profits de la mondialisation* | 68 |
| *Une oie géante* | 74 |
| *Un rattrapage long et douloureux* | 77 |
| *Le lièvre et la tortue* | 81 |
| *Les Etats-Unis de Chine* | 84 |
| *Les tortues de mer* | 92 |
| *Conclusion* | 94 |
| | |
| Chapitre 3 : Danser avec le loup | 97 |
| *Le bouc émissaire* | 101 |
| *La guérilla, pas la guerre* | 106 |

| | |
|---|---|
| *Wal-Mart, la pieuvre* | 110 |
| *L'industrie, peau de chagrin* | 117 |
| *Le coût de la souris* | 123 |
| *Le boucher devenu banquier* | 128 |
| *Conclusion* | 132 |

Chapitre 4 : Un appétit d'ogre .................... 135
   *Un trop petit garde-manger* ............... 141
   *Le réveil des dinosaures* ..................... 145
   *Le cycle du cochon* ............................. 148
   *Que la lumière soit... rouge !* ............. 152
   *Rats des champs, rats des villes* ........ 156
   *La pêche aux barils* ............................ 159
   *Conclusion* ............................................ 167

Chapitre 5 : Cigales et fourmis ................... 171
   *La route du coton* ................................ 176
   *La peur de Fox le renard* ................... 182
   *La guerre des crocodiles* .................... 187
   *La petite puce qui monte* .................... 192
   *Les lions rugissants* ............................. 201
   *Conclusion* ............................................ 213

Chapitre 6 : Un tigre dans le moteur .......... 215
   *La terre de la grande promesse* .......... 222
   *Une mer pour deux requins* ................ 228
   *Un beau jour, l'aigle noir* ................... 236
   *La guerre des standards* ..................... 240
   *Leur 2CV, une jument verte* ............... 245
   *Luxe et volupté à volonté* .................... 257
   *Conclusion* ............................................ 262

Conclusion générale ..................................... 265
Bibliographie ................................................ 281

*Du même auteur :*

CE MONDE QUI NOUS ATTEND. *Les peurs françaises et l'économie*, Grasset, 1997.

LE CAPITALISME ZINZIN, Grasset, 1999.

MONSIEUR NI-NI. *L'économie selon Jospin.* Avec Christine Mital, Robert Laffont, 2002.

Composition réalisée par PCA

*Achevé d'imprimer en mars 2006 en France sur Presse Offset par*

**BRODARD & TAUPIN**

GROUPE CPI

La Flèche (Sarthe).
Dépôt légal édition 1 : novembre 2005
N° d'imprimeur : 34398 – N° d'éditeur : 70729
Édition 03 - mars 2006
LIBRAIRIE GÉNÉRALE FRANÇAISE – 31, rue de Fleurus – 75278 Paris cedex 06

31/1487/3